ERIKA PETRICK

Es brannte unser Herz

AF235669

ERIKA PETRICK

Es brannte unser Herz

Begegnungen mit dem Auferstandenen

Roman

Neuauflage 2021
Herausgegeben von Klaus Kardelke
© 2021, Erika Petrick

Bibliografische Information der Deutschen Nationalbibliothek: Die
Deutsche Nationalbibliothek verzeichnet diese Publikation in der
Deutschen Nationalbibliografie; detaillierte bibliografische Daten
sind im Internet über http://dnb.dnb.de abrufbar.
Herstellung und Verlag: BoD – Books on Demand, Norderstedt
ISBN 978-3-75573-402-4

BEGEGNUNGEN

der ersten Christen

mit dem

AUFERSTANDENEN

„Es sind auch viele andere Dinge, die Jesus getan hat.
Wenn sie aber sollten geschrieben werden, achte ich,
die Welt würde die Bücher nicht fassen,
die zu schreiben wären.“
(Joh. 21,25)

„Ist aber Christus nicht auferstanden,
so ist unsere Predigt vergeblich,
so ist auch euer Glaube vergeblich.“
(1. Korinther 15,14)

„Ihr suchet Jesus von Nazareth, den Gekreuzigten. Er ist auferstanden, er ist nicht hier.
Gehet aber hin und saget seinen Jüngern und Petrus, dass er vor euch hingehen wird nach Galiläa, da werdet ihr ihn sehen."

„Als er auferstanden war ... erschien er zuerst der Maria Magdalena. Danach offenbarte er sich ... zweien von ihnen, da sie über Land gingen (nach Emmaus).

Zuletzt, da die Elf zu Tische saßen, offenbarte er sich."

(Markus 16,6 ff.)

„ ... und dass er auferstanden ist am dritten Tage nach der Schrift; und dass er gesehen ist von Kephas, danach von den Zwölfen. Danach ist er gesehen worden von mehr als fünfhundert Brüdern auf einmal, von denen die meisten heute noch leben. . .

Danach ist er gesehen worden von Jakobus, dann von allen Aposteln. Am letzten nach allen ist er auch von mir ... gesehen worden."

(1. Korinther 15,4-8)

Jerusalem, im 33. Jahre nach der großen Volkszählung unter Kaiser Augustus

Meine Lieben!

Es sind einige Jahre her, da ich zu euch über das Meer nach Korinth gekommen war. Nie werde ich eure grünen Hügel und Weinberge vergessen. Nie den Anblick der Sonne, ehe sie ins Meer sank, einen Teppich gold- und purpurfarben zu uns herüberbreitend. Es war wie ein Symbolum, als sollten wir diesen goldübergossenen Weg gehen hinein, in eine höhere Welt. Ich habe diesen Weg beschritten. Lasst euch kundtun, wie dieses geschah.

Ihr wisst, dass mein Vater sein Leben lang als Schreiber und Harfenspieler Rael, seinem Herrn, diente und ihn auch auf allen Reisen begleitete. Er sah auf diese Weise vieles Schöne und auch Seltsame dieser Welt. Doch so viel mein Vater auch gesehen und erlebt, ich sah und erlebte mehr, Größeres, Geheimnisvolleres. Und davon sollt ihr jetzt hören. Ja, hören.

Ruft alle zusammen, die ihr kennt und die euch wert sind. Lest ihnen diese Botschaft mit lauter Stimme in den Schulen, in den Gärten, am Meer. Lasst sie niedersitzen zwischen Muscheln und Steinen oder im Gras oder auf Bänken und lasst sie lauschen.

Ihr wisst, nach dem Tode meines Vaters übernahm ich die Stelle des Schreibers und Harfners bei Rael, unserem greisen Herrn. In ehrfürchtiger Scheu sah ich zu ihm auf. Er hatte eine große Liebe zu allem, was schön war. Da er reich war, hatte er viele Kostbarkeiten aus aller Welt in seinem Hause nicht weit von Jerusalem zusammengetragen. Es gab vielfarbige Wandbehänge, Schreine aus Zedernholz und edles Gerät. Rael kannte viele Künstler eures Landes und zu Rom. Er wagte sogar, aus Marmor gemeißelte Jünglinge und Jungfrauen übers Meer zu bringen und diese in seinem Atriumgarten aufzustellen Er, der von Geburt ein Jude war. Ihr werdet wissen, dass den Juden jedwede Darstellung von Menschen und Tieren aufs strengste verboten ist. Nur Pflanzen dürfen nachgebildet werden. So gibt es an einer Tempelpforte zu Jerusalem einen goldgetriebenen Weinstock. Wie scharf die Priester Übertretungen ihrer Gebote — und deren gibt es viele — bestraften, davon könnt ihr euch in Korinth keine Vorstellung machen

Warum mein Herr diese Priester und ihren Anhang nicht fürchtete? Er war seit langem Bürger Roms. Diesen Bürgerbrief hatte er auf eine Kupferplatte ritzen lassen. Hoch über dem Eingang seines Hauses war sie allen sichtbar festgemauert. Hoch und fest, damit die Tempelhörigen diese Platte nicht entfernen konnten.

Mein Vater hatte mir erzählt, dass Rael vor vielen Jahren in Ägypten, in einem Tempel weit draußen in der Einsamkeit, einen alten Priester getroffen hatte, mit dem er lange Gespräche führte. Von ihm erfuhr er, dass vor langen Zeiten alle Kulturen an den einen Gott glaubten. Durch Mysterien, von großen Weisen eingesetzt, sollten die Menschen in ihr eigenes Ich hinein und näher zu Gott geführt werden. Damals wussten sie noch, was die Flamme, das Wasser, die Blüte, was die Pforte und die Stufen, was der Berg und der spiralige Weg bedeuteten. Allmählich, so sagte jener Priester, wäre die wahre Sprache der Symbole und Weihehandlungen versunken und vergessen. Denkt an eure heiligen Orte! Jener Weise in Ägypten sagte auch, dass die Figuren der Götter aus Stein und Erz in lang vergangenen Tagen nur Eigenschaften des einen Gottes darstellen sollten.

Aus diesem Grunde, meinte mein Herr, wäre es keine Sünde, wenn er sein Haus und seinen Garten mit derartigen Kunstwerken schmückte.

Rael war nun hochbetagt und ich ständig um ihn und sorgte vornehmlich für seiner Seele Wohlbefinden, spielte täglich die Harfe und sang die alten Lieder. Dabei geschah es oft, dass mein Herr wie in einen Schlaf sank oder entrückt wurde. Dann hörte er, wie er mir kundtat, eine sanfte Stimme, und alles wäre in helles Licht getaucht.

Diese Stimme sprach: „Ich bin der Herr und außer mir ist kein anderer. Ich bin der Erste und der Letzte, und außer mir ist kein Gott. Fürchte dich nicht! Ich habe dich bei deinem Namen gerufen. Du bist mein. (Jes. 44,6; 43,1; 11)

Während Rael diese Worte hörte, schaute er eine göttliche Gestalt. In großer Güte strahlten die Augen, und wie Ströme des Heils floss es von den segnenden Händen. Nach solchem Erleben kehrte mein Herr jedes Mal gestärkt in unser diesseitiges Leben zurück.

Und wieder sang ich zu den Tönen der Harfe aus unseren alten Schriften:

> Siehe, um Trost war mir sehr bange.
> Du aber hast dich meiner Seele
> herzlich angenommen. (Jes. 38,17)
> Die auf den Herrn harren,
> kriegen neue Kraft,
> dass sie auffahren
> mit Flügeln wie Adler. (Jes. 40,31)

Eines Tages geschah es, dass mein Herr sprach: „Heute wird meinem Hause Gnade widerfahren. O Seele, zittere nicht und mache dich bereit, Ihn zu empfangen!"

Die innere Erregung meines Herrn war sehr groß. Seine Füße trugen ihn nicht, als es an der Eingangstür klopfte und der Türhüter meldete, Männer in galiläischer Gewandung ständen draußen.

Mein Herr gab ein Zeichen, sie einzulassen. Gestützt auf mich, schritt er ihnen dann entgegen.

In der Vorhalle, deren Wände und Boden mit Mosaiken ausgelegt waren, warteten die Fremden.

Einen erkannte man sogleich als ihren Führer. Sein Antlitz war von einer solchen Güte beseelt, wie ich sie derartig noch nie gesehen. Es schien ein Leuchten von ihm auszugehen. Meine Seele fühlte ein Geborgensein jetzt und in Ewigkeit. Ich wollte in die Knie sinken, aber ich musste meinen Herrn stützen.

Der greise Rael geriet in ehrfürchtiges Staunen. Zitternd sprach er: „Gegrüßet seiest du und die deinen im Namen des Herrn! Mir ist großes Heil widerfahren. Ich stehe vor dem, der in meinen Gesichten erschienen. Gnade hat mir der Herr erzeiget. Ich bitte, sieh dieses Haus als das deine an. Meine Diener sollen euch Wasser zur Reinigung bringen und die besten Speisen, euch zu stärken."

„Friede sei mit dir!" sprach der Fremde. „Selig bist du, Rael, da deine Sehnsucht so groß war. Nun ist der gekommen, auf den du lange gewartet hast."

Mit allen Ehren wurden die Gäste aufgenommen, die köstlichsten Speisen auf die Tafel gesetzt. Dunkelroter Wein, vom Besten, ward in kostbare Kelche gefüllt. Es war jedoch nicht ein Gelage, sondern wie eine Weihe auch über diesen Dingen. Eine Weihe war es, wie der hohe und wiederum so schlichte Gast das Brot brach, wie er den Kelch an die Lippen setzte und trank.

Seine Augen strahlten in nie gesehenem Blau. Seine Haare waren lichtblond und sanft gewellt, ebenso der Bart, seine Hände schmal und durchgeistet.

Er saß zur Rechten Raels und sprach mit ihm. Und da ich zur Linken saß, hörte ich alle Worte.

Der Gast erinnerte den Hausherrn daran, dass dieser vor zwanzig Jahren einen Knaben im Tempel gesehen, in dem Raum, wo die Prüfungen der Zwölfjährigen stattfanden. Dieser Knabe, Jesus von Nazareth, hatte alle Priester und Schriftgelehrten in Staunen versetzt und auch in Verlegenheit gebracht. Viele von ihnen waren über die freimütigen Reden des Knaben zornig. Aber jene Reden zeugten von so großem Wissen und von so hohem Geist, dass die Templer immer wieder verstummen mussten.

Forschend blickte Rael seinen Gast an: „Fürwahr, du bist jener Knabe und der Prophet, von dem man mir Kunde brachte, dass er im Lande umherziehe, Barmherzigkeit lehre, die Kranken heile und Wunder wirke. Du bist der Erlöser!"

Ein Schauer durchrann meinen Herrn, dann sprach er weiter: „Nachdem ich nun dich gesehen, nimm bald diese schwere Bürde meines Körpers von mir, damit mein Geist erschaue deine Herrlichkeit, die sich verhüllt in eines Menschen Kleid!"

Seltsam, nach diesen Worten streckte sich seine gebeugte Gestalt. Er schien gestärkt, als wären Ströme der Kraft in ihn übergegangen. Er war sogar fähig, ohne Stütze die Gäste in den Garten und durch die Laubengänge zu führen.

Voller Scheu betrachteten die Jünger die weißen Marmorskulpturen in den Nischen. Untereinander sprachen sie, dass es den Juden doch verboten sei, solche Bildnisse zu besitzen.

Ihr Meister erklärte ihnen, dass die Kunstwerke in diesem Hause nicht der Anbetung dienen und somit nicht unter das Verdikt fallen. Rael erfreue sich lediglich an ihrer Schönheit. Da dem Menschen von Gott schöpferische Kräfte verliehen, so sei es ihm wohlgefällig, wenn sie in der rechten Weise gebraucht werden. Die Gabe des Gestaltens wird sich in dem Maße vollenden, wie der Künstler sich müht, seine Seele vom Geist in höhere Sphären tragen zu lassen. Dort schaut er die Urbilder, nach denen alles geschaffen.

„In der Schrift heißt es: Gott schuf den Menschen Ihm zum Bilde. Jene Ebenbildhaftigen haben jedoch schon lange ihre Seele und ihr Antlitz verdunkelt. Als Diener Luzifers sind sie in Bosheit und Finsternis gefallen. Sie haben sich im Dorngestrüpp dieser Welt so sehr verfangen, dass es weder Engeln noch Propheten gelang, sie ins Licht zurückzuführen. So zog Gott selbst das Erdenkleid der Menschen an, um ihre Seelen zu erlösen."

Seine Stimme war Wohllaut in Schmerz und Trauer, wie im Erbarmen. Die unermessliche Tiefe dieses Gedankens machte mich schwindeln, so dass ich die Hand über die Augen decken musste. Im Geiste sah ich eine Strahlenbrücke, die bis hinauf ins Empyreum führte. Am Ende der Brücke stand dieser Gottmensch, wie ein Vater die Arme ausbreitend, die heimkehrenden Kinder zu empfangen. Das Gefühl, das ihr Agape nennt, erfüllte mich bis zum Rande. Ich hätte alle wie Brüder umarmen wollen.

Er trat zum Brunnen inmitten des Gartens und hob vom Marmorrand den silbernen Becher. Darauf war eine Distel gleich einer Sonne gebildet.

„Ihr werdet auch fürderhin meinen, durch Dornen und Disteln zu gehen und Durst zu leiden. Aber dieses geschieht nur im Irdischen und währt nur ein Kleines. Die Gnadensonne wird euch leuchten, und die ewigen Worte werden euch laben, wenn ihr Gott über alles liebt und eure Mitmenschen wie euch selbst. Selig sind die Barmherzigen."

Wieder schien er mir wie in einer Glanzwolke zu stehen.

Als wir das Abendmahl zu uns genommen und der Tag sich neigte, sprach Rael zu mir: „Theophilus, setze dich nieder bei deiner Harfe und singe dem Herrn ein Lied!"

Mir war bange, vor diesem Großen zu spielen und zu singen. Aber während ich mich niedersetzte auf den Schemel bei der Harfe, wurde meine Seele so leicht, als würde sie erhoben und schaute himmlische Scharen, die alle sich neigten vor dem Einen, der bei uns war. Die Hände griffen in die Saiten, als schlug sie ein anderer. Meine Stimme fand Worte und Töne in Harmonien, wie sie noch nie erklangen. Eine unsägliche Wonne erfüllte und erleuchtete mich.

In der Nacht, da wieder Zeit und Raum um mich waren, schrieb ich die Worte beim Schein der Öllampe aus der Erinnerung nieder:

> Jauchze meine Seele und
> singe dem Herrn ein neues Lied!
> Klinget ihr Saiten meiner Harfe
> ihm zur Freude, der uns annimmt
> in Barmherzigkeit!
> Freuet euch, ihr Sterblichen,
> denn fürder werdet ihr nicht
> im Reiche der Schatten wohnen,
> sondern wandeln im Licht!
> Er, der im höchsten der Himmel thronet,
> unschaubar im gleißenden Glanz,
> er stieg herab, um die Himmel zu öffnen,
> auf dass seine Kinder schreiten über Brücken,
> die gold- und purpurfarben.
> Sehet, er wartet am anderen Ufer
> und breitet die Arme,

die Heimkehrenden zu empfangen.
O glänzet im Golde der Reinheit!
O leget an den Purpur der Liebe!

Am nächsten Tage nach dem Morgenmahl bereite-
ten sich alle zum Abschied. Rael stand mit Tränen in
den Augen vor dem hohen Gast.

Dieser tröstete ihn: „Nicht lange mehr wird es wäh-
ren, und du wirst im Reiche des Lichtes sein."

Nach dem Segen — er hatte eine unvergessliche Art,
die Hände zu heben — schritt der Meister mit den Jüngern hinaus in die Morgenfrühe.

Nun, meine Lieben, will ich euch weiter berichten
von den Geschehnissen, die so groß und so seltsam
hier offenbar wurden.

Der Winter suchte das Land mit heftigen Regengüs-
sen heim und mit starker Abkühlung, so dass ich oft
meinen Herrn mit wärmenden Decken umhüllen
musste. Es ist schwer für einen jungen Menschen, die
Hinfälligkeit eines Greises mit anzusehen. Man möchte
dann wünschen, von hohem Alter bewahrt zu bleiben.
Jedoch dieses entscheidet ein anderer, höherer.

Als es zum Frühling ging, auf den Fluren die Anemo-
nen zaghaft zu blühen begannen und die Juden zum
Passahfest rüsteten, wurde mein Herr immer abwe-
sender. Sonderbare, leise Gespräche führte er, so als
wären seine Eltern und Vorväter um ihn. Er hatte einen
Blick, als sähe er in die jenseitige Welt. Ich sollte immer
noch die Harfe schlagen, doch sehr leise. Alles musste
jetzt behutsam geschehen. Mehr und mehr löste er
sich von dieser Welt, und Freude auf jene Welt des
Lichtes, die wir mit diesen Augen nicht schauen können, war in ihm.

Eines Morgens fand ich Rael, meinen Herrn, sanft
entschlafen auf seinem Ruhelager. Schon lange vorher

hatte er angeordnet, dass es an seinem Totenbett keine Klageweiber geben dürfe. Und niemand sollte sich, wie hier üblich, Asche aufs Haupt streuen. Rael war hinüber zu seinen Vorvätern gegangen, und es bestand kein Grund zur Klage. Seine Kinder und Kindeskinder hatten eigenen Besitz. Der älteste Sohn erhielt diesen dazu. Es wurde ihm anempfohlen, gerecht zu teilen und mich in seine Dienste zu übernehmen. Wenn ich jedoch andere Wünsche hätte, möge man mich mit dem mir bestimmten Geld und reich mit Kleidung versehen, mit der Harfe und einem guten Esel ziehen lassen.

War es, dass ich die Ehrfurcht, die ich Rael gegenüber empfunden hatte, nicht auf seinen Sohn übertragen konnte, oder trieb mich etwas Unsagbares nach Jerusalem — ich wusste es nicht. Als mein Herr in der Gruft seines Besitztums feierlich bestattet war, nahm ich Abschied von dem Hause, das mir, so lange ich denken kann, Heimstatt gewesen. Wenn man jung ist, lockt die Ferne. Man möchte sehen, erleben, nicht nur von anderen hören, was in der Welt vorgeht. Man scheut keine Gefahren, achtet sie gering.

Es war am Tage vor dem großen Sabbat, als ich von der Höhe auf Jerusalem hinabschaute. Der weiße Marmor und das Gold des Tempels erstrahlten nicht wie sonst im Sonnenlicht. Es war, als läge Aschenstaub in der Luft, der alles verfinsterte. Die Vögel verstummten im Gesträuch. Mein Herz bangte vor etwas Unbekanntem. Der Esel schrie auf wie im Schmerz und drängte sich an einen Hang. Immer dunkler wurde es ringsum, obgleich die Nacht noch fern war. Ich hob meine Hände und betete um Schutz gegen die Mächte der Finsternis. Die Erde bebte. Vom Toten Meer wehten schweflige Dünste herauf. Ich wagte nicht tief Atem zu holen, denn ich fürchtete, etwas Böses in mich aufzunehmen.

Zu Jesus von Nazareth flüchteten meine Gedanken, zu dem Sanftmütigen, der gesagt hatte: ‚Selig sind die Barmherzigen.' (Mt. 5,7) Wie mochten die Priester, die so wenig Barmherzigkeit kannten, ihn verfolgen!

Langsam lichtete sich wieder der Himmel. Eine Wolke formte sich einem Kelche gleich, und das Abendrot schien sich wie roter Wein in breiten Strömen daraus zu ergießen. Welch große Schuld der Menschen und welch ein Schauer des Heiligen erfüllte diesen Tag?

Erst später erhielt ich Antwort auf meine bebende Frage.

Vom Tempel her klang der lange, traurige Ton des Schophar, des Widderhorns, gefolgt von den sechs rituellen Trompetenstößen. Sie verkündeten den Anbruch des Passah-Sabbats. Blass ging der Mond des Monats Nisan über den Bergen auf.

Ich barg mich mit meinem Tier in eine Höhle und verbrachte die nächsten Stunden darin. Vom Schlaf gestärkt, legte ich am Morgen den Rest des Weges zurück, der über Bethanien führte.

Zu meiner Linken lag ein Garten. Zypressen ragten steil und ernst. Mir war, als wehten sie einen Hauch von Schmerzen herüber. Die Blätter der Feigenbäume flüsterten im Morgenwind. Einer dieser Bäume stand allein, wie abgesondert von den anderen. Verdorrt und kahl dräute sein Geäst. Mich überrieselte Kälte, als wäre dieser Garten von Geistern bewohnt. Mehrere Menschen mussten vor kurzem hier gewesen sein, denn das Erdreich zeigte viele Fußspuren. Von einem Dornstrauch am Wege hatte jemand einen Ast abgeschlagen und ihn mit sich geschleift. Warum hatte man sich diese Mühe gemacht?

Mein Grautier schüttelte sich und ging nun rasch bergab über die Brücke, die den Kidronbach überquert.

In seinem Tal hatten unzählige Pilger, die zum Fest nach Jerusalem gekommen waren, ihre Zelte aufgeschlagen. Gewiss waren die Herbergen der Stadt überfüllt. Gesänge schallten zu mir herauf:

Vergesse ich dein, Jerusalem,
so möge der Herr meine Rechte vergessen!
Meine Zunge soll an meinem Gaumen kleben,
so ich dein nicht gedenke!
Jerusalem soll meine höchste Freude sein.
(Ps. 137,5-6)

Durch die Goldene Pforte gelangte ich zum Portikus Salomonis. Hier herrschten Gedränge und so großer Lärm, dass meine Ohren wie betäubt waren. So lange in der Stille und Abgeschiedenheit gelebt, war mir dieses Treiben fremd. Die Menschen schrien aufeinander ein mit eifernden Gebärden. Beizender Geruch und Qualm vom verbrannten Fett der Opfertiere und der Blutdunst von den Altären erfüllte die Luft, in der ich zu ersticken meinte.

Und dies sollte das Haus des Herrn sein? Ich konnte nicht glauben, dass er hier jemals Wohnung genommen hatte. Ob es die Priester glaubten? Da ich hohen Wuchses bin, vermochte ich einen von ihnen zu sehen, wie er in seinem Festgewand, mit Borten und Fransen geschmückt, eilig die Stufen hinanschritt. Andere eilten ihm entgegen. Es schien eine besondere Aufregung unter ihnen.

Der Menschenstrom hatte mich zu einer Gruppe von Schriftgelehrten geführt. „Der Vorhang vor dem Allerheiligsten zerrissen. Welch ein Zeichen! Wenn dies die Menge erfährt!" So hörte ich.

In der Stille hätte ich diesem Geschehen nachsinnen können. Hier hatte ich Mühe, meine kostbare

Harfe und mein Grautier zu schützen. Wechsler und Händler schrien und feilschten. Die Tiere in den Käfigen, zum Opfer bestimmt, vermehrten den Lärm und die üblen Gerüche.

Ich wandte mich ab und dankte dem Herrn, als ich mit meiner Habe wohlbehalten auf den Xystus gelangte.

Dieser einzige größere Platz, vom Hasmonäer-Palast im Norden begrenzt, ist ein Platz der Reichen. Die Düfte von Myrrhe, Narde und Balsam, die den Sänften entströmten, konnten in diesen Tagen nicht den ekelerregenden Qualm aus dem Tempel überwehen. Ich kam mir nicht wie in der hochgelobten heiligen Stadt vor, sondern wie in den Klüften der Verdammnis.

Was hatte mich nur nach Jerusalem gezogen? War ich in die Irre gegangen? Viele Jahre war ich nicht mehr hier gewesen. Wo würde ich eine Unterkunft finden? In vielen Herbergen fragte ich darum. Nicht einmal um einen hohen Preis wollte es gelingen.

So stieg ich die Stufen zur Armenstadt hinunter, ins Tal der Käsemacher.

Wie seltsam wird man doch in manchen Stunden des Lebens an die Hand genommen und geführt!

Zwei Männer in galiläischer Tracht gingen raschen Schrittes an mir vorbei, blickten sich scheu nach mir um. Jetzt erkannte ich sie. Im Hause Raels waren sie gewesen, in der Begleitung Jesu von Nazareth. Freudig rief ich sie an. Sie sahen meine Harfe und erinnerten sich. Ich klagte meine Not um eine Herberge und durfte mit ihnen kommen. Es wäre viel geschehen. Wenn wir in Sicherheit, wollten sie mir berichten.

Vor einem der armseligen Häuser, die stufenförmig sich mit der Gasse abwärts reihten und aneinander zu kleben schienen, hielten die Freunde und klopften dreimal an die Tür. Vorsichtig wurde geöffnet.

Wir traten in einen dämmrigen Raum zu ebener Erde. Mehrere Männer waren hier versammelt, auch einige Frauen. Ängstlich blickten sie mich als Fremden an, wurden aber von den Jüngern beruhigt und ihnen mein Herkommen erklärt. Man half mir, meine Harfe loszubinden und sie in eine Ecke zu stellen. Der Esel wurde in den Hof gebracht.

Scheu und leise sprachen die Frauen und bedauerten, dass sie mir nur Gerstenbrot trotz des Feiertages vorsetzen konnten und auch nur Wasser statt Wein. Sie bargen ihre Tränen mit den Händen und setzten sich wieder in die Nähe des Herdes. Auch die Männer waren alle verstört.

Andreas, einer von denen, die mich hergeführt hatten, sagte: „Joseph von Arimathia hat von Pilatus die Erlaubnis erhalten. Wir haben seinen Leichnam in Josephs Felsengruft gebettet. Es musste alles schnell geschehen wegen des Sabbats. — O Herr, du hast deine Herde allein gelassen!" Schluchzend ließ er seinen Kopf auf die Tischplatte sinken.

Allmählich begann ich zu verstehen, aber noch fragend blickte ich die anderen an.

Tonlos gaben sie mir Antwort „Sie haben Jesus gekreuzigt."

Tiefe Trauer, die keine Worte fand, überfiel auch mich. Wie konnten diese Priester so blind, so hasserfüllt und grausam sein? Hatten sie nicht gefühlt, wer da vor ihnen stand? Welch eine Schuld hatten sie auf sich geladen!

Der Jünger, der neben mir saß, sagte: „Es geschah, als die Erde bebte und die Sonne ihren Schein verlor. Seine letzten Worte waren: „Es ist vollbracht Vater, mein Geist kehrt zurück zu dir!" (Joh. 19,30)

Der Schmerz lastete schwer auf allen. Sie fühlten ihre Schwachheit und Unzulänglichkeit.

Auch meine Seele war tief betrübt. Hatte der Mächtige der Finsternis hohnlachend gesiegt? War die Brücke ins Empyreum, die ich ehemals zu schauen vermeinte, zerbrochen, so als wäre sie auf tönernen Pfeilern erbaut gewesen? Stand niemand am jenseitigen Ufer, und breitete niemand die Arme, um die geliebten und liebenden Kinder zu empfangen? Tot und finster erschien mir unsere Welt, da der Gute, Strahlende von uns gegangen.

In die Stille hinein klopfte es. Angstvoll hoben alle die Köpfe und blickten sich an. Langsam ging einer auf leisen Sohlen zur Tür und spähte durch einen Spalt. Aufatmend schob er den Riegel zurück.

Einer, den sie Philippus nannten, trat ein und berichtete, dass Judas, der Verräter, sich erhängt habe. Joseph von Arimathia gewährte den Jüngern in einem seiner Häuser beim Tor Ephraim Unterkunft. Die Mutter Jesu, Johannes und Petrus und andere der Ihrigen seien auch dort. Am Morgen, wenn viel Volk zum Tempel ströme, wollte er uns dort hinführen.

So verbrachten wir in Trauer und trüben Gedanken die Nacht. Beim ersten Morgenschein verzehrten wir schweigend ein karges Mahl. Danach rüsteten wir zum Aufbruch.

Ich dankte den Frauen, legte heimlich eine Münze in den Tonteller, belud meinen Esel mit der Harfe und meiner sonstigen Habe und folgte den Jüngern nun wieder die Stufengassen hinauf zur Oberstadt. Viel Volk war schon unterwegs zum Tempel, und niemand achtete unser.

Es war das Haus eines Wohlhabenden, zu dem wir geführt wurden. Die Türe aus dem harten Holz der Sykomore gefügt, mit großen Kupfernägeln beschlagen, und alles wohl gepflegt.

Nach dreimaligem Klopfen wurde uns geöffnet. Eine Magd in griechischer Tracht nahm sich meines Esels an. Die Harfe stellte ich in die Vorhalle.

Nun sollte ich Seine Mutter sehen! Ich erkannte sie sofort. Das Ebenmaß der Züge in dem zeitlosen Antlitz, von tiefem Schmerz gezeichnet, war unvergleichbar allem bisher geschauten.

Petrus — dieses ist sein Beiname, eigentlich heißt er Simon — und Johannes saßen ihr zur Seite. Sie schwiegen. Was sollten auch Worte? Mit Gebärden luden sie uns ein, am Tisch Platz zu nehmen.

Die Tochter des griechischen Hausverwalters brachte uns Wein und Weizenbrot. Ich schalt mich insgeheim, weil ich bemerkte, dass sie ein edles Profil hat und eurer Schwester Lydia ähnelt. Euridike nennt man sie.

Plötzlich ertönten sehr heftige Schläge zu drei Malen draußen am Tor. In der Halle hörte man aufgeregte Stimmen.

Danach wurde die Tür zu unserem Raum hastig geöffnet. Ein schönes Weib mit rotblondem, jetzt sehr verwirrtem Haar, stürzte außer Atem herein. „Der Leib des Herrn ist fort! Das Grab geöffnet! Ich habe ihn aber unter den Zypressen stehen gesehen. Sehr hell und leuchtend. Ich lief auf ihn zu. Er aber sprach: ‚Rühre mich nicht an!' (Joh. 20,17) — Auch die Maria-Hanna erblickte ihn. Wir fielen ihm zu Füßen. — Petrus, Johannes, kommt, dass auch ihr ihn seht."

Die beiden eilten mit der Frau — sie hieß Maria Magdalena — zur Felsengruft. Diese lag in einem Garten des Joseph von Arimathia an der Straße, die nach Joppe führt.

Maria, seine Mutter, saß mit geschlossenen Augen. Es schien, als lauschte sie nach innen. Sie brauchte nicht wie die anderen zu seinem Grab zu eilen.

Nach geraumer Zeit kehrten die Jünger mit mehreren Frauen zurück: Ein Jüngling im weißen Gewand hatte ihnen bedeutet, hier in diesem Raum zu verweilen, betend und in aller Liebe des Herrn gedenkend.

Maria Magdalena trug ein Leinentuch über dem Arm, das sie wohl als Andenken aus der Gruft mitgenommen hatte. Später erfuhr ich, dass sie als Tänzerin in den Häusern der Reichen aufgetreten war. Jesus hatte sie von Besessenheit geheilt. Seitdem führte sie ein bußfertiges Leben und zählte zu seinen Anhängern. Es schien aber, als hätte sie ihn auch auf irdische Weise und nicht nur mit der reinen Agape geliebt. Wohl deshalb hatte er zu ihr gesprochen: Rühr mich nicht an! — Ihr Antlitz war jetzt sehr verstört. Das des Petrus schien noch eine besondere Qual widerzuspiegeln.

Johannes sprach in die Stille: „Herr, du hast die Welt überwunden. Deine Worte sind uns geblieben. ‚Meinen Frieden lasse ich euch. Nicht gebe ich, wie die Welt gibt. Euer Herz erschrecke nicht und fürchte sich nicht! (Joh. 14,27) Denn mein Reich ist nicht von dieser Welt. (Joh. 18,36) Wer in mir bleibt und ich in ihm, der wird nicht verloren sein. (Joh. 15,5) In der Welt habt ihr Angst. Aber seid getrost, ich habe die Welt überwunden, wie auch ihr sie überwinden werdet! (Joh. 16,33) Ich bin der Weg, die Wahrheit und das Leben. Niemand kommt zum Vater denn durch mich. (Joh. 14,6) Der Vater hat mich geliebt, ehe denn die Welt gegründet ward. (Joh. 17,24) Ich habe seine Herrlichkeit und Liebe kundgetan, auf dass die Liebe auch in euch sei.‘ (Joh. 17,26)

Herr, hilf, dass wir dein Wort behalten und danach tun und uns nicht fürchten vor der Macht der Menschen! Dein Geist führe uns! Amen."

Die meisten waren im Gebet versunken. Nur leise und selten wurde gesprochen. Die Speisen, die Euridike auftrug, wurden kaum angerührt.

Nun hob Petrus das Haupt, wandte sich zu mir und sagte: „Sänger, hole deine Harfe und lass sie leise tönen uns zum Trost!"

Als ich sie aus der Halle hereinbrachte, wurde das Tor doppelt verriegelt. Auch der Hausvater mit seiner Tochter und seinem Sohn Stephanus kamen hinzu.

Wieder war mein Herz bange wie ehedem, als ich im Hause Raels vor Ihm spielte. Leise schlug ich die Saiten und sang:

Herr, der du in deinem Heiligtum wohnest,
in deiner Liebe!
Herr, der du zurückkehrtest,
von wannen du ausgegangen,
bleibe noch eine Spanne der Zeit bei uns!
Schenke noch einmal uns
dein Licht und deine Erbarmung!
Siehe, wir wandeln im finsteren Tal
zwischen Dornen und Disteln.
O reiche uns wieder
das Wasser des Lebens,
auf dass wir nicht dürsten!

Allmählich war es Abend geworden. Mild duftete das Wachs der entzündeten Kerzen. Sie erhellten nur spärlich den Raum, wie es sich für eine Feier der Andacht und Wehmut geziemt.

Plötzlich war da ein Licht wie eine weiße Wolke. — Und Jesus stand mitten unter uns, ganz wie wir ihn zu seiner Erdenlebzeit gekannt hatten.

Er hob die Hände, in denen wir die Wundmale erblickten, und sprach: „Friede sei mit euch und fürchtet euch nicht! Sehet, ich habe den Tod überwunden. Auferstanden ist auch mein Leib, denn auch er ward lauter Licht und wurde zum Kleid der Seele. Ich habe gelitten, wie jeder Mensch Schmerzen leidet. Denn der göttliche Geist zog sich zurück und ließ meine Seele allein. Ich hätte ihn rufen können und hätte alle Kraft und alle Macht gehabt, die Diener des Bösen zu vernichten. Doch ich tat es nicht, und so konnte ich leben in Demut und Liebe bis zum letzten meiner Tage im irdischen Kleid. So konnte ich neu erschaffen die Erde, auf der ich schaubar ward den Menschen als Bruder. So konnte neu ich ordnen die Himmel, da ich mit gebreiteten Armen warte auf die Heimkehr meiner Kinder. Ich gab euch das Brot des Lebens, meine Liebe. Esset dieses Brot, dann seid ihr verbunden mit mir. Ich reichte euch den Wein der Weisheit. Ihr habt getrunken, so viel ihr zu fassen vermochtet. Nun seid gestärkt und gewiss, dass ich wiederkommen werde. Und gebet Kunde den Kleingläubigen! Friede sei mit euch!"

Nachdem Jesus dieses gesprochen hatte, war wieder die helle Wolke um ihn, und er entschwand unseren Blicken inmitten des Raumes, da wir saßen.

Sagt, meine Lieben zu Korinth, ob ihr je wohl Ähnliches erlebtet zu Delphi oder Eleusis?

Ich hoffe, dass ich diesen Brief bald einem verlässlichen Handelsmann, der eure Küste ansteuert, mitgeben kann. Indessen werde ich mir neue Pergamentbogen und Schreibrohre beschaffen, um euch weiter zu berichten. Friede sei mit euch!

Theophilus, Verkünder einer frohen Botschaft

In Jerusalem und Bethanien

So will ich euch nun weiter schreiben, was hier geschehen nach der Auferstehung Jesu Christi.

Nachdem der Auferstandene uns allen im Hause des Josephs von Arimathia erschienen, zu uns geredet hatte und wieder entschwunden war, so wie der Samenflaum manch einer Blüte im Winde verweht, saßen wir eine lange Weile wie gebannt, ohne Sprache. Niemand wagte sich zu rühren.

Der junge Stephanus, der neben mir, aber etwas vorgerückt saß, hatte das Antlitz eines Engels, auf dem himmlischer Glanz liegt. Euridike hatte das Haupt geneigt, so als lauschte sie nach innen. Es schien mir, alle in diesem Raum, die den Auferstandenen geschaut und gehört, hatten eine Weihe empfangen. Unsere Seelen waren verbunden und eingetaucht in himmlische Sphären.

In dem geräumigen Haus verbrachten wir alle die Nacht.

Als ich im Frühlicht am sprühenden Wasserstrahl im Atriumgarten mich erfrischte, hörte ich aus einem der Frauengemächer eine zarte Stimme singen:

Gleich wie die Blume,
vom Strahle der Sonne geweckt,
entsteiget im hellen Gewande
dem Reiche der Erde,
so ist Er erstanden und strahlet
im himmlischen Glanze.
O freue dich, jauchze o Seele!
Jauchze, o Seele!

Im ersten Augenblick waren meine Sinne verwirrt. Ich kannte diese Weise. Erinnert ihr euch? Ich war ehemals in einem Hain in der Nähe des großen korinthischen Tempels eingeschlafen. Tempeljungfrauen — Hierodulen nennt man sie bei euch — hatten einen Mysten, der wieder zur Sonne emporstieg, mit diesem Liede begrüßt. Ich war ungesehener Zuhörer gewesen.

Geschah in solch gleichnishaftem Tun nicht schon seit langen Zeiten eine Offenbarung über das ewige Leben der Seele? Sie wird aus der Dunkelheit dieser Erde erstehen und gleich einer Blume erblühen und die Gnade des Lichts empfangen.

Ich holte meine Harfe aus der Halle und spielte unter den Arkaden dieses Lied. Auf leisen Sandalen kam Euridike. Ihr Antlitz war lieblich wie eine Blume. Sie lauschte, und als ich geendet, fragte sie: „Woher kennst du dieses Lied?"

„In der Heimat meiner Eltern hörte ich es. Ist es nicht seltsam, welch eine Tiefe es birgt?"

Ich wiederholte die Weise, und Euridike neben mir sang mit verhaltener Stimme. Nie werde ich diesen Morgen vergessen. Von nun an war eine zarte Verbindung zwischen uns.

Beim Morgenmahl trafen wir uns alle wieder. Behutsam sprach man über das große Erlebnis. Wir blieben — sowohl in der Hoffnung, Ihn wiederzusehen, als auch aus Furcht vor den Juden, die nach seinen Jüngern forschten — in diesem festen Hause des ehrbaren Ratsherrn Joseph, wo die Templer uns gewiss nicht vermuteten.

Später kamen Thomas und Matthias, die in Bethanien gewesen, hinzu. Diese waren ihm auch gefolgt, während er lehrte. Sie erfuhren, was sich hier zugetragen. Thomas, ein Schmalgesichtiger mit lebhaften Gebärden, schüttelte immer wieder sein Haupt und konnte es nicht glauben. Die anderen sahen ihn vorwurfsvoll an ob seines Zweifelns.

Noch zwei andere Jünger fanden sich ein, der eine Kleophas mit Namen, und hatten Seltsames zu berichten: Nach der Kreuzigung waren sie auf dem Wege zu einem Dorf nahe bei Jerusalem, ihre Herzen voll Trauer. Noch immer vermochten sie es nicht zu fassen, dass ihnen ihr Herr genommen und auf so martervolle Weise den Tod hatte erleiden müssen. Sie mochten gar nicht die Blicke heben, denn ringsum feierten Frühlingsblumen ihre Auferstehung. Ihren Meister hatte man während der Blüte seines Lebens in die Totengruft gelegt. Er hatte Liebe gelehrt und gelebt, und die Templer kannten nur Hass. Nun war er gestorben wie jeder andere Mensch und hatte doch von seiner Macht und Herrlichkeit gesprochen. War er wirklich der Messias gewesen? Wie konnte dann so Jammervolles geschehen?

Als sie so gesenkten Hauptes dahinschritten, ging unvermutet ein Fremder neben ihnen. Er musste lange Wanderungen gewohnt sein, denn er ging leicht, als ob er den steinigen Boden kaum berührte. Doch nicht das kleinste Bündel trug er in der Hand. Er fragte, warum sie so traurig wären. Verwundert schauten sie ihn an.

War er ihnen nachgesandt und sollte sie ausforschen? Nein, aus seinem Antlitz strahlte Sanftmut und Güte.

„Du kommst aus Jerusalem und weißt nicht, was da in diesen Tagen geschehen ist?" fragte Kleophas

„So sagt es mir!" Die Stimme klang fordernd, jedoch ohne Arg. Sie berichteten ihm über Jesus von Nazareth, wie er mächtig in Worten und Taten gewesen, so dass sie ihn für den Messias gehalten. Doch nun hatten die Priester, die seine Feinde waren, Macht über ihn gewonnen und ihn kreuzigen lassen. Einige Weiber, so hörte man, wollen das Grab leer gefunden haben und meinen er sei auferstanden. Doch Weibern kann man nicht immer glauben.

Und der Fremde sprach: „O ihr Toren, die ihr trägen Herzens seid! Hat sich nicht erfüllt, was von ihm geschrieben steht: Er wird ein Heiligtum sein, aber ein Stein des Anstoßes und ein Fels des Ärgernisses den Bürgern von Jerusalem. (Jes. 8,14) — Und auf euch scheinen die Worte zu passen: Sie werden unter sich die Erde ansehen und nichts finden als Trübsal und Finsternis, denn sie sind im Dunkel der Angst. Doch es wird nicht dunkel bleiben über ihnen. (Jes. 8,22)

Sehet, Jesaja (53,3) sagt von ihm: „Er war der Allerverachtetste, voller Schmerzen und Qualen. Er war so verachtet, dass man das Angesicht vor ihm verbarg — und weiter heißt es: Aber die Blinden will ich auf dem Wege leiten, den sie nicht kennen. Ich will die Finsternis vor ihnen her zum Licht machen und das Höckerichte zur Ebene. Solches will ich tun und sie nicht verlassen." (Jes. 42,16)

Verwundert blickten die beiden Jünger den Fremden an. War er ein Pharisäer und Schriftgelehrter? Er war aber einfach gewandet, nicht wie jene mit kostbaren Borten und Quasten. Woher kam ihm solche Weisheit?

„Warum aber musste solches geschehen?" fragte Kleophas den Fremden. „Konnte der Herr nicht die Templer mit einem Hauch seines Mundes zunichtemachen, auf dass seine Herrschaft groß werde und des Friedens kein Ende?"

„Ich will mit euch einen ewigen Bund machen und euch Gnade geben. So steht es bei Jesaja (55,3)", erinnerte der Fremde.

„Unser Herz brannte, indem er das sagte", gestand Kleophas. „Inzwischen neigte sich der Tag, und es wollte Abend werden. Wir erreichten unsere Herberge, aber unser Begleiter schien noch einen weiten Weg zu haben. Wir baten ihn, doch bei uns zu bleiben, und er kam und setzte sich mit an unseren Tisch. Eine Magd brachte uns Brot und Wein. Der Fremde nahm das Brot, dankte, brach's und reichte es uns.

Da gingen uns die Augen auf, und wir erkannten ihn, um den wir trauerten, nicht ahnend, dass er bei uns war. In diesem Augenblick erfüllte ein großer Glanz den Raum, und der Herr ward unsichtbar. Wir saßen mit erhobenen Händen, als konnten wir ihn auf diese Weise halten. Eilends kehrten wir zurück nach Jerusalem, um euch solches mitzuteilen. (Lk. 24)

Inzwischen hatte man Joseph von Arimathia von dem Geschehen benachrichtigt. Der Ehrwürdige ließ sich in seiner Sänfte zu diesem Hause bringen. Petrus als der Älteste erzählte scheu und mit sparsamen Worten von dem Ereignis, das uns allen sichtbar gewesen.

Auf seinen Stab geneigt, den er mit beiden Händen umfasst hielt, sagte der Ehrwürdige: „O Herr wenn du deinen Diener, der nicht immer den Mut fand, dich vor aller Welt zu bekennen, auch dieser Gnade teilhaftig werden ließest, meine Seele wäre leicht und voll Freude!"

Er ordnete an, das Tor fest zu verriegeln. Der Hausverwalter tat es mit eigener Hand und kam dann mit Stephanus und Eurydike zu uns. Wieder saßen wir alle beisammen. Der hohe geschnitzte Stuhl blieb leer wie alle Tage.

Und wieder kam es, dass sie mich baten, zu singen und die Harfe zu schlagen. Nachdem ich geendet, hob Johannes die Hände und betete.

Plötzlich war abermals ein heller Schein im Raum, und Jesus stand unter uns.

„Friede sei mit euch! Sehet, ich erfülle eure Bitte und komme zu euch. Nun kann meines alten Josephs

Seele leicht und voll Freude sein, wie sie es immerdar sein wird in meinem Reich, das nicht von dieser Welt ist."

Joseph von Arimathia bebte vor innerer Erregung. Thomas sank vor Scham und Reue zu Boden, umfing Jesu Füße und stammelte: „Mein Herr und mein Gott!" (Joh. 20,28)

„Du Ungläubiger, lege deine Finger hier auf meine Wundmale!"

Als das geschehen, bettete der Auferstandene des Jüngers Haupt an sein Herz.

Jesus setzte sich zu uns an den Tisch auf den Stuhl, auf dem bisher niemand zu sitzen gewagt. Später erfuhr ich, dass er beim letzten Abendmahl vor seiner Gefangennahme da gesessen. Er goss Wein in die Kelche. Dann brach er das Brot in der ihm eigenen Art und teilte es aus. Und er aß und trank mit uns, wie er es früher getan. Uns war es wie eine Weihehandlung voll tiefer Bedeutung. Seine Mutter blickte auf ihn verklärten Angesichts, unverwandt. Desgleichen Maria Magdalena, aber in ihren Augen brannte auch noch ein irdisches Feuer.

Der Auferstandene sagte, dass er sich an vielen Orten zeigen werde bei denen, die ihn gekannt. Sie sollten die Gewissheit erhalten, dass er den Tod überwunden und dass es für alle eine Auferstehung der Seelen gebe. Bald sollten sie nach Bethanien und dann nach Galiläa ziehen, dort würden sie ihn auch sehen.

Danach trat er zu Stephanus und legte ihm beide Hände auf: „Du, mein lieber Bruder! Ich gebe dir meinen Frieden, und er bleibe dir in Ewigkeit!"

Stephanus war wie von Glanz übergossen, heller als da leuchtet ein Goldgefäß in der Sonne. Er fiel dem Herrn zu Füßen und sprach: „Nun lebe nicht mehr ich, sondern Christus lebt in mir!" (Gal. 2,20)

Darauf hob der Auferstandene, alle segnend, die Hände und — war unseren Augen nicht mehr sichtbar.

Joseph von Arimathia ließ den Kelch, daraus Jesus getrunken, in neues Linnen schlagen und nahm ihn mit sich. Ich wunderte mich, ob dieses Tuns. Bedurfte er noch eines irdischen Andenkens?

Anderntags erzählte mir Euridike, dass es ihr mit diesem Kelch seltsam ergangen. An dem Abend, als Jesus mit den Seinen aufbrach, um in den Garten Gethsemane zu gehen, wurde Euridike von der Mutter geschickt, das Tischgerät abzuräumen. Als sie diesen Kelch zur Hand nahm, ward ihre Seele schwer und voll Trauer. Dann schien er ihr wie von einem Licht umgeben, und gleichzeitig war ihr leicht, als hätte sie keinen irdischen Körper und könnte schweben. Sie brachte diesen Kelch nicht wie die anderen der Magd zur Reinigung, sondern tat es selbst und barg ihn in einen Wandschrein. Heute hatte sie ihn wie auf ein inneres Geheiß auf den Tisch vor den hohen, geschnitzten Stuhl gestellt.

Früher hätte ich solchen Tiefsinn als Kindermär belächelt. Heute halte ich dieses und ähnlich Hintergründiges für möglich, nein mehr: Ich glaube an derartige Zusammenhänge.

Seit dieser Auferstehung scheinen mir alle Dinge durchsichtig geworden zu sein und eine geheime Sprache zu führen: Brot und Wein, Wüste und Fruchtgefilde, Fels und Quelle, Grab und Frühlingsgarten, Dunkel und brennendes Öl in der Lampe. Es sind nicht mehr nur Dinge unseres täglichen Lebens, sondern sie leuchten auf in einem inneren Licht, sie sind Symbole von Höherem, Geistigem.

Stephanus schien seit der Berührung des Auferstandenen wie entrückt. Niemand wagte ihn anzusprechen. Auch Euridike ging wie im Traum umher. Wir alle waren wachend Träumende. Es war ein Zustand zwischen Diesseits und Jenseits, zwischen Sehen und Bereits-Haben. Alle trugen wir Christus in unseren Herzen, und es schien, als wären wir auferstanden zu einem inneren Leben. Aber im äußeren Leben waren wir noch voll Bedrängnis und befiel uns Zittern und Zagen.

Am nächsten Tag hofften die Jünger, mit den Pilgern, die in den Zelten vor der Stadt wohnten, unbeachtet durch das Tor und auf den Weg nach Bethanien zu kommen. Ich fragte, ob ich mit ihnen ziehen dürfte. Sie nickten und nahmen mich so schweigend in ihre Gemeinschaft auf. Euridike bat ich, meine Harfe in Verwahrung zu nehmen. So wusste sie, dass ich wiederkommen würde. Auch meinen Esel ließ ich bei dem freundlichen Hausverwalter.

Niemand achtete unser, als wir Jerusalem verließen. Der nächste Ort war Bethanien. Hier wohnte Lazarus, den Jesus vier Tage nach dessen Tod auferweckt hatte. Es war ein großer, schöner Besitz, den die Templer damals, als Lazarus im Felsengrab beigesetzt war, schon als den ihren betrachteten, denn Lazarus hat nur zwei junge Schwestern. Daraus mögt ihr ersehen, wie groß die Habgier der Tempelherren ist. Jetzt bewachten große, scharfe Hunde Haus und Hof. Und eine Tafel: ,Hüte dich vor dem Hunde!' war am Tor befestigt. Als wir Einlass begehrten, hörten wir wohl Gebell, aber bald gaben die Tiere ihre Freundschaft zu erkennen.

Lazarus kam uns entgegen. Sein Antlitz war von innerem Erleben gezeichnet. Die Schwestern sahen sich nicht ähnlich. Die eine, die sie Maria nannten, hatte so traurige Augen, dass mir die Worte fehlen, den Eindruck zu beschreiben. Man sagte mir, dass sie bei Jesu letztem Hiersein seine Füße mit köstlichem Nardenöl gesalbt hatte.

Wir wurden bald zu Tisch gebeten, und die beiden Schwestern bedienten uns. Stephanus, der auch mit uns gegangen war, kam an der langen Tafel neben mir zu sitzen. In seiner leisen Art sprach er aus der Erinnerung von der Auferweckung des Lazarus. (Joh. 11,1 ff)

„Jesus ging damals mit den Schwestern, gefolgt von den Jüngern, beobachtet von den Templern, zum Felsengrab. Er blieb davor stehen. ‚Rollt den Stein hinweg!‘ sagte er zu den kräftigsten der Seinen. Diejenigen, die ihm am nächsten waren, sahen, wie seine Augen voll Trauer und sich mit Tränen füllten. Sein Blick ging in die Felsenhöhle und noch sehr viel weiter, so als durchdringe er alles Urgestein der Erde bis in ihre tiefste Tiefe, so als sähe er dort einen, der ihm lieb und teuer wie einem Vater der Sohn war, der aber fern und verirrt. Dann wurde sein Blick wieder nah, und er sah in die Gruft des Lazarus.

Martha neben ihm sagte nun: ‚Herr, wenn du früher gekommen wärest! Er liegt schon vier Tage!‘

Jesus erwiderte: ‚Wenn du glauben würdest, könntest du die Herrlichkeit Gottes schauen.‘

Er erhob seine Hände und den Blick gen Himmel, so als schaute er die Herrlichkeit Gottes. Ich glaube, er tat es wahrhaftig. Dann rief er hinein in die Felsenhöhle: ‚Lazarus, komm heraus!‘

Viele fürchteten sich, deckten die Hände vor die Augen oder wichen zurück. Durch die Reihen der Pharisäer ging ein Raunen. Aus der Gruft wehte Kälte, die erschauern ließ. Der Verwesungsgeruch, gemischt mit dem der Spezereien, beengte den Atem.

Bei dem Rufe: ‚Lazarus, komme heraus!‘ wehte ein warmer Strom hin zu der Gruft gleich wohltuendem Frühlingswind, kräftigend und balsamisch, so dass die zunächst Stehenden tief einatmen konnten. Sie bedurften dieser Stärkung auch sehr.

„Warum beschleicht uns eigentlich so etwas wie Furcht beim Anblick eines toten Körpers, auch wenn er lebend uns lieb und teuer war?" fragte Stephanus. Und sich selbst beantwortend, fuhr er sogleich fort: „Vielleicht sind wir beunruhigt bei der Erkenntnis, wie falsch es ist, einen Menschen mit dessen Körper gleichzusetzen. Wenn die Kraft, das innere Licht, das ihm Leben verlieh, sich aus ihm zurückzieht, wird er fahl wie eine Blume auf der Flur, die gemäht ist und keines Menschen Auge mehr erfreut. Der Tote liegt stumm und starr. Er lächelt nicht, er spricht nicht mehr zu uns. Etwas Fremdes, zu dem wir keinen Zugang haben, umgibt ihn. Wir ahnen, dass seine geistigen Augen uns noch sehen, dass seine Hände uns vielleicht streicheln, uns danken und uns segnen. Und wir sind voll Trauer, dass wir blind sind, ins Leere greifen. Der Abyssus hat sich uns aufgetan, den wir lebend nicht zu überschreiten vermögen. Dies alles lässt uns erschauern."

Stephanus fuhr dann fort: „Als nun eine aufrechte weiße Gestalt in dem dunklen Felsengang sichtbar wurde, die zu schreiten versuchte, erbebten wiederum alle, die dies sahen. ‚Nehmt ihm die Binden ab!' gebot der Herr. Maria und Martha eilten hinzu und lösten die Leinentücher, die um die Beine gewunden waren. Alle hielten den Atem an. Jetzt musste das Schweißtuch vom Haupt des Auferweckten fallen. Würde uns das Antlitz eines völlig Lebenden entgegenleuchten oder das fahle, eingefallene eines Wandelnden, der den Tod gefühlt hat, uns erschrecken? Wie ein vom Schlaf Erwachter kam Lazarus langsam und blinzelnd ins Licht und lächelnd dem Herrn entgegen. Der breitete die Arme aus und empfing ihn wie einen heimgekehrten

Bruder. Lazarus kniete vor dem Meister nieder und umfing seine Füße.

Auf einen Wink des Herrn eilte Martha, dem Auferweckten Brot und Wein zu holen. Allmählich wagten sich die umstehenden Freunde heran und stellten fest, dass kein Verwesungsgeruch ihm anhaftete und seine Wangen sich röteten. Sie stimmten Loblieder an.

Die Templer aber schlichen davon.

Niemand wagte es, Lazarus nach seinen Erlebnissen im Jenseits zu fragen. Vielleicht wäre ihm auch jetzt alles wie ein Traum vorgekommen. Wohl mancher der Unseren wird sich gefragt haben, warum Lazarus in dieses Leben zurückgerufen wurde. Sollte dadurch die Macht und Kraft des göttlichen Geistes in Jesus aufs Neue offenbart werden?" Mit dieser Frage schloss Stephanus.

Johannes, uns gegenüber sitzend, hatte alles vernommen. Er, der so jung und doch so weise wirkte, hatte einen Blick, der durch die Dinge hindurchzugehen schien. Nun beugte er sich zu uns herüber und sagte: „Manches, mein Stephanus, hat dir nicht Fleisch und Blut offenbart, sondern der Geist, der in dir waltet. Die Auferweckung des Lazarus aber geschah nicht, um vor den Ungläubigen des Tempels ein neues Wunder zu wirken. Sie geschah auch nicht, um den trauernden Schwestern den geliebten Bruder wiederzugeben. Denn der Herr hätte sie sicher mit einem Blick, mit einem leisesten Anrühren so zu trösten vermocht, dass sie des verstorbenen Bruders nicht trauernd, sondern nur jubelnd gedacht hätten. Die tiefere Bedeutung dieser Tat vermögen die meisten noch nicht zu fassen. Sie ist gleichnishaftes Geschehen, das die sichtbare und die unsichtbare Welt, Zeit und Ewigkeit umfasst. Jesus weinte nicht um Lazarus, dessen Seele ja im Lichte weilte. Stephanus ahnt, um wen Er weinte. Schweiget aber darüber! Vieles darf dieser Welt nur in Bildern gegeben werden."

So sprachen wir an der Tafel des Auferweckten.

Und jetzt war er, der Herr, aus dem Felsengrab nahe bei Golgatha wieder ins Licht geschritten. Als sich dieses vollzog, war niemand dabei. Es ist diesem Geschehen das Siegel des Geheimnisses verblieben. Wo waren Jesu Geist und Seele, während sein Leib im Grabe lag? Hatte er noch ein Werk auf Erden oder im Jenseits uns unsichtbar zu vollenden? Dann war er für eine kleine Weile uns wieder sichtbar geworden, hatte mit uns gesprochen und gegessen wie ein Mensch aus Fleisch und Blut. Und wieder hatte er uns verlassen, wie eine weiße Wolke im Blau des Himmels verweht.

„Ich bin die Auferstehung und das Leben. Wer an mich glaubt, der wird leben, ob er gleich stürbe dem Leibe nach." (Joh. 11,25) So hatte er gesprochen, sagten die Jünger. Sie glaubten an ihn, aber die meisten waren furchtsam wie verlassene Schafe in felsigem Gestein, die das Heulen der Schakale immer näher kommen hören.

Simon, den sie Petrus nannten, sprach in die bange Stille: „O wir Furchtsamen! Haben wir des Herrn Worte vergessen, als er sagte: Meinet ihr denn, dass ich euch nach meines Leibes Tod verlassen werde? O mitnichten! Ich werde bei den meinigen verbleiben bis ans Ende der Zeiten und werde für jeden, der an mich glaubt, die Tore zum ewigen Leben in meinen Himmeln offen halten. Meine Schafe werden sich wohl zerstreuen, wenn der Hirte geschlagen wird, aber ich werde sie wieder sammeln, und es wird dann nur eine Herde und ein Hirte sein immerdar." (1)

Nach diesen Worten war ein Schwingen in der Luft des Raumes spürbar wie ein frischer Morgenhauch. Und die Stimme eines Unsichtbaren sprach: „Jesus ist mein geliebter Sohn, des sollt ihr gewiss sein. Er ist der verkörperte Ausdruck meiner Liebe, meiner Weisheit und meines Willens. Ich bin in ihm, und er ist in mir. Wer ihn sieht und hört, der sieht und hört auch mich. Wer meinen Willen tut, hat in sich das ewige Leben." (2)

Die Stimme schien oben aus der Luft zu kommen, und wir erbebten vor ihrem Klang.

Und abermals stand Jesus mitten unter uns. Ein Leuchten umgab ihn, das noch stärker war als die vorherigen Male. „Ihr, meine Lieben, verzaget nicht! Ich bin bei euch alle Tage bis an der Welt Ende, auch wenn ihr mich nicht immer sichtbar vor Augen habt. Wer an mich glaubet, sich mir gelobet, wird mich im Herzen tragen jetzt und in Ewigkeit."

„O Herr, warum musstest du uns verlassen?" heiser und stockend klang Simons Stimme. „Warum musste der Allmächtige von seinen Geschöpfen gerichtet werden, um ihnen die Seligkeit und das ewige Leben geben zu können? Genügten die reine Lehre und die Wunder nicht? Wenn diese nicht die Menschen besserten, wie wird sie dein Leiden und Sterben umwandeln?"

„Ich als der Schöpfer jeglichen Lebens muss alles, was am Beginn der Zeiten Luzifers durch die Festigkeit meines Willens dem Gericht und dem Tode verfallen war, erlösen und muss nun durch das Gericht und den Tod meines Fleisches in das alte Gericht und in den alten Tod eindringen, um so meinem eigenen Gottwillen jene Bande zu lockern und zu lösen, dass darauf alle Kreatur aus dem ewigen Tode zum freien und selbständigen Leben übergehe. Deshalb bin ich in die Welt gekommen, um das, was verloren war, aufzusuchen, es zu lösen und so für die Seligkeit zu befähigen.

Der höchste Hochmut Satans kann nur durch meine tiefste Demut überwunden werden. Deshalb musste solches alles geschehen." (2)

Vor dieser unfassbaren Demut und gleichzeitig göttlichen Erhabenheit erzitterten in mir alle Fibern meines Seins. Und so geschah es auch wohl den anderen. Ich glaube, die Welt vermag die göttliche Herniederkunft und ihre Bedeutung nie und nimmer zu fassen. Auch mir geht nur ein ganz kleines Fünklein auf, tief innen im Herzen, denn der Verstand hat keinen Raum dafür.

„O Herr, warum musste es auf so grausame und so schmachvolle Weise geschehen?" fragte Philippus.

„Mein Materieleib", antwortete der Auferstandene, „musste in der größtmöglichen Erniedrigung gebrochen werden. Und der Geist Gottes, der in aller Fülle in mir wohnt und eins geworden ist mit meiner Seele, musste diese gebrochene Materie, durch sein Liebefeuer geläutert, erwecken und beleben. So wurden durch das Leiden am Kreuz auch die kleinsten Materieteilchen für ihre Auferstehung vorbereitet. Wie groß aber dieses Leiden war, vermögt ihr euch nicht vorzustellen. Denn der unendliche Gott zog sich in dieser letzten Leidenszeit aus seiner ewigen Freiheit zurück und nahm allein im Herzen des Sohnes seine Wohnung. Die im Herzen befindliche Gottheit aber musste Tod und Hölle vom innersten Punkt des Herzens, um den ein Geheimnis waltet, besiegen. Sehet den leidenden Gottmenschen, der da gestellt war zwischen zwei Feuer: Von außen drückten Tod und Hölle mit all ihrer Gewalt so lange, bis das natürliche Leben zum innersten Punkt meines Herzens getrieben war. Von innen aber wirkte diesem Druck die Gottheit mit ihrer unendlichen Kraft und Macht entgegen und ließ sich nur durch die Liebe bis auf diesen Punkt beengen.

Bedenket, welch freiwillige, tiefste Demütigung solches jener Kraft und Macht bedeutete, die alles, was da lebt und webt in der ganzen Unendlichkeit, erschaffen hat und erhält und mit einem Hauch alles Erschaffene zerstören könnte!

Als ich sprach: Es ist vollbracht. Siehe, Vater, deine Liebe kehret zu dir zurück! — da war der Leib befreit von der Qual. Die Erde erbebte, die Sonne verlor ihren Schein. Und mit ihr viele im Weltenraum, denn ihre Geister wussten, was hier geschah.

Danach stieg ich hinab zu den Abgeschiedenen, die in dunklen Seelenklüften und auch in helleren Sphären leben, und kündete ihnen von der Erlösung, so sie den Weg des Lichtes und der Liebe beschreiten wollen. Luzifer hätte nun keine Macht mehr über sie, wenn sie aus eigenem Willen mir folgten. Und ich errettete viele.

Sehet, so war dieses Leiden, wie es geschah, zu euer aller Heil notwendig!

Und eines noch, wenn es auch für euch kaum zu fassen sein wird: Ich war trotz aller Leiden am Kreuz seliger als einst, da ich durch mein allmächtiges Wort Himmel, Sonnen und Erden gestaltete. Denn als Schöpfer war ich ordnender und unerbittlicher Richter und unzugänglich und unbegreifbar in der Mitte meiner Glorie. Aber am Kreuze hing ich liebend und geliebt von meinen Kindern, von denen einige schon ahnten, wer da sichtbar unter ihnen gewandelt." (3)

Wir lauschten alle, hingegeben dieser Stimme, die da klang wie ein sanftes Wehen und auch wieder stark und mächtig wie die eines Rufers von der Zinne Zions, Nein, Vergleiche sind nichtig, weil sie dieser Erde entstammen. Uns ward das Innere der Gottheit enthüllt. Uns, die wir so klein und unwürdig waren. Wir schauten sein Antlitz, das so schön, so edel und gütig war, wie nie ein anderes.

Nun sprach er noch wenige Worte, aber sie sprühten uns an in ihrer Verheißung wie die in der Sonne glitzernden Tropfen eines Brunnens. Und wir tranken sie dankbar.

„Meine Lieben, gehet von hier, wenn der Tag anbricht, zum See Genezareth. Dort ist für euch vorerst ein freies Leben in eurem Irdischen. Nehmet Herberge beim treuen Markus und Ebahl. Ich werde auch dort hinkommen und zu euch sprechen. Friede sei mit euch!"

Segnend hob er die Hände und entschwand, leuchtend wie der Schnee auf dem Hermon, von dem die Sänger in ihren Liedern singen.

Wir sollten also die Nacht noch im Hause des Lazarus verbringen und in der Frühe zu der mehrere Tage dauernden Wanderung an das Galiläische Meer aufbrechen.

Innerhalb der hohen Mauern des Anwesens hier in Bethanien befand sich auch ein Garten mit Feigen- und Granatapfelbäumen, deren Blüten wohltuenden Duft verbreiteten. Hier hielten wir uns auf, als sich die Sonne schon dem Meer zuneigte.

Da wurden im Hof die Hunde unruhig und bellten. Auf der Straße waren Schritte zu hören, und man klopfte ans Tor. Wir erschraken. Hatte die Priesterschaft uns erkundet und Häscher ausgesandt? Ach, welch ein Leben war das, gespannt zwischen Seligkeit und Angst! Wir hörten, wie einer der Knechte nach Name und Begehr fragte. Es waren römische Laute, die an unser Ohr drangen, und wir atmeten freier.

Lazarus kam nun selbst an das Tor und ließ öffnen. Eine Sänfte wurde in den Hof getragen. Ihr entstieg eine vornehme Römerin, weiß gewandt, aber ohne prunkenden Schmuck. Sie sah bleich, ja krank und verstört aus und stützte sich auf eine junge Sklavin, deren

Haare so hell waren wie ein reifes Weizenfeld, und der Wind spielte darin. Hatte ihre Herrin von dem Wundertäter aus Galiläa gehört und wollte sie geheilt werden? Da musste sie aber wohl nicht aus Jerusalem kommen, denn dort hätte sie erfahren, was Grausames inzwischen geschehen war.

Sie fragte Lazarus, ob sie ins Haus kommen dürfe, oder ob er strenggläubig wäre und keine Heidin unter seinem Dache dulde.

Eine einladende Geste gab ihr Antwort.

Wer diese Römerin war, und was sie hierher geführt, erfuhren wir später, nachdem sie sich wieder mit ihrer Dienerschaft entfernt hatte.

Sie war die Frau des Prokurators Pontius Pilatus, der Jesus von Nazareth auf Drängen und Drohen der Priesterschaft und ihres Anhangs, wohl widerstrebend, aber doch zum Tode am Kreuz verurteilt hatte. Claudia war nicht einer Krankheit wegen hierhergekommen, obwohl sie sagte, sie vertrüge die Luft in Jerusalem nicht und fühle sich wie eine Gefangene, denn die Burg Antonia verließ sie kaum. In den Straßen der Stadt käme es ihr vor als umspülten sie die Wellen des Hasses wie schmutziges Wasser. Ja, diese grenzenlos hochmütigen Priester und Pharisäer verstanden zu hassen! Auch ihr Gott schien unversöhnlich zu sein. Trotz der sprühenden Brunnenbecken — die Wasserleitung war kostspielig gewesen — bedrängten sie schwere Träume.

In der Nacht vor dem großen Vorsabbat hatte sie einen Traum gehabt, der ihre Seele bis ins Innerste erregte. Sie sah in hellem Glorienschein einen Gott über den Wolken des Himmels schweben, begleitet von unzähligen Genien, die da sangen: Heil dem alleinigen Gott voll Gnade und Barmherzigkeit! Er hat den Tod und die Hölle überwunden. — Dann klang es weiter wie mit Donnerstimmen: Wehe aber Jerusalem! Wehe euch, die ihr darinnen wohnet! Euer Los wird Vernichtung sein, darum, dass ihr Jesus Christus nicht erkennet und ihn richtet und kreuziget. Heil dem Sohne des Höchsten! — Ihnen zu Füßen breitete sich die Erde. Und darauf war ein großes Feuer, das alles verzehrte.

In großer Unruhe erwachte Claudia. Ungewöhnlich früh wurde Pilatus an diesem Morgen in den Gerichtshof gerufen. Die Juden schrien und lärmten dort unten. Die Römerin musste an schwarze Geier denken, wie sie, auf Bäumen und Felszacken rings um die Richtplätze sitzend, mit heiserem Geschrei kaum ihre Beute erwarten können.

Es war sonst nicht ihre Gewohnheit, sagte die Frau des Pilatus, sich um Gerichtsverhandlungen zu kümmern. An diesem Morgen jedoch fühlte sie sich gedrängt, durch die Stäbe des Fensters auf den Pflasterhof hinunterzusehen. Dort unten stand ein Mensch mit gebundenen Händen. Jeder Gutwillige musste erkennen, dass dies kein Verbrecher war, und doch wies sein Antlitz Spuren von Misshandlungen auf. Jetzt hob er den Blick und schaute sanft, fast mitleidig auf Pilatus im Richterstuhl. Nun erkannte Claudia, dass dieser Mann es war, den sie in ihrem Traum im Glorienschein hatte schweben sehen. Und sie gedachte der Wehrufe aus der Höhe.

Sie sandte zu Pilatus und ließ ihm sagen: „Habe nichts zu schaffen mit diesem Gerechten! Ich habe um seinetwillen im Traume gelitten. Und wenn du ihn verurteilst, werden wir es sühnen müssen." (Mt. 27,19)

Ihr Mann gab etwas auf Vorschau und Träume, zudem hatte er Augen im Kopf, Römeraugen, die wohl zu unterscheiden wussten.

Die einzelnen Worte unten konnte sie nicht verstehen. Sie hörte nur die Geierschar der Priester schreien: „Kreuzige ihn!"

Pilatus wandte sich ab. Diese Templer und der bezahlte Pöbel mussten ihm widerlich sein.

Da schrie eine schrille Stimme: „Wenn du diesen freigibst, bist du des Kaisers Freund nicht!"

Dies traf Claudia wie ein Schlag, denn das war die schwache Stelle bei Pilatus. Das Prokuratoramt in Judäa kam schon ohnehin einer Strafversetzung gleich, denn früher hatte er zu eigenmächtig gehandelt. Würde er jetzt nachgeben?

Pilatus ließ den Gefangenen in die Geißelkammer bringen. Claudia schauderte es bei der Vorstellung, was dort geschah.

Als der Angeklagte herausgeführt wurde, sah sie, dass die rohen Knechte eine Krone aus Dornen gewunden und ihm aufs Haupt gesetzt hatten und schlugen nun mit einem Rohr darauf.

Der Prokurator untersagte ihnen streng solche Rohheit. Er ließ diese erbarmungswürdige Gestalt vor die Ankläger bringen, wohl in der Hoffnung, diese würden das Strafmaß nun als erfüllt ansehen.

Doch welch ein Irrtum! Sie schrien nach wie vor: „Kreuzige ihn!"

Ein Gerichtsdiener brachte das große Silberbecken mit Wasser. Von unten schrien Priester und Volk: „Sein Blut komme über uns und über unsere Kinder!" (Mt. 27,25) Sie ahnten nicht, was sie da heraufbeschworen.

Dann brach der von Rom eingesetzte Richter über Leben und Tod den Stab über diesen Gerechten, und tauchte danach seine Hände in das Silberbecken — nicht nur wie zu einer symbolischen Handlung, sondern er wusch sie lange, als wollte er sie tatsächlich vom Blut des Unschuldigen reinigen.

Voll Mitempfinden mit diesem ohne Schuld Leidenden und Verurteilten und voll Abscheu und Verachtung gegenüber dem Pöbel und seinen Priesterführern ging Claudia zurück in ihre Gemächer.

Als Pilatus später zum Essen kam, hatte er ein verschlossenes Gesicht und sprach nichts. Und sie wagte nicht einmal, ihn vorwurfsvoll anzusehen.

In den Stunden, da sich die Sonne verdunkelte und die Erde bebte, auch der Fels, auf dem der Tempel und die Burg Antonia standen, dachte die Römerin mit Schrecken an die Wehrufe ihres Traumes. Ereilte sie schon jetzt die Rache der Götter? Sie hörte im Nebenraum Pilatus unruhigen Schrittes hin- und hergehen und spürte mit ihm die Last seiner Schuld. Konnte diese je gesühnt werden? Wenn das Unheil noch einmal an ihnen vorüberging, wollte sie mehr über diesen Mann aus Galiläa zu erfahren suchen. An seinem Gewand hatte sie erkannt, dass er von dort stammen musste. Es gab da seltsame Geschichten, die ihre Sklavinnen sich von diesem Volk erzählten.

Noch einmal wurde der Prokurator an diesem Tage hinausgerufen. Als er zurückkam, wagte seine Frau ihn zu fragen, ob der Galiläer nur Feinde, keine Freunde gehabt, die für ihn hätten zeugen können.

„Soeben war ein Freund hier", sagte Pilatus, „und bat um den Leichnam zu ehrenvoller Bestattung, Joseph von Arimathia. Aber was wollte ein einziger gegen diese Meute? Alles war so listig berechnet, und der Angeklagte selbst sprach nichts zu seiner Verteidigung, so als wüsste er, dass alles zwecklos war, so als wollte er unter diesem Volk nicht länger leben. Er muss diesen Priestern und Pharisäern wohl gründlich die Wahrheit über ihr Tun und Treiben gesagt haben, dass sie ihn so hassten. Außerdem nannten sie ihn einen Volksaufwiegler, und er hätte sich als König bezeichnet. Er selbst aber erklärte, dass sein Reich nicht von dieser Welt wäre. Noch nie habe ich einen Menschen so hingegeben an sein Schicksal leiden gesehen. Ich hätte, wenn es schon sein musste, ihn lieber zum ehrenvolleren Tod durch das Schwert verurteilt, aber es war, als wenn alles so und nicht anders geschehen musste."

„Und doch ist es wohl unrecht, sich mit dem Fatum entschuldigen zu wollen", meinte die Frau des Pilatus zu Lazarus. Etwas später hatten die Templer dann eine Wache für das Grab angefordert, weil der Galiläer gesagt habe, er würde am dritten Tage auferstehen.

Seine Anhänger könnten den Leichnam stehlen und behaupten, er wäre tatsächlich auferstanden. Der Prokurator stellte ihnen die Wache.

Am Morgen des dritten Tages gab es große Verwirrtheit. Trotz der Bewachung war das Grab geöffnet worden und leer. Die Tempeljuden waren sehr aufgeregt und berieten sich und gaben den Wächtern Geld, dass sie falsches Zeugnis ablegten, nämlich: seine Anhänger hätten den Leichnam gestohlen. Einer der Wachmannschaft, ein hellhäutiger aus den Wäldern des Nordens, schlug aber den Juden das Schandgeld aus der Hand. So erfuhr Pilatus von der ganzen Geschichte und sprach davon mit nachdenklicher Miene.

Später war Claudia insgeheim bei Joseph von Arimathia gewesen und hatte durch ihn Näheres über Jesus von Nazareth und seine Lehre erfahren. Sie hatte aber das Gefühl gehabt, dass den Jüngern das Geheimnis um seine Auferstehung offenbart worden war. Und ihr Herz brannte, davon zu hören. Von einem ihrer Sänftenträger erfuhr sie, dass überall das Volk sage, dieser Jesus habe einen, der schon vier Tage tot im Grabe gelegen, wieder völlig zum Leben erweckt. Er heiße Lazarus und wohne in Bethanien. So sei sie nun hierhergekommen, um ihn zu sehen und zu sprechen.

Lazarus sagte uns, dass diese Römerin ein mitfühlenderes Herz habe als die ganze gottgefällig sein wollende Tempelbrut. Er habe ihr von dem alleinigen Gott erzählt und von seiner Barmherzigkeit.

Früher haben alle Völker zu diesem einen Gott gebetet, der alles erschaffen hat und erhält. Bildkünstler verherrlichten die Eigenschaften Gottes und stellten diese figürlich dar. Daraus entstand dann irrtümlich die Vielgötterei. Der Schöpfer alles Seins wollte nicht länger unbegreiflich und unnahbar in seiner Glanzmitte verbleiben, und es gefiel ihm, als Mensch geboren zu werden und wie ein Bruder unter Brüdern zu wandeln und Güte zu lehren, die wir einander erweisen sollen, auf dass nach Ablegung des Leibes wir in ein seliges Leben eingehen. In der Gestalt, des Jesus von Nazareth sahen wir Gott. Denn seine Worte waren: ‚Wer mich sieht, der sieht den Vater.'

Und er ist wahrhaft auferstanden, denn wie könnte der Tod einem Gott, der das Leben ist, je etwas anhaben? Lazarus berichtete auch, dass er uns allen sichtbar gewesen und mit uns wie ein Lebender gesprochen habe.

Die Römerin hatte aus großen, traurigen Augen den ihr so hohe Dinge Offenbarenden lange und nachdenklich angeschaut. Dann kam zögernd, fast als scheue sie sich, die Frage zu stellen: „Und wann wird das Strafgericht über Jerusalem hereinbrechen?"

„Wir haben bei einer Gelegenheit unseren Herrn zu den Templern, die auf die angebliche Wohnstätte Gottes in Jerusalem so viel hielten, sagen gehört: Eure Herzen könntet ihr noch reinigen, wenn ihr es ernstlich wolltet, aber dieses Gemäuer nimmer. Habt ihr doch selbst ein Gesetz, das besagt, dass ein Haus, auch ein Acker und Gerät durch eine große Sünde für immer verunreinigt werden können. Ich sage euch, nicht nur der Tempel, sondern das ganze Land ist schon seit langem über alle Maßen verunreinigt und wird darum von den Heiden zertreten und zu einer Wohnstätte der Räuber und wilden Tiere werden. Ich war gekommen, eure Seelen zu erretten. Ihr aber habt mich nicht erkannt und nicht aufgenommen. So wird das Gericht über euch und eure Kinder hereinbrechen, und ihr werdet zerstreut werden über die ganze Erde." (4)

Lazarus hatte zu verstehen gegeben, dass dieses in einigen Dezennien von Jahren geschehen sollte. Bis dahin hätten diejenigen, die aus der Schule Satans waren, noch eine Frist zur Umkehr.

Zum Abendmahl fanden wir uns an der langen Tafel ein. Auch Jesu Mutter war wieder dabei. Meist hatte sie sich bei den Schwestern des Hausherrn aufgehalten. Johannes war wie ein Sohn um sie besorgt. Es kamen noch andere Freunde aus der Stadt, die berichteten, was ich bereits gehört hatte: der große, kostbare Vorhang im Tempel vor dem Allerheiligsten hätte, als Jesus starb, einen Riss erhalten von oben bis unten. — Es war wie ein symbolisches Geschehen und deutbar, dass es ein Allerheiligstes, nur den Priestern zugänglich und dem Volke verhüllt, von nun an nicht mehr geben sollte.

Maria wandte, als sie solches hörte, den Kopf zu Jakobus, dem jüngsten Sohn Josephs, der ihr zur Seite saß: „Der Engel hat damals, als ich am Purpur für den Vorhang spann, zu mir gesprochen: Bringe deine Arbeit zu Ende, aber fürder wird keine mehr gemacht werden von dieser Art. — Auch dieses scheint sich zu erfüllen."

Unterwegs von Bethanien zum See Genezareth

In der Morgenfrühe rüsteten wir zum Aufbruch von Bethanien nach Galiläa. Jeder hüllte sich in seine Simla, so heißt man hierzulande den langen Mantel aus Wolle, denn der Wind ging kalt. Und jeder erhielt ein Bündel mit Mundvorrat. Für Maria wurde ein Esel gesattelt, dass sie so den langen und beschwerlichen Weg besser überstehe.

Stephanus nahm Abschied von uns, denn er wollte nach Jerusalem zurückkehren. Er war mir in den wenigen Tagen so lieb geworden wie ein Bruder, und ich war traurig, dass ich seine Nähe so lange entbehren sollte. Aber die Sehnsucht, Jesus wiederzusehen, war größer.

Wir zogen vorbei an Jericho, dessen Fluren in der Pracht der Purpur-Anemonen standen. Wir rasteten dort. Dann ging es den Jordan entlang, aber auf der Höhe, denn der Fluss macht unzählige Windungen, so als behagte es ihm nicht in diesem Lande und mochte er sich ihm entwinden. Unterhalb von Jericho ergießt er sich in das große Salzgewässer, das sie das Tote Meer nennen, weil kein Tier darin leben kann. Ringsum gibt es dort keinen Baum, keine Blume, nur Wüste.

Jetzt aber zogen wir in eine freundlichere Gegend. Nahe bei Ephraim kehrten wir in eine Herberge ein, um da zu übernachten. Die Jünger waren hier schon bekannt, desgleichen Maria.

In einem Nebenraum berichtete Petrus dem Wirt, was in Jerusalem geschehen war. Durch die offene Tür sah ich, wie dieser sein Gewand einriss, nach jüdischer Sitte ein Zeichen der Trauer. Er kannte Maria noch aus den Tagen, da sie als junges Mädchen vom Tempel dem alten Joseph zur weiteren Erziehung anvertraut worden war. Zu jener Zeit hatte der Zimmermann aus

Nazareth mit seinen Söhnen ihm diese Herberge gebaut. Im gleichen Jahr, als sie zur Weinlese rüsteten, kam Joseph wiederum mit der jungen Maria. Sie erwartete ein Kind. Zwei Leviten waren mit ihnen, die den Auftrag hatten, die beiden nach Jerusalem zum Hohenpriester zu bringen. Als sie heimkehrten, waren sie nicht mehr traurig wie vordem. Man hatte ihnen im Tempel das todbringende Fluchwasser zu trinken gegeben und sie dann in die Wüste geführt. Nach der vorgeschriebenen Zeit kehrten sie von dort unversehrt zurück und zeigten sich dem Hohenpriester. Und dieser musste sie nach dem Gottesurteil von aller Schuld lossprechen und traute Maria dem Joseph an, damit kein Ärgernis im Volk entstehe.

Abermals kehrten sie bei ihm ein im Winter, als die große Volkszählung des Augustus stattfand. Sie mussten nach Bethlehem, und das Kindlein sollte bald geboren werden. Nur mühsam konnte sich das arme Weib im Sattel auf dem Grautier halten, und bis Bethlehem war es noch weit. — Dann hatte er sie viele Jahre nicht gesehen, Jesus zum ersten Mal, als er mit seinen Eltern zur Prüfung der Zwölfjährigen nach Jerusalem zog. Er soll da großes Aufsehen erregt haben ob seiner Weisheit und Kenntnis der Schrift. In den letzten Jahren vernahm er immer wieder, dass Jesus von Nazareth Kranke heile allein durch sein Wort. Blinde würden sehend, Taube hörten seitdem, und Gichtbrüchige konnten wieder gehen. Ja, sogar solche, die schon auf der Totenbahre lagen, hatte er zum Leben erweckt. Manche sagten, er wäre der Messias. Die vom Tempel hatten oft nach ihm geforscht.

Dieses alles erzählte der Wirt im Nebenraum den übrigen Gästen. Er tat es jedoch nicht wie Wirte, die auf Unterhaltung derer, die bei ihnen einkehrten, bedacht sind. In seinen Worten klang warmes Mitgefühl.

Als wir am Morgen aufbrachen, nahm er keine Bezahlung von uns. Dem guten Mann standen die Tränen in den Augen. Er konnte es nicht fassen, dass dieser Heiland wie ein Verbrecher hingerichtet worden war. „Aber es war ein böses Vorzeichen, dass sich die Sonne verfinsterte und die Erde bebte. Wahrlich, es wird ein Strafgericht über uns kommen!" So sprach der Alte und gab uns den Reisesegen. Das ist hier eine schöne Sitte, ein frommer Wunsch, man möge unter dem Schutz des Allmächtigen seine Straße ziehen, unbehelligt von Unwetter oder Wegelagerern, die Wanderer ausplündern.

Jenseits des Jordans stieg das Frührot herauf. Die ersten Vogelstimmen erwachten im Buschwerk. Kommt nicht jeder Morgen einer Auferstehung gleich? Aus dem Dunkel der Nacht gehen wir hinein in das Licht und öffnen ihm unsere Herzen und Augen und sind selig, die Wunder Gottes zu schauen.

Unsere Straße zog sich durch Samaria, dessen Einwohner wohl auch Juden sind, aber solche, die der Gefangenschaft in Babylon entgingen und sich mit fremden Einwanderern mischten. Sie beachten die Thora nicht und beten nicht im Tempel zu Jerusalem, sondern auf dem Berge Garizim. Sie werden von den Judäern als Amhaarez verachtet. Jeder Rechtgläubige würde unrein, wenn er sich mit einem solchen zu Tisch setzte oder irgendeine Gemeinschaft hätte. Die Templer sagen von den Samaritern: Sie haben kein Gewissen und sind weniger als Menschen. — Und mit diesen Verachteten hatte Jesus geredet, sich ihrer angenommen, sie getröstet. „Kommt her zu mir alle, die ihr mühselig und beladen seid. Ich will euch erquicken." (Mt. 11,28) So soll er gesprochen haben.

Und wir zogen nun durch das Land dieser Verachteten. Jene Hochmütigen in Jerusalem aber hatten wie alljährlich einen Ziegenbock in den Tempel bringen lassen, ihre Hände auf das Tier gelegt, und der Hohepriester bekannte alle Missetat, jede Übertretung des Gesetzes, alle Sünden der Kinder Israels über ihm. — Ob er auch die Blutschuld an Jesus von Nazareth bekannte? O nein, der Tod dieses Gotteslästerers war doch gottwohlgefällig gewesen! — Und sollte in irgendeinem von ihnen deshalb Zweifel aufsteigen, so waren jetzt alle Sünden auf diesen Bock übergegangen und in ihn gebannt. Das Tier wurde von einem dazu bestimmten Mann in die Wüste nahe bei Jerusalem getrieben bis zu einer Schlucht, wo es hinabgestoßen wurde und den Tod fand. Danach nahm der Hohepriester eine feierliche Waschung vor, und das Volk Gottes war gereinigt.

Dieses hatte mir früher einmal Rael, mein Herr, erzählt. Es war auch mit ein Grund, warum er sich von den Templern abgewandt hatte.

In Samaria übte man solche Riten nicht, aber seine Einwohner sollten kein Gewissen haben und weniger als Menschen sein.

Mir schien es, alle von uns waren so tief in Gedanken, dass die Füße wie von selbst gingen. Die meisten weilten wohl in der Vergangenheit, manche wahrscheinlich auch in dem, was auf uns zukam, kaum einer im Gegenwärtigen. Johannes führte den Esel, der Maria trug. Sie hielt das Haupt geneigt. Ob sie an die Reise vor so vielen Jahren von Nazareth nach Bethlehem dachte, als sie noch ganz erfüllt war von dem Wunder, das da in ihr wurde? Welche Höhen und welche Tiefen musste diese Mutter durchleben! Ihr Antlitz war schmerzgezeichnet, aber von so starker Innerlichkeit geprägt, wie ich keines je sah, es sei denn, ich vergliche es mit dem ihres Sohnes. Konnte man hier von einer Ähnlichkeit sprechen nach üblichem Maß? Ein Kind erbt Gesicht und Gestalt von den Eltern und Voreltern.

Was in ihm menschlich war, hatte er wohl von ihr. Auch sie hatte große blaue Augen und sanftblondes Haar. Doch war er Gott von Ewigkeit, so hatte sie alles von ihm empfangen, hatte er sie erschaffen vor undenklichen Zeiten. Ja, so musste es sein.

Auch Jakobus ging ihr zur Seite und war um sie bemüht. Man sagte mir, er hatte das Geschehen in Bethanien und die Kindheit Jesu aufgezeichnet. Wer würde wohl sein Leiden und Sterben aufzeichnen? Ach, ihr Lieben in Korinth, mir war es nicht vergönnt gewesen, länger bei ihm zu sein! Wie gerne hätte ich sonst von seinem Leben berichtet. Doch ich habe den Auferstandenen gesehen und ihn sprechen gehört, und davon will ich euch und anderen künden. Ich bin kein Narr, sondern habe gesunde Augen und Ohren im Kopf und weiß wohl zu unterscheiden Wahrheit von Trug, dessen mögt ihr gewiss sein.

Wiederum schritten wir hinein in den Morgen. Kleine goldenrote Wolken kamen mit der Sonne herauf. Wie selige Geister des Friedens, hingehaucht von dem Wunsch und Odem des Allmächtigen, so schwebten sie uns zu Häupten. Zur Mittagszeit rasteten wir an einem Hang am Ufer des Jordan. Akazien und Weiden wuchsen hier, und aus dem Gras leuchteten die Kelche der Safran-Krokusse. Das Ysopkraut hatte schon lange Schösslinge. Es ist eine Heilpflanze und wird deshalb auch Gnadenkraut genannt. Zum Passahfest nimmt der Hohepriester dieses Kraut, taucht es in das Blut eines Ziegenbocks und eines Jungstieres und besprengt damit das Allerheiligste, um es so neu zu weihen. Ist dieses nicht finsterer Aberglaube?

Der Tag war warm geworden, als wären wir nicht erst im Monat Nisan. Nachdem wir uns mit Jordanwasser gereinigt hatten, aßen wir wieder von der Wegzehrung, die uns Martha fürsorglich mitgegeben.

Dann wanderten wir weiter unsere Straße durch Samaria. Es begegnete uns kaum jemand. Vor dem Fest war hier gewiss viel Volk entlang gezogen. Und einige Tage später werden die Pilger zurückströmen und in allen Landen kundtun, was sich in diesem denkwürdigen Jahr zu Jerusalem begeben hat. Ob ihre Herzen wohl angerührt wurden von der Güte und dem Leiden des Gottessohnes? „Mich dürstet", soll er am Kreuz gesprochen haben. Ihn hat gedürstet nach der Liebe seiner Brüder und Schwestern. Und die Menschen gaben ihm Essig und Galle zu trinken.

Unterwegs erfuhr ich, dass Johannes und Matthäus, der ehedem Schreiber bei den Römern war, die Taten und Worte Jesu aufgezeichnet haben. So wird gewiss das Wichtigste der Nachwelt erhalten bleiben.

Matthäus war Samariter und wusste eine Herberge zur Nacht, denn wieder senkte sich der Abend herab. Am Horizont schwammen große Wolken, hyazinthefarben, golden und zart wie eleusische Inseln des Glücks. Leuchten solche Bilder des sichtbaren Himmels nicht immer wieder wie Gnade und Verheißung auf?

Mir gingen Worte und Weisen eines alten Sanges durchs Herz:

> Herr, tausend Jahre sind vor dir
> wie ein einziger Tag.
> Denn aus dir gingen hervor
> Zeit und Raum.
> Aber du stehest darüber.
> Und die fernste Vergangenheit
> wie die fernste Zukunft
> sind dir wie ein Tag.
> Liebe ist dein Wesen
> und Güte deine Weisheit.

Weich wie Wolle ist dein Gemüt,
wie ein Abendhauch sanft ist dein Herz.
Alle deine Wege heißen Erbarmung.

Sagt, tauet es nicht sanft hernieder bei diesen Worten und hüllt unser Herz in den milden Schein seiner Gnade gleich den Glanzwolken des Abends?

Die Herberge war erreicht. Bis das Mahl gerichtet war, saßen wir noch auf den Bänken im Garten, denn die Luft war lau. Maria lehnte am Stamm eines Ölbaums, den sie auch Baum der Erbarmung nennen, weil die Menschen aus seinen Früchten Nahrung gewinnen, Licht und Linderung der Schmerzen.

„Gedenket ihr noch des Tages", begann Matthäus, „da der Herr auf dem Berge Garizim die große Predigt hielt? Ich wollte sie aufzeichnen. Die Samariter ereiferten sich, weil sie seine Gleichnisse und Entsprechungen wörtlich auffassten. Und unser Nathanael gab ihnen Erklärungen voller Weisheit, wie der Herr ihm gab, sie auszusprechen. So über das Auge, das einen ärgert: ‚Was beim natürlichen Menschen das Auge, ist beim Geist das Schauvermögen in göttlichen und himmlischen Dingen. Weil aber der Geist nach göttlicher Ordnung in die Materie dieser Welt zu seiner Reifung versenkt ist, besteht für ihn auch die Gefahr, selbst von der Materie verschlungen zu werden. So sagte der Herr nicht zum natürlichen Menschen, sondern zum Geistmenschen: ‚Ärgert dich dein rechtes Auge, so reiß es aus und wirf es von dir! Es ist besser, dass eins deiner Glieder verderbe und nicht der ganze Leib in die Hölle geworfen werde.' (Mt. 5,29) Das sollte heißen: ‚Wenn dich der Glanz der Welt zu sehr verlockt, so tue dir Gewalt an und kehre dich ab von solchem Licht, das dich in den Tod zöge, und wende dich dem himmlischen Lichte zu!'

Und weiter sprach damals Nathanael: ‚Des Herrn Lehre gleicht dem Samen, der ja auch sein Werk ist. Wir sollen seine Worte ins Erdreich unseres Geistes versenken. Durch die Liebe wird der Same alsbald aufgehen und zu einem Baum der wahren Erkenntnis Gottes und unsrer selbst heranwachsen. Wir werden von diesem Baum zur rechten Zeit viele reife Früchte zum ewigen Leben sammeln. Würden die Menschen mit geringer Mühe das finden, was sie suchen, so hätte das Gefundene bald keinen Wert mehr für sie, und sie machten sich kaum Mühe, noch weiter zu suchen und zu forschen. Deshalb sind geistige Wahrheiten eingehüllt wie Samen dieser Erde.

Auf jenem Berg sagte Jesus auch: ‚Selig sind die Barmherzigen, denn sie werden Barmherzigkeit erlangen.‘ (Mt. 5,7) So hob er auf das alte Gesetz, das da sagt: ‚Auge um Auge, Zahn um Zahn!‘ Und alle erschauerten ob seiner gewaltigen Rede. Und als sie ihn fragten: ‚Sollen wir weiter auf Garizim oder im Tempel zu Jerusalem anbeten, und sollen wir den Sabbat halten?‘ antwortete er: ‚Gott ist Geist, und die ihn anbeten, müssen ihn im Geist und in der Wahrheit anbeten. (Joh. 4,24) Wollt ihr aber schon in einem erhabenen Tempel eure Herzen zu Gott erheben, so gehet hinaus in den weiten Tempel der Schöpfung! Sonne, Mond und die Gestirne, die Berge und das Meer, Bäume und Blumen künden euch meine Herrlichkeit. Erhebt ein einziger Baum die Seele nicht mehr als alle Pracht des Tempels zu Jerusalem, der ein Werk der Menschen ist? Der Baum bringt seine guten Früchte hervor. Was aber der Tempel? Ich sage euch, nichts als Hochmut, bellenden Zorn und grausame Herrschsucht! Er ist nicht Gottes-, sondern eitles Menschenwerk.

Ich mache nun alles neu. Die alten Verhältnisse auf Erden müssen umgewandelt werden, weil ich mich selbst umgewandelt habe dadurch, dass ich die Materie anzog. Wer jedoch nicht glaubt und sich nicht reinigen lässt von dem Wasser meiner Lehre und sich nicht durchdringen lässt von dem Geist meiner Liebe, für den wird es bleiben bei der alten Ordnung.' So sprach der Herr damals auf Garizim." (5)

Matthäus hatte geendet. Schweigend saßen wir beisammen, schon erschauernd in der zunehmenden Kühle. Nun wurde die Tür aufgetan, und man rief uns zum Nachtmahl.

Der Wirt erkannte Matthäus und erinnerte sich daran, was dieser ihm von Jesus erzählt hatte. Er erkundigte sich nach dem Rabbi, der so große Wunder gewirkt, und war sehr erschrocken, als er hörte, dass ihn die Templer in Jerusalem zu Tode gebracht hatten wie ein weißes, unschuldiges Lamm ohne Fehl zum Passahfest.

Erschrocken hob auch die Magd, die zum Waschen die Schüssel hereinbrachte, den Kopf. Es schien, als wären ihr einige von uns nicht unbekannt. Sie ging auf Maria zu, kniete vor ihr nieder und wusch ihr die Füße. Der Magd rannen Tränen über die Wangen: „Ich wurde gesund durch ihn, nur durch das Anrühren seines Gewandes. Als ich ihn sah, glaubte ich an ihn. Mein Glaube war so stark, dass er mir fast das Herz sprengte. Ich wusste nicht, wie ich den Hügel hinab und durch die Menge des Volkes und in seine Nähe kam. Nie hätte ich gewagt, seinen Mantel anzurühren, aber ich wurde von rückwärts gedrängt. Und so geschah es, dass mich eine Kraft durchfuhr wie ein Blitz, erschreckend und beseligend zugleich. Er wandte sich nach mir um, und ich sah in seine Augen, hell wie der Himmel. Alles an ihm schien wie Sonne zu sein. Und ich hörte seine Stimme: ‚Dein Glaube hat dir geholfen. Ziehe hin in Frieden!' (Mt. 9,22) Von Stund an war ich gesund, und tiefer

Friede erfüllte mein Herz. — Nicht wahr, Herrin, du bist seine Mutter?"

„Nenne mich nicht Herrin, sondern Schwester!" sagte Maria und legte der Knienden die Hand an die Wange. „Bewahre deinen Glauben, und die Gnade unseres Herrn sei weiter mit dir!"

Als wir unser Mahl beendet hatten, sprach Petrus das Lob- und Danklied:

> Gelobt sei des Herrn Name
> von nun an bis in Ewigkeit!
> Vom Aufgang der Sonne
> bis zu ihrem Niedergang
> sei gelobt der Name des Herrn!
> Seine Ehre geht so weit der Himmel ist.
> Wer ist wie der Herr, unser Gott,
> der auf das Niedrige sieht
> im Himmel und auf Erden,
> der den Geringen aufrichtet
> aus dem Staube,
> Gelobt sei der Herr!
> (Psalm 113)

Danach ging es zur Ruhe. — Mit der Morgendämmerung erhoben wir uns. Während des Wartens auf das Frühmahl sprach Johannes:

„Ihr Lieben, gedenket ihr noch, wie der Herr uns die Schöpfungsgeschichte in ihrer eigentlichen geistigen Bedeutung erklärte? Ich werde euch aus meinen Aufzeichnungen vorlesen: Dem irdischen Zustand des Menschen entspricht der Abend. Je mehr die Menschen mit ihrem Verstand nach irdischen Dingen trachten, desto schwächer wird in ihrem Herzen das rein göttliche Licht der Liebe und des geistigen Lebens. Und Gottes Barmherzigkeit sprach: Es werde Licht! So

ward das rechte Licht im Herzen des Menschen angezündet und nach dem vorangegangenen Abend der
erste wahre Tag im Menschen. — Alles Erkennen im
Abendlicht der Welt ist trügerisch und deshalb ver-
gänglich. Nur die Wahrheit dauert ewig. Und Gott
machte eine Feste zwischen den Wassern der Erkenntnis. Die Feste aber ist der Himmel im Menschenherzen
und zeigt sich im wahren lebendigen Glauben. Dann
kommt Gott im Geiste zum Menschen und spricht als
die ewige Liebe zur Liebe im Menschenherzen: Es lasse
die Erde nun aufgehen allerlei Gras und Kraut und
fruchtbare Bäume und Gesträuch, davon ein jegliches
Frucht trage nach seiner Art! Durch Tau und Regen des
Himmels erhält der Mensch den Willen und die Kraft
zu rechten Erkenntnissen, die in seinen Taten vielfäl-
tige Frucht tragen.

Immer handelt es sich hier um den geistigen Menschen. Ein jeder Mensch, wie er naturmäßig geschaffen
ist, ist nur ein taugliches Gefäß, in den sich ein geistiger Inhalt entwickeln kann. Wenn das äußere Gefäß
eine genügende Ausbildung erfahren hat, dann entwi-
ckelt Gott seinen ungeschaffenen ewigen Geist im
Menschenherzen. Und dieser Geist ist das große Licht,
das an die Feste des Himmels gestellt ist, wie es Mose
und auch alle Patriarchen und Propheten nie anders
verstanden haben. Dieses ewige, ungeschaffene lebendige Licht an der Himmelsfeste im Menschen lehrt ihn,
sich in sein ewiges Gottwesen umzugestalten und so
den ganzen Menschen zu einem wahren Gotteskind zu
machen.

Ein jeder Mensch aber hat außerdem eine lebendige
Seele, die auch wohl geistig ist und die Fähigkeit hat,
das Gute und Wahre vom Bösen und Falschen zu unterscheiden, und das Gute und Wahre sich anzueignen
und das Böse und Falsche aus sich zu verbannen. Denn

der freie Wille ist in den Menschen gelegt. Die Seele, das kleine Licht am Himmel des Menschenherzens darstellend, ist fähig, das ewig Göttliche in sich aufzunehmen. — Die Erschaffung der Tierwelt und des Menschen selbst bezeichnet die mannigfache Fülle der schöpferischen Ideen und die vollendete Menschwerdung.

Die naturmäßige Schöpfung erfolgte in derselben Ordnung in sehr großen Zeiträumen. Aber solche Wissenschaft ist meistens für die innere Entwicklung des Menschen nicht gut, denn durch diese Erkenntnisse wird er oft stolz und hochmütig und schaut auf seine Brüder von seiner vermeintlich unerreichbaren Höhe herab wie ein Adler auf die Sperlinge. Darum suchet vor allem das Gottesreich in euren Herzen. Alles andere, auch die Weisheit der Engel, kann euch dann wie von selbst hinzugegeben werden." (6)

„Es sei aber ferne von mir", versicherte Johannes, „euch einen Prediger machen zu wollen! Wir werden uns alle mühen müssen, mit rechten und sanften Worten das Evangelium den Menschen nahe zu bringen."

Der Wirt war inzwischen immer wieder im Speiseraum gewesen und hatte mit der Magd den Tisch bestellt. Bei den letzten Worten des Johannes nickte er und sagte, dass er sich eines Vorfalls in Sichar vor etwa drei Jahren erinnere. Da hatten einige Prediger, die wohl von unserem Rabbi entsandt waren, sehr deutlich zu verstehen gegeben, dass sie von Gott berufen seien zu reden und zu richten, zu segnen und zu fluchen.

Die Sicharier ärgerten sich ob solcher Anmaßung und trieben die Prediger davon.

„Auf Dornen und Disteln wachsen keine Trauben, und aus einer Brandstätte kommt lange kein Gras hervor." So schloss der Wirt.

„Unser Herr", sagte Johannes „hat stets Liebe und Demut gelehrt. Es soll sich keiner über den anderen erheben, denn dann wären wir bald wieder so weit wie die Templer in Jerusalem. Die Stätte des Gesprächs mit Gott soll für einen jeden das eigene Innere sein, in dem der Geist der Wahrheit wohnt. Und wenn das Herz betet, soll der Mund schweigen, damit durch ihn nicht getrübt werde, was gleich einer reinen Quelle aus dem Herzen kommt."

Nachdem wir das Mahl beendet und für Obdach, Speise und Trank das Gebührende gezahlt hatten, machten wir uns reisefertig.

Verwundert schüttelte der Wirt den Kopf: „Haltet ihr denn nicht die Sabbatgesetze ein? Ihr wollt heute an einem Sabbat nach Galiläa ziehen? Das wird die erlaubte Zahl der Schritte weit übertreffen."

Petrus antwortete darauf: „Unser Herr hat gesagt: ‚Gott bedarf eures Dienstes und eurer Ehrung nicht. Er möchte nur von den Menschen, dass sie ihn erkennen, ihn aus ganzem Herzen lieben und den Mitmenschen Barmherzigkeit erweisen. Und das an jedem Tage gleich ohne Unterlass. Was wäre das für ein Gottesdienst, wenn ihr nur am Sabbat Gottes gedenkt, unter der Woche aber nie? Ist Gott nicht an jedem Tag der gleiche? Lässt er nicht täglich die Sonne aufgehen und ihr Licht spenden über Gerechte und Ungerechte? Wenn wir Menschen unserem Körper dann und wann eine Ruhepause seiner irdischen Schwachheit wegen gönnen müssen, sollen wir den Blick nach innen kehren und eine Selbstbeschauung und Selbstprüfung unserer Seele vornehmen, auf dass die Kräfte der Finsternis nicht Gewalt über uns gewinnen, sondern dass die Seele vom Geist in uns erleuchtet und durchdrungen werde. Im Übrigen will Gott, dass sich die Menschen schon hier in Liebetätigkeit üben, denn dereinst im jenseitigen Leben werden sie darin die wahre Seligkeit finden.'"

Damit verabschiedeten wir uns und zogen unsere Straße weiter.

Bei der nächsten längeren Rast sahen wir von der Höhe den See Genezareth blau und flimmernd im Sonnenlicht unter uns liegen und in der Ferne den Schnee des Hermon leuchten. Viele der Jünger waren Fischer und dies ihre Heimat. Oft waren sie mit ihrem Meister über das Galiläische Meer gerudert. Es konnte sehr bewegt sein, sagten sie mir.

Einmal, als sich ein großer Sturm erhoben hatte, waren sie verzagt, ja verzweifelt und meinten Schiffbruch zu leiden. Jesus, der im Boot geschlafen hatte, stand auf, gebot dem Sturm, und dieser legte sich.

Ein andermal nach einer Predigt, zu der viel Volk auf einem Berg zusammengekommen war, hatte der Herr sie mit einem Boot vorausgeschickt. Es wurde Nacht, und der Herr kam immer noch nicht, wie er es ihnen versprochen hatte. Da entdeckte Andreas, der scharfe Augen hat, im Mondlicht eine weiße Gestalt, auf dem Wasser wandelnd, so als wäre es fester Grund. Die Jünger fürchteten sich, denn sie glaubten, es sei ein Gespenst. Wo ein solches sich zeigt, ist das Schiff dem Untergang nahe. So sagt das Volk. Sie waren in der Mitte des großen Sees, und er war sehr bewegt. In ihrer Angst riefen die Jünger Jesus, den sie fern glaubten, um Hilfe an.

Da näherte sich die weiße Gestalt, und sie meinten Jesus zu erkennen. Petrus rief: ‚Herr, wenn du es bist, dann heiße mich, über das Wasser zu dir kommen!‘ — ‚Komme her zu mir!‘ erklang die Stimme des Herrn. Zum Schrecken der meisten seiner Gefährten trat Petrus hinaus auf das Wasser und ging ihm entgegen, als wäre er auf festem Land. Nur noch einige Schritte, dann hatte er ihn erreicht. Doch da sah er eine hohe Welle auf sich zukommen, erschrak und sank bis an die Knie ins Wasser. Laut rief er: ‚Herr, hilf mir!‘ Jesus streckte seine Hand aus und zog Petrus wieder an die Oberfläche, die ihn nun trug wie zuvor. Der Herr sprach zu ihm: ‚O du Kleingläubiger, warum zweifelst du? Weißt du nicht, dass der feste Glaube Meister aller Elemente ist?‘ — Danach stiegen sie zu den anderen ins Boot. Alle waren glücklich, Jesus wieder bei sich zu haben. Auch an diese Seefahrt werden sie ihr Leben lang denken. (Mt. 14,22 ff)

Von dem Erlebnis erfuhren der Wirt Ebahl in Genezareth und seine Familie, auch der dort die römische Kohorte befehligende Hauptmann. Dieser fragte, wie solches wohl möglich sei. Nun hatte der Hauptmann aber schon erlebt, wie viele hundert Kranke — die Stadt Genezareth hatte bis zu jener Zeit ein ungesundes Klima — augenblicklich geheilt wurden, allein durch Jesu Wort. Auch römische Soldaten waren darunter. Einiges hatte er im Gespräch mit Jesus selbst über dessen Sendung erfahren.

So sagte der Herr nur zum Hauptmann: ‚Wie magst du solches fragen, da du doch nun wissen solltest, wer ich bin! Dem Herrn Himmels und der Erde gehorchen alle Elemente.‘ Darauf lud er Ebahl mit seinen Töchtern und auch den Hauptmann zu einem Gang übers Wasser ein. Jesus schritt auf den kleinen Wellen voran und winkte, dass sie ihm folgen möchten. Zuerst fand keiner den Mut dazu. Nur die jüngste zwölfjährige Tochter Jarah, die von Anfang an nicht von der Seite Jesu gewichen war, lief ihrem himmlischen Freund nach ohne die geringste Furcht. Als das die anderen sahen, wagten sie sich auch auf das Wasser, das an dieser Stelle gleich sehr tief ist. Wieder zum Ufer zurückgekehrt, überlief den Hauptmann ein Schauer vor dem Unheimlichen, dem Unerklärlichen.

Darauf sprach dann der Herr: ‚Sehet, das macht der Geist im Menschen möglich. Ich hatte für diese Zeit in einem jeden von euch den Geist ganz erweckt, und er trug euren irdischen Körper über das Wasser. Der Geist erfüllt die Seele mit lebendigem Glauben, dass ihm die Natur untertan sein muss. Weil aber die meisten Seelen noch zu viel Weltliches in sich bergen, befällt sie immer wieder Furcht. Anders ist es bei Jarah. Sie hat schon von frühester Jugend ihren Geist erstarken und wachsen lassen, so dass alle Seelenängste geschwunden sind. Die Menschen sollen sich nicht um Dinge der Welt sorgen, sondern allein darum, dass ihre Seele eins werde mit dem Geist.‘

Als wir von den Höhen herunterstiegen und den See erreichten, neigte sich die Sonne schon gen Westen. Die Landestelle für Schiffe, in denen man von einer See-Stadt zur anderen gerudert werden kann, liegt beim Ausfluss des Jordan. Er durchströmt den See, vom Libanon kommend. Auf der Ostseite des Sees ist zumeist Wüste, dort befinden sich nur wenige Ortschaften, die von anderen Stämmen bewohnt werden.

An der Landestelle fanden wir ein Boot des Markus von Cäsarea Philippi, eines alten Römers und Freund der Jünger. Ich hörte, dass der Herr ihm und den Seinen viel Gutes getan und dass sich dort Aufsehen erregende Dinge bei einem früheren Aufenthalt zugetragen hatten. Die Ruderknechte kannten die Jünger, und ihre Augen suchten den Herrn, der sonst in ihrer Mitte gewesen war. Einen von ihnen hatte Jesus geheilt. Sie konnten es nicht fassen, als sie hörten, was in Jerusalem geschehen war. Wir möchten gleich in das Boot steigen, sagten sie, denn sie wollten, noch bevor die Sonne untergegangen, uns zu Markus rudern, obwohl es Sabbat war. Der Herr hätte auch am Sabbat geheilt und Gutes getan.

So stießen wir gleich ab, und die kräftigen Ruderschläge trieben das Boot in den See. Es war groß und breit gebaut, so dass noch andere Fahrgäste Platz gehabt hätten. Thomas saß neben mir und erzählte, dass sich bei ihrem ersten Besuch bei Markus eine Sonnenfinsternis ereignete.

Wie eine solche zustande kommt, hatte ihnen der Herr erklärt. Die Heiden steckten da meist noch in tiefem Aberglauben. Dadurch kam ein reicher Grieche mit seiner Tochter in Gefahr. Nach ihrer weiten Reise hatten sie für sich und ihre Begleiter in Kapernaum Schiffe gemietet und wollten nun nach Jerusalem, um dort die jüdische Religion näher kennen zu lernen, denn die ihre erschien ihnen ohne Weisheit und Würde. Sie kamen nicht dazu, in Jerusalem die große Enttäuschung zu erleben. Jedoch zunächst gab es noch einige Aufregungen. Bei den ungebildeten Heiden herrschte die Ansicht, dass durch eine Sonnenfinsternis die Götter ihren Zorn kundtäten. Nur entsprechende Opfer könnten sie besänftigen. Unter Schiffsleuten war es üblich, bei solchen Anlässen Neptun Menschenopfer darzubringen. Der Grieche und seine schöne, junge Tochter wären in den See geworfen worden, wenn der Herr ihnen nicht rechtzeitig Hilfe gesandt hätte. Nicht genug konnten die Weitgereisten ihrem Geschick danken, dass sie hier zur Quelle aller Weisheit geführt worden waren.

Nach der Sonnenfinsternis waren die letzten Tagesstunden, die alle auf einem Hügel mit wunderbarer Fernsicht verbrachten, so ruhig und klar, dass die Jünger den Herrn baten, die Sonne wie einst zu Josuas Zeiten still stehen zu lassen.

‚O ihr Kinder,‘ sprach lächelnd der Herr, ‚meint ihr, die Sonne wäre damals zum Stillstand gebracht worden? Solches dürfte niemals geschehen. Alles hat seine Ordnung und muss zum Wohle der Schöpfung darin erhalten bleiben. Der Auf- und Niedergang der Sonne kommt, wie ich euch schon oftmals gesagt habe, durch die Erdumdrehung zustande. Und auch diese darf nicht im Mindesten angehalten werden. Hielte der Schöpfer nur für wenige Augenblicke die Erde in ihrem Umschwung an, so würden nicht nur Hütten und Paläste einstürzen, sondern auch Berge weichen und Meere das Land überfluten. Ich kann euch aber eine Scheinsonne schenken, auf dass ihr eine besondere Freude habt. Diese Erscheinung entsteht durch eine Luftspiegelung, ist also durchaus kein Wunder. Es geschieht im großen Schöpfungsraum alles nach Gesetzen, auch die Vorgänge, die ihr euch nicht erklären könnt. Ihr kennt nur die Gesetze nicht, auf denen sie beruhen. In einigen tausend Jahren werden die Menschen schon mehr ergründet haben. Wenn sie Satan nicht zu sehr Gehör schenken — denn die Willensfreiheit, sich für das Gute oder Böse zu entscheiden, darf den Menschen nie genommen werden — dann werden jene Zukünftigen voll Ehrfurcht erkennen: Wie oben, so unten. Doch der Wunder größtes ist der Mensch.‘

So berichtete mir Thomas, und ich war ihm dankbar, dass ich wieder mehr von unserm Herrn erfahren hatte.

Am See Genezareth

Es war schon Abend geworden, als wir in den kleinen Hafen des Markus einfuhren. Sogleich kamen die Söhne des Wirtes mit Fackeln, um zu sehen, wer so spät noch einkehren wollte. Freudig wurden die Jünger begrüßt. Verständnislos blickten die Markus-Söhne, als sie den Herrn vermissten. Man half Maria und dem Grautier auszusteigen.

„Wir wollen zuerst ins Haus gehen", sagte Petrus mit heiserer Stimme.

Im Fackelschein sah ich, dass es ein sehr ansehnliches Haus war. Es hatte ein metallbeschlagenes, festes Tor und hohe Fenster. Markus musste demnach ein wohlhabender Mann sein.

„Dieses alles hat er durch des Herrn Zutun erhalten", erklärte mir Thomas. „Vordem war Markus nur ein Fischer mit der kleinen, baufälligen Herberge daneben. Morgen wirst du den eingefriedeten Garten sehen, aus dessen Grund zwei Heilwasser emporquellen."

Markus ist Römer, der seinem Kaiser viele Jahre gedient und sich dann mit Weib und Kindern am See Genezareth angesiedelt hatte. Sogar der Oberstatthalter Cyrenius soll ihn hier besucht haben, als Jesus mit seinen Jüngern das letzte Mal hier einkehrte.

Wir traten in den hohen Speisesaal, dessen Wände mit Zedernholz getäfelt waren, freudig von Markus begrüßt. Auch er fragte sofort nach dem Herrn. Zwei der Jünger führten den alten Mann zur nächsten Bank und sprachen tröstend zu ihm. Fassungslos blickte er von einem zum andern. Dann rannen ihm Tränen über die Wangen.

„Wie hatten wir ihn gebeten, nicht hinauf nach Jerusalem zu gehen! So oft schon hatten die Templer Kundschafter und Häscher nach ihm gesandt. Musste es wirklich so sein? Und nun sagt ihr, er wäre euch mehrmals erschienen, nicht wie ein Phantom, sondern wie ein Mensch aus Fleisch und Blut. Er hat zu euch gesprochen und mit euch zu Tisch gesessen. O Herr, wenn du doch auch zum alten Markus kämest!"

Die Jünger erzählten weiter, dass er sie hierher beschieden hätte, da sie vorläufig hier sicherer wären.

Ja, sind wir nicht überall unter seinem Schutz? ging es mir durch den Kopf. Andreas, als ob er meine Gedankenfrage gehört hätte, erklärte mir, dass der Meister nicht überall und jederzeit Wunder wirke, um die Menschen nicht zum Glauben an ihn zu zwingen. Unmerklich nur dürfte ihr Inneres angesprochen werden.

Nach einem späten Mahl begaben wir uns zur Ruhe. Denn gewiss würde der Herr erst zu uns kommen, wenn wir unsere müden Leiber frisch gestärkt hatten.

Als die Sonne über dem See heraufkam, war dieser wie ein Gold- und Purpurgewässer anzuschauen. Ein heiliges Symbolum. So sollte der Geist, unsere Seele durchdringend, erleuchten.

Andreas, der neben mir sein Ruhelager gehabt, erzählte, dass vor zwei Jahren schwarze Menschen aus Äthiopien hierhergekommen waren. Ihr Führer und Priester war hellsichtig und hatte mehrmals im Traum den Herrn aller Welten an diesem Wasser in einem strahlenden Licht gesehen. Viele Monde waren sie unterwegs gewesen, hatten mühsam den Weg hierher gefunden und sich demütig vor Christus geneigt und ihm ihre Herzen geöffnet. Auch sie vermochten, auf dem Wasser des Sees zu wandeln, als wäre es fester Grund. Ebenso vollbrachten sie andere Wundertaten: Sie stellten sich um eine hohe Zeder, die ihnen Markus bezeichnet hatte, legten ihre Hände an den mächtigen Stamm, einer des anderen Hand berührend, und sangen einen bestimmten Ton dabei. Nach einiger Zeit begann sich der hohe Baum mit seinem Wurzelballen zu drehen. Nach solchen mehrmaligen Kreisen sprangen jene Wundermänner zur Seite, um von dem niederstürzenden Baum nicht erschlagen zu werden. (7)

Wir gingen hinaus in den frühlingsgrünen Garten. Die Quellen waren in zwei Marmorbecken gefasst. Das eine hatte warmes Wasser für Gichtbrüchige, das andere schwefelhaltiges für Aussätzige und ähnliche Kranke. Von Heilungssuchenden, die arm waren, nahm Markus keine Bezahlung, von den Reichen auch nur für Kost und Herberge. Der Herr hatte damals durch seinen Willen die unterirdischen heilenden Wasser hierher geleitet. Viele waren seitdem hier gesund geworden.

Am Ufer entlang zogen sich mit Bäumen bepflanzte Pfade. In ihrem Schatten standen Bänke, aus Zedernästen gefügt. Ob sie wohl von dem auf so wunderbare Weise gefällten Baum stammten?

Andreas und ich setzten uns auf eine dieser Bänke. Zu unseren Füßen spielten die kleinen Wellen des Sees. Im Sand lagen offene Muschelschalen, feucht und in der Sonne schimmernd wie Opalsterne. Auch Andreas blickte dort hin, und bei diesem Muschel-Farbenspiel kam ihm eine Erinnerung, die wiederum mit den Äthiopiern zusammenhing.

Sie hatten dem Herrn einige mehr als faustgroße Perlen zum Geschenk mitgebracht. Liebevoll lächelnd nahm er sie an und sagte, dass diese Perlen von riesengroßen Schalentieren der Urzeit stammten, lange bevor noch eines Menschen Fuß über die Erde gegangen war. Man hatte diese Kostbarkeiten beim Bau der ersten Pyramide gefunden. Auf einer der Perlen war deutlich eine Pyramide eingeritzt. Der Herr erklärte, dass der Urname dieses Bauwerkes Piramidai: ‚Gib mir Weisheit' bedeutet. Ursprünglich waren es Schulen der Weisheit. ‚Erkenne dich selbst, dein göttliches Selbst!' hieß die gestellte Aufgabe. Die rätselhafte Sphinx, auf einem anderen Abbild zu erschauen, wies auf den Entwicklungsgang des Menschen hin.

Ich sagte Andreas, dass ich schon einiges von meinem früheren weitgereisten Herrn, dem alten Rael, wüsste. Aber von dem Jabusimbil-Tempel am oberen Nil, wie ich jetzt erfuhr, hatte ich noch nichts gehört. Dieser soll auf einer anderen riesigen Perle eingeritzt gewesen sein. Der Name des Tempels, so sagte mir Andreas, bedeutet: ‚Ich war, Ich bin, Ich werde sein.' Hier wurde die ewige Urgottheit angebetet. Die vier Riesen, aus dem Fels gehauen, je zwei den Eingang in sitzender Stellung flankierend, symbolisieren die vier Elemente, durch die Gott in der Natur wirkt. Sechs Hallen im Innern des Tempels bezeichnen sechs Schöpfungsperioden, unermessliche Zeiträume. In der letzten Halle befindet sich das Bild der Isis, des Urlebens, aus dem alles hervorging, das alles nährend erhält. Daneben das Monument des Osiris, des Geistmenschen, auch allgemein die Schöpfung darstellend. Das Bild der Isis war heilig und stets verhüllt. Nur zu besonderen Feiern durfte der oberste Priester den Saum des dichten Schleiers anheben. (8)

Die heutigen Ägypter wären bis auf wenige finsterem Aberglauben verfallen, so hatte der Herr gesagt. Sie wollen nicht wie ihre Urväter den Weg zur Weisheit beschreiten, nicht in ihr Inneres schauen, um zu Licht und Wahrheit zu gelangen. So ist seit langem alles verschüttet, Staub und Wüste, totes Gestein.

Der Jünger neben mir war verstummt. Ich dachte über das Gehörte nach, wanderte im Geist durch die Wunderwerke Ägyptens. Als ich mich wieder zurück an dem Ufer des Galiläischen Meeres fand, musste ich innerlich staunen, wie aus diesen einfachen Menschen, zumeist Fischer, durch das Zusammensein mit ihrem Herrn an Seele und Verstand gebildete Redner geworden waren.

Zum Hause zurückkehrend, sahen wir einige Römer und einen reichgewandeten Ägypter zur Heilquelle gehen. So unmittelbar nach dem Passahfest und so früh im Jahr gab es hier wohl noch nicht viele Gäste.

Nach dem Morgenmahl wanderten wir ein Stück gen Cäsarea Philippi, das jetzt fast nur noch eine Ruinenstadt ist. Ich hörte, dass es dort bei der damaligen Sonnenfinsternis einen Brand gegeben hatte. Die habgierigen Priester wollten angeblich zur Besänftigung der sichtbar erzürnten Gottheit besondere Opfer erpressen, nachdem die Finsternis vorüber, wiederum Dankopfer. Einige Arme, die jedoch helleren Verstandes waren, hatten in ihrem Zorn die Priesterhäuser in Brand gesetzt.

Von dort kam jetzt ein Mann mit einem Eselkarren, der mit Mist beladen war. Die Jünger riefen ihn an, dass er doch wissen müsse, bei Markus damit kein Glück zu haben. Er könnte mit seinem Tempelmist gleich wieder umkehren. Markus sei Römer und glaube nicht an den um teures Geld besonderen Fruchtsegen bringenden Mist der Opfertiere in den Tempelhallen. Zudem sei der Unrat meist in irgendwelchen Gassen zusammengekehrt. Zornig blickte der so Angeredete die Jünger an, zog aber weiter mit seinem Karren.

Ich wusste nicht, ob ich nur traurig sein oder mich innerlich empören sollte über die Habgier und Betrügereien derer, die dem Tempel dienten. Bei Rael hatte ich wie auf einer Insel gelebt.

Von unserer Wanderung zurückgekehrt, setzten wir uns unter die Olivenbäume im Garten. Ich sagte zu Andreas, dass ich dieses Stückchen Erde irgendwie als besonders wohltuend empfinde.

„O ja", nickte der Jünger, „dieser Platz ist vom Herrn besonders gesegnet. Die Menschen können hier an

Leib und Seele gesund werden. Nur ganz finstere Weltmenschen empfinden nicht die heilende Atmosphäre.
Zudem wirken auch die Gnadenbäume sanft und beruhigend in ihrer Strahlung. Jesus sagte einmal, wie jeder
Weltkörper eine bestimmte Strahlung habe, so hat sie
nicht nur jeder Mensch, sondern auch jedes Tier, jeder
Baum, jede Blume und sogar jeder Stein. Kalkfelsen
verbreiten eine andere Atmosphäre als Granitgebirge.
Unter Zedern oder Zypressen hat man ein anderes Gefühl als unter Feigen- oder, wie hier, unter Olivenbäumen. Es ist jedes Mal, als wenn wir von einem anderen
Hauch angeweht werden. Bei duftenden Pflanzen spürt
es ein jeder. Nicht ohne Grund pflanzen die Reichen
Rosen aus Persien in ihre Gärten. Ihr Duft ist beseligend, und die Farbe gleich der Morgenröte rührt ge-
heimnisvoll unser Herz an.

Wenn sich uns ein Mensch nähert, empfinden wir
ihn, ohne dass er mit uns spricht oder uns auch nur
anblickt, als freundlich, gleichgültig oder gar feindlich.
Dieses alles bewirkt die Außenlebenssphäre.

Wir erlebten einmal auf einem Hügel bei Bethanien
einen Reiherzug, von den Gewässern Griechenlands
kommend, wieder und wieder über uns kreisend. Der
Herr erklärte uns, dass das sonderbare Verhalten dieser Vögel, die sonst eine andere Flugbahn zu haben
pflegten, darin liege, dass sie sich schon weit über dem
Mittelmeer von seiner Außenlebenssphäre wohltuend
angezogen gefühlt und hier eine große Stärkung empfangen hätten. So war auch die große Heilkraft im
Menschen Jesus zum Teil natürlich zu erklären.

Es ist wohl zwei Jahre her, dass er hier einen Besessenen heilte. Als Knabe hatte dieser hellsehen können,
insbesondere jedes Menschen Außenlebenssphäre. Er
erkannte die Seelenbeschaffenheit, ersah auch, ob der
Betreffende gesund oder krank oder gar am Sterben

war. Seinem Vater, einem Arzt bei Jerusalem, hatte er an Krankenbetten heimlich Auskünfte über das Befinden des jeweiligen Kranken gegeben."

Hier kam raschen Schrittes ein Römer aus dem anderen Teil des Gartens herüber und fragte, ob unter uns ein Arzt wäre. Der Ägypter hätte sich wahrscheinlich zu lange in dem Heilwasser aufgehalten, er läge jetzt ohne Bewusstsein.

Einige der Jünger hatten schon zu Jesu Lebzeiten das heilende Handauflegen ausgeübt. Der Kranke lag gut gebettet unter einem Olivenbaum. Petrus wollte ihm die Hände auflegen, zögerte aber, denn der Kranke sprach, seltsamerweise in den Lauten unseres Landes, mit verhaltener Stimme bei geschlossenen Augen.

„Sphinx, du Gewaltige, ich stehe vor dir. Weit bin ich gewandert durch Wüste und Wind. Mich dürstet nach dem Wasser der Weisheit. O reiche dem Bittenden lebenden Quell! Sieh meine Demut! Ich knie im Staube. Lass aufgehen die Sonne im inneren Osten! — Du, Priester mit goldenem Reif, du hörtest die Bitte, so ernst. Du wiesest mir Wege im Innern der Pyramide, der großen. Wege zur Prüfung. Es sollten mich schrecken die Flammen, die Feuer der Welt. Sie waren nichtig, und sie erloschen. Dunkle Wassertiefen durchschritt ich, fand glücklich die Treppe, die spiralig sich windet hinauf in die Hallen des Heils. Hierophant, der du in der Finsternis leuchtest, du führtest mich hin zum Lager des irdischen Todes. Gestreckt auf dem Steine des Sarkophages lag ich starr und leblos. Wie lange? Geschwunden die Sinne. Gestorben die Wünsche der Welt. Stille und Ruhe. Da sieh mit den Augen der Seele ein Leuchten, ein Stern! Alle Farben des himmlischen Bogens erstrahlen. Näher kommt der Stern, wird größer und größer. Er wird zum weißgoldenen Licht einer Sonne. Ich bin mitten darin, wie in einem tausendblättrigen Lotos. Duft umhüllt mich. O Isis, unschaubar, unnahbar!"

Der Kranke schwieg, doch ein Lächeln verklärte sein Gesicht. Petrus wies uns an, zur Seite zu gehen, legte dann dem Ägypter die linke Hand auf die Stirn und die rechte auf die Magengrube. Langsam kam er wieder zu sich und schlug die Augen auf.

Einer der Jünger war zu Markus geeilt und kam mit einem Becher Wein wieder und reichte ihn dem Erwachten. Lächelnd und dankend neigte er den Kopf und trank. In seinen Augen lag ein Ausdruck so tiefer Sehnsucht, dass wir alle davon angerührt waren.

Später erzählte er, übrigens nicht so fließend in unserer Sprache wie im vorherigen schlafähnlichen Zustand, dass er vor mehreren Monden eine Stimme in sich gehört hätte, am See Kinneroth — so heißt der See Genezareth in den Schriften — würde er eine Quelle und in ihr Licht und Heilung finden. Er wäre nicht eigentlich krank, nur sehr matt und das Augenlicht schwach. So habe er sich aufgemacht und nach einer Heilquelle in der Nähe des Sees geforscht. Die Leute hätten ihn hierher gewiesen. Ihm schien über diesem Garten ein besonderes Leuchten zu liegen, und er hoffte, hier ganz gewiss gekräftigt zu werden.

Sehr verwundert hatten wir seinen Worten gelauscht. Petrus und Johannes nickten mehrmals zustimmend. Es musste schon eine besondere Bewandtnis mit diesem Ägypter haben, der die Mysterienschule seines Landes aufgesucht und die Prüfungen bestanden hatte. Oder war es nur traumhaftes Geschehen, nicht Wirklichkeit gewesen? Wie seltsam sich dieses Ereignis an die Erzählung des Andreas reihte!

Petrus sagte dem Ägypter, dass er vorerst keine weiteren Bäder in der Quelle nehmen sollte. Sein Traum hätte ihn gewiss zu einer anderen geistigen

Quelle hingewiesen Er wurde zur rechten Stunde schon zu ihr geführt werden

Der Ägypter saß nun in unserer Mitte unter den Ölbäumen und blickte nacheinander einen jeden von uns an, so als wollte er uns ins Herz schauen, so als konnte er es wirklich. Mit leiser, stockender Stimme begann er zu sprechen und sagte, dass er fühle, wie uns alle eine Liebe verbinde, eine besondere Liebe zu dem höchsten Wesen. So wolle er uns ein Geheimnis anvertrauen.

Es sei erst wenige Tage her, da wäre ihm hier im Garten sein verstorbener Vater erschienen. Er hatte zu ihm gesprochen und gesagt, dass die Hüter des Heiligen in ihrem Land im Tempelschlaf sich wohl in einem Lichtmeer, in einer Seligkeit befanden, dieses Licht aber nicht die eigentliche Gottheit war, wie die Weisen annahmen. Gott strahle in seinem Urwesen ein für geschöpfliche Augen unertragbares Licht und unertragbare Wärme aus, als da sind Weisheit und Liebe. Auch im jenseitigen Seelenleben könne man die Gottheit nicht schauen. Sie hatte aber, über alles Begreifen hinausgehend, sich auf der Erde inkarniert, um von den Menschen erkannt und geliebt werden zu können. Sie wäre jetzt in dieser Zeit personhaft zu schauen gewesen und hatte hier an diesem See wie ein schlichter Mensch gelebt, gelehrt und Gutes getan. Nur wenige seiner Menschenbrüder erkannten ihn. Die anderen blieben in ihrer Finsternis und sahen nicht das Licht, das so hell war. Sie verstrickten sich so sehr in alle menschliche Dunkelheiten, dass sie diesen Gottmenschen töteten. Unmittelbar nach dem Tode seines irdischen Körpers erschien er in den jenseitigen Bereichen, in jenen nebelvollen und auch in den lichten Gefilden, von manchen Paradies genannt. Er war von einer Reinheit, von einer leuchtenden Schönheit, die unbeschreiblich ist. Wie ein gütiger Vater breitete er die

Arme und näherte sich ihnen, weckte die traumhaft Befangenen und sprach von seiner Liebe, die alle Geistseelen wieder heimführen wolle.

Erschüttert hörten wir diesen Bericht und mussten erkennen, dass ein Heide eher bereit war, den Herrn zu empfangen und ihm nachzufolgen, als das Volk, unter dem er gelebt hatte. Wir hofften, Jesus würde nun bald in den Garten kommen und zu uns und auch zu dem Ägypter sprechen. Aber wir sollten uns wohl in Geduld üben. Der Tag verging, und wir sahen ihn nicht.

Markus waren die Fische knapp geworden, und so rüsteten seine Söhne ein Boot zur nächtlichen Ausfahrt. Die Jünger, die Fischer waren, wollten ihnen helfen und fuhren mit hinaus auf den See. Ich selbst verstehe ja nur mit Griffel, Schreibrohr und Harfe umzugehen und blieb deshalb im Haus.

Nach einem erquickenden Schlaf erwachte ich noch vor dem Aufgang der Sonne, und es zog mich hinaus ins Freie. Dort traf ich Matthäus, der auch ein Schreiber war. Nach leisem Gruß gingen wir schweigend in der Morgendämmerung am Ufer entlang gen Tiberias, dann und wann ausspähend, ob wohl die Fischer mit ihrem Fang heimkehrten.

Da erblickten wir in einiger Entfernung ein kleines Feuer am Strand, so als hätte jemand etwas angezündet, um sich daran zu wärmen. Langsam schritten wir darauf zu, bemerkten eine Gestalt am Feuer und gleichzeitig das sich nahende Boot. Das Wasser trug deutlich ihre Stimmen herüber.

Von der Feuerstelle klang es: „Kinder, habt ihr nichts zu essen?" (Joh. 21,5 ff)

Mein Herz bebte, denn diese Stimme kannte ich. Sie war unverwechselbar. Und es schwang ein Ton mit, so als ob nicht nur die irdische Nahrung gemeint sei.

„Wir haben nichts gefangen", kam die Antwort vom Boot.

„Werfet das Netz zur Rechten aus, so wird es sich füllen!"

Die Jünger taten es und vermochten in kurzer Zeit kaum das Netz mit der Menge der Fische ins Boot zu ziehen.

„Es ist der Herr", hörte ich die Stimme des Johannes. Nun warf sich Petrus ins Wasser und watete ans Ufer zu der Feuerstelle, so als konnte er nicht schnell genug dort sein. Gleichzeitig mit den Jüngern im Boot gelangten auch wir bei der Feuerstelle an.

Der Herr hatte Brot in den Händen, brach's und reichte allen davon. Auf dem Feuer wurden Fische gebraten, denn die Fischer waren von der nächtlichen Fahrt hungrig geworden.

„Dieses ist der letzte Fischzug gewesen", sprach Jesus. „Von nun an werdet ihr Menschenfischer sein und auch Hüter meiner Herde."

Sich zur Seite an Petrus wendend, fragte er: „Simon, hast du mich lieb?" (Joh. 21,15-16)

„Ja, Herr, du weißt es doch", antwortete der Jünger.

„Weide meine Schafe!" kam die Aufforderung.

Während wir am Feuer saßen, erging noch zweimal die gleiche Frage an Petrus, so dass er traurig wurde, den Kopf senkte und nachsann, was dieses wohl zu bedeuten habe.

Flüsternd sprach neben mir Matthäus „Nach der Gefangennahme hatte Simon im Hof des Hohenpriester-Palastes den Herrn dreimal verleugnet. Von Jesus war ihm dieses vorausgesagt: Ehe der Hahn kräht... Das geschah auch an einem Feuer, seltsam. Petrus hatte sehr gelitten, dass er sich als so schwach erwiesen. Denn sein Beiname bedeutet doch Fels. Vielleicht war es jetzt wieder gutgemacht.

Im Geiste sah ich den Herrn im Verhör vor dem Sanhedrin, dem hohen Rat. Die Fesseln waren für diese Zeit abgenommen. Zwei Wächter standen hinter ihm. Jesus, den Blick wie in weite Ferne gerichtet, sah nicht die Versammlung an. Ich hörte die Aussagen der Zeugen: Er hat den Sabbat nicht geheiligt. Er sagte Barmherzigkeit sei größer als der Sabbat. Er hielt die Waschungen nicht. Er sagte, die Pharisäer waschen sich äußerlich, aber ihr Herz ist unrein. Er ließ nicht zu, dass eine Ehebrecherin gesteinigt wurde. Er sagte, er werde den Tempel abbrechen und ihn in drei Tagen wieder aufbauen. Das ist eine Gotteslästerung! —

Draußen im Hof hatten die Knechte und Mägde sich ein Feuer gemacht und hielten die Hände darüber, denn es war kalt. Ihre Gesichter waren rot angestrahlt von dem flackernden Schein. Simon hatte sich unter sie gemischt. Er hoffte, hier etwas über das Schicksal seines Herrn zu erfahren.

Da sah ihn einer aus der Schar prüfend an und fragte: „Galiläer, du bist doch auch einer von jenen, die dem Nazaräer folgten?" — „Nein, ich weiß nichts von ihm!" — „Ja, ich sah dich auch in seiner Schar!" rief eine Magd — „Nein, ich war nicht bei ihm" — „Ich sah dich im Garten Gethsemane. Der Fackelschein war hell genug!" drohend klang diese dritte Stimme. Und abermals leugnete Petrus. Eine seltsame Stille trat ein. Irgendwo krähte ein Hahn in der Morgenfrühe. — (Mt. 26,69 ff)

Das Tor des Palastes ging auf. Jesus, mit gebundenen Händen zwischen den Knechten auf die Treppe hinaustretend, sah zu Petrus hinüber, gütig und erbarmend. Simon blickte in die Augen seines Herrn, schlug voller Scham die Hände vors Gesicht, stieß die Umstehenden zur Seite und taumelte hinaus in die Dunkelheit der Gassen. — Wie bitter wird er geweint haben!

Er, der sich stark glaubte, hatte so jämmerlich versagt. Er hatte ihn verleugnet, nur weil er um sein kurzes Erdenleben fürchtete."

Was hätten die anderen an seiner Stelle getan? Hätten sie sich zu ihm bekannt? Johannes ganz gewiss, so glaubte ich. Mich dünkte, dass dieser Jünger, obgleich jung an Jahren, gern mit seinem Herrn dieses Leben verlassen hätte. Irgendwie schien er nicht von dieser Welt zu sein. Sein Antlitz strahlte inneren Glanz aus. Ich hatte das Gefühl, dass dieser Jünger Jesu Lehre am tiefsten erfasste. Ob er wohl weit hinausziehen und das Evangelium verkünden würde? Eigentlich war er ein Mensch der Stille. Als Volksredner konnte ich ihn mir nicht vorstellen. Aber manchmal hören die Menschen auf leise Worte mehr als auf laute, manchmal — die Stillen im Lande. Die leisen Worte sind immer die tiefsten. Man singt ein Lied der Liebe auch nicht mit schallender Stimme. Nur leise sollen die Saiten erklingen und die Töne ins Herz dringen.

Ich blickte vom Feuer auf. Jesus war nicht mehr zu sehen. Die Fischer fuhren mit dem Boot zum Hafen des Markus. Matthäus und ich gingen am Ufer entlang zurück. Strahlend kam die Sonne über dem See herauf und verklärte alles mit ihrer himmlischen Herrlichkeit.

Wir verhielten unsere Schritte, denn auf einer Anhöhe stand der Ägypter mit erhoben gebreiteten Armen. Laut und feierlich war der Klang seiner Stimme. Es schien ein Gruß an die aufgehende Sonne zu sein. Später übersetzte er uns seine Worte. Es war ein Sonnenhymnus Echnatons und fast eineinhalb Jahrtausende alt:

Schön ist dein Aufleuchten am Rande des Himmels,
du lebender Aton, erster der Lebenden.
Steigst du empor an des Himmels Osten,

so füllt sich das Land mit deiner Schönheit.
Denn du bist herrlich, groß und leuchtend
hoch über der Erde.
Deine Strahlen umarmen die Länder all,
umarmen alles, was du erschaffen.
Du hältst sie umfangen mit deiner Liebe.
Obwohl du fern bist, sendest du
hernieder deine Strahlen auf die Erde,
und deines Wandelns Spuren hoch
da droben sind der Tag.

Wir warteten, bis der Ägypter wieder zur Herberge gegangen war, denn wir wollten nicht, dass er sich in seiner Andacht gestört fühlte.

Innerlich erregt, hörte der alte Markus, wer bei uns beim Frühmahl am Ufer gewesen. Er war auch traurig und meinte, er sei wohl nicht wert, den Auferstandenen zu sehen und zu hören. Die Jünger versicherten, dass der Herr ganz gewiss auch zu ihm kommen würde.

Dann saßen wir wieder zusammen unter den Olivenbäumen, der Ägypter unter uns. Er erzählte von seinem Volk, und Trauer lag in seiner Stimme. Die Heutigen hätten kein Gefühl mehr für das Wahre, Reine. Es wäre alles Aberglaube, was sie Religion nennen. Man müsste es wegräumen wie einen Kehrichthaufen. — Sein Vater hatte viel in alten Schriftrollen gelesen. Oft hatte er ihm Worte eines persischen Weisen, Zarathustra, vorgelesen:

Weil du gütig bist, darum bist du ewig
und immer voll Seligkeit.
Und nur, wenn wir selbst auch gut sind,
gehen wir deine Straße,
und dann nur bist du uns nah.

Sehnsucht im Herzen und Andacht auf den Lippen,

so wollen wir klopfen an deine Pforten.
Dann wird die Wahrheit uns öffnen.

Was dann auch komme, alles wird Segen,
und freudiges Wirken breitet sich aus
von uns hinüber auf Menschen und Tiere.
Denn alles Gute ist niemals Zwang,
sondern Freude und Freiheit.

„Bei uns", sagte der Ägypter, „pflegte man über die tiefsten Dinge nicht zu sprechen. Nur die Eingeweihten untereinander taten es. Ein stilles Gebet bei ihnen hieß:

„O du süßer Brunnen des Dürstenden in der Wüste! Du bist verschlossen dem, der da viel redet, aber dem Schweigenden stehst du offen. Wenn der Schweigende kommt, findet er dich, den Brunnen."

Die Jünger wunderten sich über die Tiefe des Gefühls und der Erkenntnis bei anderen Völkern. Wohl hatte der Herr ihnen oft gesagt, dass er zu allen Zeiten und zu allen Völkern Erweckte im Geist und wahre Seher sandte, aber von anderen hatten sie bisher noch nichts darüber gehört. Zu dieser Zeit gab es landauf, landab nur Aberglauben. Und wehe, wenn sich einer erkühnte, Licht in die Finsternis zu bringen!

„Sehnsucht im Herzen und Andacht auf den Lippen, so wollen wir klopfen an deine Pforten", wiederholte leise Johannes.

Und mitten im frühlingsgrünen Garten stand Jesus, gebreitet die Hände mit den Wundmalen: „Friede sei mit euch!"

Markus fiel ihm zu Füßen und stammelte: „O Herr, nimm mich zu dir in dein Reich!"

„Mein lieber Markus, über ein kleines!" sagte Jesus, den Knienden aufhebend. „Wer wie du nicht an den irdischen Gütern hängt und das leibliche Leben gern dahingibt, der wird das ewige Leben gewinnen. Ich wollte, es wären viele wie ihr hier dessen gewiss. Nach meiner Auffahrt werdet ihr Kraft empfangen, das Evangelium zu verkünden."

Jetzt zu dem Ägypter gewendet: „Du, mein Bruder, der du nach Liebe und Weisheit auf dem Wege bist, der du nach der Quelle forschtest, hier ist sie. Herniedergestiegen ist der Höchste aus der Ursonne aller Sonnen auf die kleine Erde, die da eine der geringsten ist. Herniedergestiegen aus Barmherzigkeit, eingekörpert in einen menschlichen Leib, schaubar geworden. Nicht mehr gleißend und blendend wie die Sonne am Mittag, nicht glühend wie erhitztes Erz, darauf jeder Wassertropfen verdampft. Nein, wie ein Bruder kam ich zu Brüdern. Schweigend gingen einst deine Väter zum Brunnen der Weisheit. Sie taten wohl daran, denn zu viel Weisheit lässt Menschen gar oft in Hochmut fallen und herabschauen auf die Geringeren. Doch vom Brunnen der Liebe sollt ihr alle trinken, von seiner klaren Quelle künden und andere zu ihr führen. Nicht mehr verhüllt ist die Gottheit, wie es war zu deiner Urväter Zeiten. Abgelegt hat sie in ihrem Liebe-Grundwesen die Majestät, wie ein Pharao die goldenen Zeichen seiner Würde vom Haupte hob, wenn es ihn gelüstete, ein schlichter Mensch zu sein. Gott in seinem Wesen der Urweisheit und Urkraft bleibt für immer in seiner unzugänglichen Mitte, aber in seiner Liebe ist er euch wie ein Vater geworden. Meine Jünger mögen dir später berichten von meiner Lehre, meinem Leben und Leiden im irdischen Leib."

Man hörte, dass im Hafen ein Boot anlegte. Rufe und eilende Schritte hallten herüber. Wir waren nicht erfreut über die Störung. Aber Jesus wandte sich, als ob er liebe Freunde erwarte. Er breitete die Arme in einer nur ihm eigenen Art, als wollte er einem jeden besonders sagen: Komme her zu mir!

Ein wunderschönes, sehr junges Mädchen flog mehr, als dass es lief über den Rasen und in seine Arme. „Herr, du lebst! Welch eine Freude! So ist mein schwerer Traum doch Trug gewesen." Sie barg den Kopf an seine Brust und sah nicht die Wundmale.

Er legte eine Hand auf ihren Scheitel. „Meine liebe Jarah, du weißt doch, dass ich ewig lebe. Daran ändern auch deine schweren Träume nichts."

Inzwischen war der Herbergsbesitzer Ebahl aus Genezareth nachgekommen und begrüßte voll Freude den Herrn. „Meine Jarah hat wieder einmal von einem Kreuz geträumt und plagte uns schon mehrere Tage mit ihrer Unruhe. Heute bestand sie darauf, dass wir hierher zum Markus fahren. Nun sieht sie, der Herr verlässt uns nicht."

Wir blickten uns scheu an. Wie würden sie es fassen? Würde es sie nicht überwältigen? Ich musste noch daran denken, dass Maria Magdalena ihn nicht anrühren durfte. Die junge Jarah, deren Herz reine Liebe strahlte, wurde von ihm umfangen. Sie war es auch gewesen, die ganz erfüllt vom Glauben an den Herrn, ihm als erste ohne Furcht auf den See hinaus folgte.

Glaube ist tiefstes inneres Wissen, ein vollendetes Wissen, das dem Geist entstammt, nicht dem Verstand. Der Glaube ist eine innige Beziehung zwischen Mensch und Gott. Unerklärbar wie die Liebe zwischen zwei Menschen. Er ist höher als alle Vernunft und lässt sich anderen nicht mitteilen. Glaube ist eine Erinnerung an unsere Urheimat und führt uns dahin zurück. Durch Glauben können wir schon hier selig werden.

Dieser Traum hatte Jarah darauf vorbereiten sollen, hören zu müssen, was der Herr an irdischer Qual erduldet, und dass er seitdem nicht immer sichtbar unter den Seinen war.

Jarah bat nun um eine Erklärung, wollte wissen, was es mit den Träumen auf sich habe.

„Wenn des Menschen Seele noch sehr mit dem irdischen Körper verhaftet ist", sagte der Herr, „dann gehören auch die Träume ganz der Erde an. Ist die Seele bereits in einem gelösteren Zustand und schon mehr vom Geiste erhellt, dann vermag sie im Traum Belehrungen oder Vorbereitung auf Schweres, aber trotzdem der Seele Dienliches, zu empfangen. Zuweilen darf sie sogar die Gefilde des Paradieses schauen."

„Und warum musste ich von dem schrecklichen Kreuz träumen, an das sie dich geschlagen hatten!" fragte Jarah mit rührender Stimme.

Sanft fuhr Jesus mit der Rechten über ihr Haar „Du solltest vorbereitet werden, damit dein Herz nicht einen zu gewaltigen Stoß erfährt."

„Herr, wann wird es geschehen?"

„Es ist schon geschehen."

Verständnislos blickte Jarah zu ihm auf. Nun hielt er seine Hände so, dass sie die Wundmale sehen musste. Sie sank vor ihm nieder „O Herr, so ist dies dein himmlischer Körper?"

„Mein himmlischer und mein irdischer, denn auch dieser ist auferstanden. Ich bin zu den Meinen gekommen, auf dass sie es sehen und allen davon künden. Bald werde ich auffahren in meine Himmel und euch die Stätte bereiten. Denn von nun an sollen die, welche mich von ganzem Herzen lieben und ihren Nächsten wie sich selbst, mit mir im Vaterhaus wohnen."

Zögernd fragte Ebahl, wie es wohl einem Menschen wie ihm, der gerade so schlecht und recht gelebt hat, im Jenseits ergehen wird.

„Wie das Innere des Menschen beschaffen ist", antwortete Jesus, „wenn er diese Welt verlässt, so wird auch jenseits die Welt beschaffen sein, die er aus sich selbst gestalten und in der er dann gut oder schlecht leben wird. Alle, die durch mein Wort im Licht und in der Wahrheit sind und nach meinen Worten handeln, werden auch in der geistigen Welt ein Leben voll Licht und Liebe führen und von einer Klarheit zur anderen geleitet werden. Die aber aus eigenem Willen im Bösen beharren, werden sich in einer jenseitigen Welt wiederfinden die ihrem lichtlosen, argen Innern entspricht. Ihr jenseitiges Sein ist mehr oder weniger wie das in einem Traum. Sie leben in einer aus ihrer eigenen Seele hervorgegangenen Landschaft, begegnen Jenseitigen, die ihnen ähnlich sind. Von Zeit zu Zeit kommen Geister aus höheren Sphären zu ihnen, um sie zu belehren. Nehmen jene trüben Seelen das Licht aus der Höhe an, können sie weitergeführt werden. Mit zunehmender Erkenntnis und Liebe werden auch ihre Angesichter strahlender und schöner, desgleichen wandeln sich ihre grauen oder gar zerlumpten Seelengewänder in hellere. Ob der Mensch auf Erden ein Kaiser oder ein Bettler war, ist im Jenseits ohne jede Bedeutung. Nach dem Tode des irdischen Leibes wird der Mensch hinaustreten in den endlosen Gottesraum. Und nach der Art seines Innern wird er ihn entweder als Himmel oder Hölle antreffen. Denn es gibt nirgends einen eigens geschaffenen Himmel, noch irgendeine eigens geschaffene Hölle. Himmel und Hölle sind inwendig in euch. (9)

Die materielle Räumlichkeit macht keinen Unterschied, sondern allein der geistige Zustand. Seht, auf derselben Bank saßen zwei Menschen beisammen. Der eine wäre ein frommer Weiser und der andere ein verstockter Bösewicht. Beide ruhen sich aus und lassen sich zur Stärkung ihrer Kräfte Brot und Wein reichen. Wie nahe sind sie irdisch räumlich, und wie unendlich weit sind sie geistig voneinander entfernt.

Es sei aber, dass wie unser Weiser, ein ähnlicher tausend Wegstunden entfernt, ebenfalls auf einer Bank säße. Räumlich wären also beide weit auseinander, aber geistig dennoch beisammen.

Aus dem geht hervor, dass der Himmel alle guten Menschen vereint, gleichgültig, wo sie sich äußerlich aufhalten, und die Hölle die Gemeinschaft aller Bösartigen ist. Himmel und Hölle hängen also auf dieser Erde nicht von Raum und Zeit ab, sondern von der Wesensart des Menschen. — In jenem Reich aber, das nicht von dieser Welt ist, werden dann freilich die Geister geschieden. Und die Menschen guten Willens vereinigen sich dort zum Himmel, und die Böswilligen streben zu ihresgleichen in die Hölle.

Du, mein lieber Ebahl, hast meine Worte treu bewahrt und an den Armen wahre Barmherzigkeit geübt, so trägst du schon den Himmel in dir. Wovor sollte dir bangen, wenn du dein irdisches Gewand, deinen müde gewordenen Körper, dereinst ablegst?"

„O Herr, ich danke dir!" sagte Ebahl und fuhr dann fort: „Heute, als die Sonne so herrlich in ihrer Pracht aufging, dachte ich bei mir: So müsste es wohl ewig in den Himmeln Gottes aussehen. Ob ich wohl recht hatte mit meinem Denken und Fühlen?"

„Würde ich dich im Geiste nur einen Augenblick in meine Himmel versetzen, so würdest du nicht mehr auf der Erde leben wollen. Der Glanz und die Vielfalt der Herrlichkeiten sind für euch unvorstellbar und würden eure Seelen betäuben. Darum muss jede Seele in aller Behutsamkeit von Stufe zu Stufe geführt und geläutert werden, damit sie fähig wird, in die endlosen Freuden der Himmel einzugehen. Denn keines Menschen Auge hat je gesehen und keines Menschen Ohr je gehört und in keines Menschen Sinn ist je gekommen, was der Herr denen bereitet hat, die ihn über alles lieben. (10)

Aber stellt euch die ewige Seligkeit nur nicht als ein ewiges Nichtstun vor, sondern als eine stets sich mehrende Liebetätigkeit! Wie Gott und seine Engel immerfort tätig sind, so sollen und wollen es auch die seligen Geister. Denn das Anschauen noch so herrlicher Sonnenaufgänge und das Wandeln in paradiesischen Gärten, auch vereint mit euren Lieben, würde — in alle Ewigkeit fortgesetzt — euch doch recht langweilig. So werdet ihr dereinst mit zunehmendem Erkenntnislicht und immer stärker strahlender Liebewärme auch immer umfassendere Aufgaben zu erfüllen bekommen. Zunächst würdet ihr Erzieher der Seelen in unteren Sphären, sie belehren, und zum Licht immer höher hinaufgeleiten. Wie meine Engel bisher, so hättet später ihr im Kinderreich die Kleinen mit aller Liebe und Sorgfalt zum himmlischen Vater zu führen. Je mehr ihr der Vollendung entgegenschreitet, desto größer werden eure Aufgaben. Hohe Geister haben ganze Sonnengebiete zu verwalten. Mit der Liebe und Erkenntnis wächst auch die Schöpferkraft, mit der uranfänglich die Geister, aus mir ebenbildlich erschaffen, begabt waren. Im bescheidenen Maße besitzt schon hier jeder Mensch eine Gestaltungskraft in seiner Phantasie. Der eine verwirklicht sie schlicht handwerklich, der andere künstlerisch, ein jeder nach seiner ihm eigenen Art. So werdet ihr in meiner Unendlichkeit ewig fort gestaltend wirken können. Das soll nicht heißen, dass ich Hilfe nötig hätte in der Erschaffung und Erhaltung meiner Welten, sondern vielmehr, dass ihr bei eurem Tun Seligkeit empfinden möget und dieses auch in der Verbundenheit mit dem Vater, der sich wie ein irdischer Vater über das Können seiner Kinder freuen wird, und den ihr immer wieder in meiner hier offenbarten Gestalt schauen und mit ihm sprechen könnt." (11)

„Herr, wie wird das möglich sein?" fragte Ebahl. „Es werden doch unendlich viele dich schauen und mit dir sprechen wollen?"

„Bisher war Gott durch seinen alle Welten durchdringenden heiligen Geist allgegenwärtig. Von nun an wird er durch euren innersten Geist als Jesus einem jeden von euch erlebbar sein können. Doch dieses sind rein himmlische Dinge, die ihr noch nicht fassen könnt."

„Wie, o Herr, sollen wir uns die Engel vorstellen?" fragte nun Markus.

„Die Engel sind Geister, die ganz in meiner Ordnung, Liebe, Weisheit und Kraft leben. Ihre Angesichter sind schöner und strahlender als die aufgehende Sonne, ihre Gewänder lauter Licht. Sie bewegen sich in Gedankenschnelle, brauchen dazu aber keine Flügel, wie es sich manche Menschen in ihrer Einfalt vorstellen. Die goldenen Cherubs auf der Bundeslade ließ Mose mit Flügeln abbilden, um dadurch anzudeuten, dass solche Geistwesen sich einem Vogel gleich über die Erde zu erheben vermögen, und um den Menschen die Schnelligkeit des Geistigen zu versinnbildlichen. Es steht wohl in den alten Schriften zu lesen, dass Engel hie und da einem frommen Menschen erschienen sind, nie aber, dass sie Flügel gehabt hätten. In solch irdischer Erscheinungsform haben sie ihren himmlischen Glanz so weit gedämpft, dass Menschen ihn zu ertragen vermögen. Sie werden dann meist als überaus schöne, hellgewandete Jünglinge sichtbar. Haben sie ihren Auftrag erfüllt, lösen sie in Gedankenschnelle den angenommenen Materiekörper auf und haben wieder ihren ätherischen Lichtleib. Dieses sind keine Wunder, sondern geht nach Gesetzen vor sich, die ihr jetzt noch nicht zu begreifen fähig seid. (12)

Nun wird es Zeit, dass sich eure Seelen wieder allein aus der Kraft eures Geistes festigen und ich zu anderen Brüdern gehe, die mich im Erdenleib gekannt haben und mir nachfolgten. Aber über ein kleines werde ich in Genezareth sein. Und so fahret morgen dorthin!"

Er hob die Hände, segnete uns alle und ward unsichtbar.

Der kleinen Jarah rannen Tränen über die Wangen, obgleich auf ihrem engelschönen Antlitz ein Abglanz des Himmels lag. War es Schmerz oder Seligkeit? Oft liegt beides nahe beieinander. Seligkeit ohne Schmerz hat auf Erden wohl keine bleibende Stätte.

Lange saßen wir schweigend beisammen. Wir vermochten nicht, uns ins Alltägliche zurückzufinden. Alles kam uns matt und grau vor ohne seine belebende Gegenwart. Ich weiß nicht, ob ich die Kraft gehabt hätte, jetzt zu singen und die Saiten erklingen zu lassen. Den Brüdern wäre solches eine Hilfe gewesen. Jedoch meine Harfe war in Jerusalem und nicht hier.

Da erklang aus dem silbrigen Laub des Olivenbaumes, unter dem Maria saß, ein Vogellied, so zart, dass unsere Herzen davon angerührt wurden.

Als der kleine Vogel verstummt war, hob Jarah ihr Angesicht, als hielte sie es der Sonne entgegen. Und unter Tränen, aber ohne Schwanken in der Stimme, sprach sie leise, doch so, dass alle Umsitzenden es vernehmen konnten. Ich wusste nicht, war es eine alte Weise oder flossen ihr die Worte aus einer anderen Sphäre zu:

Eines kleinen Vogels Lied
im Geäst des Gnadenbaumes
tönet Trost wie Sang der Reinen
unsern Herzen sanft hernieder.
Eines kleinen Vogels Lied,
das von Zeit und Ewigkeiten
kündet, lässt uns lächeln unter
Tränen, liebend den All-Einen.

Mir wollte es scheinen, als hätte ein Engel in diesem Mädchen Gestalt angenommen. Aber würden Engel weinen?

Sehr langsam fanden wir wieder zum täglichen Brot zurück, spürten wieder die Rundung des Weinbechers in der Hand und die Herbheit des Weines auf der Zunge. Herb war auch das Leben im irdischen Kleid, nachdem wir jetzt ein kleines von dem Goldglanz der Ewigkeit zu erahnen vermochten.

Am See Genezareth

Markus war traurig, als wir Abschied nahmen und mit Jarah und ihrem Vater nach dem Städtchen Genezareth fuhren. Es wehte ein leichter Südwind, so dass die Schiffsknechte Segel setzen konnten. Der Ort liegt an einer kleinen Bucht, hat dem Tempel und Herodes gegenüber besondere Rechte und der Schutz der Römer ist sehr nah, denn sie haben ständig ein Lager hier.

Die Herberge Ebahls ist groß und mit vielen Nebengebäuden, so dass wir auch da gut unterkamen. Seine Frau, von Geburt eine Griechin, hat noch mehrere Töchter, doch keine kommt Jarah an Zartheit und

Schönheit gleich. Aus erster Ehe sind Söhne, die dem Vater kräftig zur Hand gehen.

Inzwischen fehlten mir neue Pergamente und Tintenpulver, und ich wollte mich darum bemühen. Papyrusblätter sind wegen der feuchten Meeresluft bei der Überfahrt und auch schon hier am See ungeeignet. Matthäus führte mich zu den Händlern der Stadt. Aber alle warteten auf eine überfällige Karawane aus Pergamon, das die besten Häute liefert. Nun meinte Matthäus, die Römer wären uns hier besonders freundlich gesinnt und würden uns vielleicht aushelfen. So gingen wir zur römischen Schreibstube. Man fragte uns zuerst nach dem Wanderschein. Matthäus erinnerte, dass die Jünger des Heilands aus Nazareth nach dem Erlass ihres Hauptmanns einen solchen nicht mehr benötigten. Ihre Gesichter hellten sich auf, denn damals waren auch viele von ihnen von einem unerklärlichen Fieber geheilt worden. Wir sprachen nicht über das, was inzwischen geschehen war. Leider hatten auch sie nicht genügend Pergamente und Tinte vorrätig. Und mit Wachstäfelchen war uns nicht gedient. Aber Magdala sei nur eine knappe Wegstunde entfernt und wäre doch eine bedeutende Handelsstadt. Da würden wir gewiss das Nötige kaufen können, meinte der Römer in der Schreibstube.

Eilig machten wir uns auf den Weg nach Magdala. Von hier stammte die schöne Maria, die deshalb den Beinamen Magdalena führte. In den Häusern der Reichen hatte sie bei den Festgelagen getanzt. Und es hieß, sie sei eine Sünderin gewesen.

Mir war, als hörte ich die Klänge der Zimbeln und Flöten und den Lärm der Zecher. Dünste von Wein, Braten, heißen Leibern und welken Blumen erfüllten die Luft. Dunkelgestaltige, den meisten nicht sichtbar, drängten sich heran, lüstern nach Mitgenuss. Nach wirbelndem Tanz sank Maria Magdalena bewusstlos zu Boden. Als sie wieder erwachte, sprachen fremde Stimmen aus ihr, schrien und tobten. Alle wichen zurück. Eine Besessene. Man brachte sie zu ihrer Wohnung. Sie war nicht ärmlich eingerichtet, denn einer schönen Tänzerin zahlte man viel. Da waren kostbare Teppiche gebreitet an den Wänden, auf dem Ruhelager und sogar auf dem Boden. Alabastergefäße mit köstlichem Nardenöl standen auf einer Truhe, daneben Elfenbeinpaletten mit roten und dunklen Farben für Wangen, Lippen und Augenlider, Rosenholzkästchen für Geschmeide und Perlenschnüre. Goldverzierte Sandalen lagen am Boden, über den Polstern Gewänder, nicht nur aus feinstem Byssus, sondern auch aus indischer Seide. — Jedoch, jetzt wurde sie nicht mehr geholt. Alle mieden sie, auch die Armen, denen sie viel Gutes getan hatte. Nur an wenigen Stunden des Tages hatte sie ihr eigenes Selbst. Sonst trieben die fremden, unsichtbaren Wesen ihr Spiel mit ihr.

Ich stolperte und wäre gefallen, wenn Matthäus mich nicht noch rechtzeitig gehalten hätte. „Ich war so in Gedanken", entschuldigte ich mich.

Vor den Mauern von Magdala war eine spielende Kinderschar, meist Mädchen. Sie hatten in den Sand und Staub der Straße einen Kreis gezeichnet und darunter ein Viereck. Dahinein warfen sie abwechselnd kleine Tonscherben und hüpften danach. Matthäus fragte, was dieses Spiel bedeute. „Paradies und Gehenna", sagten die Kinder.

Wer würde nach diesen Mädchen die Hand ausstrecken, wenn sie einmal in die Gehenna, in den Abgrund der Hölle, zu stürzen drohten? Jesus hatte Maria von Magdala geheilt und sie aus der Sünde gehoben. Sie durfte sich in seiner Begleitung aufhalten und seine Worte hören. Auch dieses erzürnte die Templer sehr.

Maria Magdalena aber hatte ihr bisheriges Leben bereut, ihre Reichtümer verkauft und den Erlös unter die Armen verteilt. Im Hause des Lazarus fand sie Arbeit und Unterkunft und Erbarmen.

Mit Schreibmaterial wohlversorgt, machten wir uns auf den Rückweg. Vor dem Tor begegnete uns ein Hochzeitszug, voran die Spielleute, dann das geputzte junge Paar, gefolgt von den Eltern und Gästen. Die Braut trug ein zartrosa Gewand — diese Farbe stellt man aus den Schalen der Granatäpfel her — und im Haar eine Goldene Stadt. Sie hielt den Kopf ganz steif, damit nichts zu Schaden käme von dem Zierrat, der mit seinen goldenen Zinnen und Türmchen in der Sonne gleißte.

Im Hochzeitshaus würden dann ihre Freundinnen sie und den jungen Mann mit Wechselgesängen erfreuen, wie sie seit Salomos Zeiten hier üblich sind. Sie preisen darin die Vorzüge und Schönheit der Braut. Und diese muss dann, um zu beweisen, dass die Singenden nicht Unrecht haben, allein vor den Gästen tanzen und ihre Schönheit vorführen. Bei Hochzeitsfeiern geht es wohl in allen Landen fröhlich und damit auch laut zu.

Matthäus erzählte mir, dass vor einigen Jahren auch Jesus mit seiner Mutter zu einer Hochzeit gegangen war. Mich wunderte das. Vielleicht wollte er ernste Worte an das junge Paar richten, damit es eine Stärkung für das gemeinsame Leben empfing und nicht nur seichtes, verwässertes Wortspiel.

Wir eilten uns nun sehr, um im Kreis der Jünger nichts zu versäumen. In der Ebahl-Herberge angekommen, verwahrten wir zunächst die Einkäufe an den uns zugewiesenen Lagerstätten. Ein Sohn Ebahls setzte uns ein verspätetes Mahl vor. Die anderen wären auf der gesegneten Wiese, sagte er.

Die Tür zum Atriumgarten stand offen, und wir sahen Jarah darin einhergehen und hier und da Unkraut auszupfen. Es war ein so liebliches Bild im Sonnenlicht da draußen, dass wir uns nach dem Mahl zu ihr gesellten.

Sie hieß uns freundlich willkommen und erzählte, dass sie dieses Gewürzgärtlein auf den Rat des Herrn angelegt habe, und es ergehe ihr seltsam damit. Sie strich wie liebend mit der Hand über die Safran-, Kümmel- und Minzkräuter. „Eine jede Pflanze hält mir eine Auferstehungspredigt und sagt mir außerdem, dass im Innersten der Materie Geistiges verborgen ist. Alle Samen haben hier das gleiche Erdreich und Licht, die gleiche Wärme und das gleiche Wasser, und doch entsprießen dieser Erde Pflanzen so verschiedener Art. Ihre Früchte mit den Samen schmecken süß, bitter oder sauer, haben verschiedenen Duft. Und diese Verschiedenheit ergibt sich bei den sonst gleichen Wachstumsbedingungen. Habt ihr euch schon einmal Gedanken darüber gemacht, welch eine Ur-Sache das hat, oder besser, welch einen Ur-Geist? Seht, es ist wirklich Reingeistiges, das im innersten Keimherzen verborgen ruht, umgeben vom Samenfleisch und der äußeren Schale. Dieses im Innersten eingeschlossene Geistige ist ein mit Liebe, Licht und Kraft erfüllter Gedanke in seiner ihm eigentümlichen Besonderheit. Wenn der Same in die feuchte Erde gelegt wird, erweicht dadurch die stoffliche Umkleidung, und der Geist darin wird erweckt, seine Intelligenz und Willenskraft zu betätigen. Er erkennt genau die ihm entsprechenden Substanzen in der Erde, im Wasser, in der Luft und im Licht und zieht sie an sich. Er schafft daraus nach seiner Ordnung, was seinem Wesen entspricht. So sieht man eine Pflanze emporwachsen mit der ihr stets gleichen Eigentümlichkeit. Die Umkleidung des Samens muss in der Erde verwesen, auf dass emporsteige das Geistige zum Licht. Das Äußere jeder Pflanze von der Wurzel bis zur Blüte wird deshalb vom Geiste erzeugt, dass er sich in den neuen Samenkörnern vervielfachen kann bis ins nahezu Unendliche. Das gleiche gilt für die Tiere und die Menschen in ihrem irdischen Sein. Im Geist des Menschen liegt aber noch im Allerinnersten keimhaft verborgen ein Teil göttlichen Wesens, das ihn über alle Kreatur hinaushebt. Er wird in seiner individuellen Uridee im Reiche des Lichts weiterleben, schöpferisch wirkend, wie der auferstandene Herr uns gesagt hat. (13)

Als ich dieses Gärtchen anlegte, hielt er segnend seine Hände darüber. Und ich ernte vielfache irdische und geistige Früchte."

„Amen!" erklang seine Stimme, und der Herr stand neben Jarah. „Der Geist schafft alles und durchdringt alles. Er ist die einzige Wahrheit und Wirklichkeit und hat ewiges Leben. Dieses sagt euch auch die innerste Stimme, der Glaube, der dessen gewiss ist."

Mir bebte das Herz, dass ich ihm neben Jarah und Matthäus so nahe sein durfte. Und ich fiel ihm zu Füßen und umfing sie. Er hob mich auf, und ich fühlte seine Hand auf meinem geneigten Haupt. Eine kaum beschreibliche Seligkeit erfüllte mich. In mir strahlte alles warm und hell wie eine Sonne, und mir war leicht, als schwebte ich körperlos über dem Boden. Und ich vernahm nie gehörte Harmonien.

„Herr, lasse dein Angesicht leuchten über mir und sei mir gnädig!" sprachen meine Lippen, aber mein Herz sprach noch viel mehr.

„Friede sei mit dir! — Nun wollen wir zu den anderen hinaus auf die Wiese gehen", sagte der Herr und schritt uns voran.

Zur linken Seite breitete sich ein blühendes Flachsfeld. Es sah aus, als wäre ein Stück Himmel auf die Erde herabgefallen. Zur rechten silberten die Wellen des Sees. Und in der Mitte grünte die gesegnete Wiese, die jetzt der Herr betrat.

Dort hatten die Jünger im leisen Gespräch beieinander gesessen. Ein glückliches Raunen ging durch ihre Reihen, als sie jetzt seiner ansichtig wurden. Jesus setzte sich auf die kleine Böschung, Johannes und Jarah ihm zur Seite und die übrigen im Halbkreis davor, so dass alle ihn anschauen konnten.

„Hier möchten einige wieder Hütten bauen wie einst auf dem Berge Tabor", sagte der Herr (Mt. 17,4).

„Ja", nickte Petrus, „hier ist es gut sein. Das merken auch meine alten Glieder. Sie haben diese Stärkung sehr nötig."

„O Petrus, deine Füße werden dich noch weite Wege tragen! Als du jung warst, da gingst du, wohin dir dein Sinn stand. Jetzt, da du alt bist, wirst du dein Gewand gürten und den Stab nehmen und Wege wandern, wie es dir die Stimme eingeben wird." (Joh. 21,18)

„O Herr, werden wir alle weit zu wandern haben?" fragte Philippus. „Als Wichtigstes möchte ich wohl dein Evangelium hinaustragen zu den Menschen, aber insgeheim habe ich auch noch Freude an den Bergen und Tälern. Wäldern, Wiesen und Wassern. Meine Seele fühlt sich so wohl beim Anblick der schönen Natur, die doch auch eine Schöpfung Gottes ist. Oder sollen wir sie nur als Staub betrachten, der bald verwehen wird?"

„Habe ich euch nicht auf dem Berg Garizim gesagt, dass ein einziger Baum die Seele mehr erhebt als der goldgleißende Tempel zu Jerusalem? Der ist nicht mehr wert als ein Dornbusch in der Wüste, auf dem weder Trauben noch Feigen wachsen. Freuet euch der Blumen auf dem Felde, sie sind schöner als alle Pracht

Salomos. Lasset euch bei ihrem Anblick aber auch so viel Auferstehungsgedanken durch Herz und Sinn gehen wie meiner lieben Jarah vorher in ihrem Gärtlein! Und wenn ihr die Zedern auf dem Libanon erblicken werdet, so freuet euch ihrer himmelanragenden Wipfel. Aber vergesset nie, dass es nur das Äußere ist, was ihr erblickt. Des Baumes schaffende Kräfte aus Gott walten verborgen. Unter der Rinde waltet ein mächtig Getriebe und ordnet und leitet nach geistigem Gesetz. Ergötzet euch auch eine kleine Weile an dem Geschaukel der Wellen, aber als Sinnbild eurer Seele sollten sie euch nicht gelten. Wohl dient das Wasser zur Reinigung, und später sollt ihr auch die Bekehrten in meinem Namen taufen, wie ich mich um der Menschen willen von Johannes taufen ließ. Aber die eigentliche Taufe ist ein Mysterium und stellt die Reinigung bis ins Innerste der Seele dar. Das Äußere ist nur ein Symbolum. Es kommt auch nicht auf die Menge des Wassers an. Ein einziger klarer Tautropfen, darin sich die Sonne spiegelt, kann euch mehr sagen als das weite Wellengeschaukel. Denn seht, ihr tragt ein jeder in euch einen klaren Tropfen aus der großen Gnade Gottes! Lasset die göttliche Sonne eure Seelen so erleuchten, wie die irdische den kleinen Tautropfen. Wohl habe ich euch gesagt, dass die himmlischen Herrlichkeiten viel größer sind als die irdischen, aber vorerst dürft ihr euch an den Schönheiten eurer Erde erfreuen.

Aus Güte, Gnade und Geduld ist sie aus der Hand Gottes hervorgegangen, wie alle Schöpfungen. Sie besteht schon seit für euch unvorstellbar vielen Jahren, und sie wird noch weiterhin so lange bestehen, bis alle Seelen auf ihr zurückgeführt sein werden ins Geistige. Wenn das geschehen sein wird, darf auch die Erde im Lichtmeer der Sonne in eine geistige umgewandelt werden. Denn warum sollte sie weiter ihre Kreise ziehen, wenn sie ihre Aufgabe erfüllt hat? Sehet einen Eimer am Brunnen! Was wird aus ihm, wenn er lange Jahre hindurch zum Wasserschöpfen diente? Völlig morsch geworden, kann man ihn wohl nicht mehr gebrauchen. Man wird ihn verbrennen, und er löst sich auf in Rauch und ein wenig Asche. Auch diese wird zu höherem Leben verwandelt. Es kann wohl nicht mehr der alte Wassereimer wiedererstehen, aber in der Pflanze, die aus der Asche ersteht, doch wieder ein Träger des Wassers, der höherer Art ist. (14)

So werden nach Äonen mal Äonen langen Zeiträumen alle Materiewelten als solche zu bestehen aufhören, um als geistige Welten Wohnstätten seliger Geister zu sein. Dieses habe ich aber nur euch gesagt. Redet davon nicht zu den Weltmenschen! Deren Seelen wären noch nicht fähig, solches zu fassen und zu tragen."

Äonen, musste ich denken, sie stellen den Übergang vom Endlichen zum Unendlichen dar. Es sind Stufen, die von Zeit und Raum zur Ewigkeit hinanführen.

Wir hörten Schritte und sahen hinüber zum Weg, der vom Militärlager hierher führte. Einige Römer wollten augenscheinlich uns einen Besuch abstatten. Je näher sie kamen, desto zögernder wurden ihre Schritte, so als hätten sie eine Scheu, die Wiese zu betreten. Oder war es Ehrfurcht vor dem Herrn? Ihr Anführer sagte mit einem verlegenen Lächeln, das einem Römer eigentlich nicht so recht zu Gesicht stand, sie wollten dem Heiland aus Nazareth nur noch einmal ihren Dank aussprechen. Sie befänden sich jetzt alle so frisch wie noch nie, seit sie in diesem Land sind, und ob sie etwas für ihn tun könnten.

Der Herr blickte sie an, so voller Milde dass die sonst so selbstsicheren Römer noch verlegener wurden. „Es ist löblich von euch, dass ihr dessen dankbar gedenkt, der euch geheilt hat. Ich bedarf freilich eurer Hilfe nicht."

Nun bemerkte der Sprecher der Gruppe — ich kenne mich in den militärischen Rangzeichen nicht aus — die Wundmale an den Händen und Füßen Jesu. Römeraugen beobachten doch scharf. Man sah, dass er verwundert war und überlegte. Dann kam die Frage: „Du großer Arzt und Helfer, was hat man dir getan? Es hat den Anschein, dass du gefoltert worden bist oder gar noch Schlimmeres?"

„Erregt euch nicht!" antwortete der Herr. „Ihr sehet, ich lebe. Die Stunde derer vom Tempel zu Jerusalem ist noch nicht gekommen. Der höchste und alleinige Gott ist geduldig und von großer Güte. Er hat jenen noch eine Gnadenfrist gesetzt. Ist diese abgelaufen, und sie haben sich nicht gebessert, dann werdet ihr Römer jenen Tempel, der nach Meinung seiner Priester die Wohnstätte Gottes sein soll, zerstören, so dass kein Stein auf dem anderen bleibt. Und die darin wohnen, werden sich zerstreuen über alle Länder der Erde. Überall wird man sie als feindliche Fremde betrachten, weil sie den, der zu ihnen kam und dessen Ankunft gerade ihnen vorhergesagt wurde, nicht erkannt und nicht aufgenommen haben. So wird das Heil anderen Völkern gegeben werden."

„O Herr, ein so großer Arzt und Helfer würde in unserem Land überall freudig und mit Ehren empfangen werden. Überlasse dieses hochmütige, halsstarrige Priestervolk mit seinen kindischen Gesetzen dem Fatum! Unser Hauptmann in Kapernaum würde dich und die Deinen sicher nach Tyrus geleiten lassen und von da nach Rom, wenn du nur bereit dazu wärest."

„Ich danke dir für deinen guten Willen. Mein Auftrag ist ein anderer. Jedoch später werden einige von den Meinen auch nach Rom kommen."

Mit Ehrenbezeugungen entfernten sich nun wieder die Römer. Der Herr erklärte uns, dass es für diese Seelen noch zu früh gewesen wäre, von seiner Auferstehung zu sprechen. Später würde der Hauptmann Cornelius, der ihn schon lange kannte, von seiner Lehre, seinem Leben und Leiden, und seinem Wiedererstehen auch diesen Römern zur Genüge mitteilen.

„Ihr habt nun", schloss Jesus, „viel Kraft empfangen. Morgen werden mehrere Kranke von Kana hierher gebracht werden, in der Hoffnung, mich hier zu finden. Leget ihnen die Hände auf in meinem Namen, und sie werden gesund werden. Aber fraget sie vorher, ob sie es glauben. Diejenigen, die ganz von Glauben erfüllt sind, werden auch Gesundheit in Fülle erlangen. Solche, die noch leise Zweifel haben, werden wohl eine starke Besserung verspüren, aber völlig erst durch den gefestigten Glauben wieder hergestellt werden. Und nun seid gesegnet für dieses Mal!"

Er breitete die Arme und blickte einen jeden von uns der Reihe nach an. Und mir schien es, als wollte er jedem etwas ganz Besonderes ins Herz legen.

Dann waren wir wieder ohne seine sichtbare Gegenwart. Nach dem Nachtmahl legten sich die anderen zur Ruhe.

Ich wollte noch den Duft der Stille einatmen. In der irdischen Dämmerung mögen Mysterien leichter erblühen und die ewigen Dinge in Seiner geheimnisvollen Gegenwart uns anlächeln. Leise betrat ich Jarahs Gärtchen, in der Annahme, niemand zu stören, und setzte mich auf einen großen, abgeplatteten Stein, der noch warm von der Sonne und wohl auch als Sitz gedacht war. Der Perlmuttglanz des Himmels war matter geworden und wandelte sich allmählich in dunkles Lasurblau, das vom Goldstaub der Gestirne überweht war. Welten über Welten, Fährten von Urbeginn und

Stufen, zur Ewigkeit hinführend, von der Wärme und dem Lichte Gottes durchglüht. Und auch tief in jedes Menschen Inneren glüht es, das Gottesleuchten. Immer mehr nahm ich es in mir selbst wahr, beseligend wie der Rosenschein des Morgenhimmels. Ich hätte ganz in Schweigen versinken wollen, doch es ist wohl so, dass ich mit Tönen und Worten begnadet bin. Sie quellen hervor aus dem Grund und wollen zum Klang werden. Meine Harfe war nicht bei mir. So tönte es aus mir allein:

> Du himmlischer Vater,
> o lass in des Herzens Heiligtum
> meine Hingabe glühen gleich
> der ewigen Lampe,
> deren Öl nimmer vergeht!
>
> O sieh, geschmückt hab ich
> den Altar meines Heiligtums
> mit Rosen, schön wie der Morgen!
> Aus Lilien breite ich Dir
> einen Teppich zu Füßen.
>
> Und Kerzen hab ich entzündet,
> sie sollen leuchten, bis
> dein leises Wandeln sich naht.
> Die Harfe meiner Sehnsucht,
> sie klingt in der Stille und singt
> im Tempel meiner Andacht,
> du ewig Liebender, ewig Leuchtender!

Wie lange ich noch voll inneren Klanges und Lichtes so gesessen, ich weiß es nicht. Ein leises Geräusch erweckte mich zur irdischen Stunde. Ich blickte um mich und sah im Sternenschein Jarah auf einer anderen kleinen Steinbank sitzen, ebenso den Rücken an die Hauswand gelehnt wie ich. So hatte ich sie gestört, hier in ihrem eigensten Reich. Oder war sie später dazugekommen? Gleichviel, ich war der Eindringling. Wie konnte ich es gutmachen?

Da kam leise ihre Stimme: „Ich danke dir, lieber Freund, für diese gemeinsame Stunde. Die Worte strömten wie Glanzgewässer von deinen Lippen, und es war beseligend darin einzutauchen."

„Ich muss um Vergebung bitten, liebe Jarah, ich glaubte mich allein. Nun habe ich dich in deiner Andacht gestört."

„Gern habe ich dir diese Stunde geschenkt. Ich werde noch oft hier sitzen können. Willst du mir danken, so schreibe mir deine Worte auf. Ich habe Freude an schönen Liedern und Sprüchen. Darf ich eine Öllampe holen und eine Wachstafel mit Griffel? Sonst könnte es sein, dass dir deine Worte am Morgen wie ein Traum verweht sind."

„Gern will ich dir aufschreiben, was mir aus der Seele kam."

Behutsam ging Jarah ins Haus und kam bald mit einer kleinen Öllampe und einer Schreibtafel wieder. Sie setzte sich auf die Türschwelle neben mich, hielt die Leuchte, und ich legte die Tafel auf die Knie und schrieb meine Worte nieder, wie ich sie im Gedächtnis hatte. Dann reichte ich ihr die Tafel zurück und sagte, dass ich glücklich bin, ihr damit eine Freude zu machen.

„Zuerst dachte ich, du wärest ein Sänger und Harfenspieler. Nun glaube ich, dass du ein Schreiber bist, denn es ging dir so schnell von der Hand!"

„Ich bin beides", sagte ich mit einem Lächeln.

„O, könntest du mich das Harfenspiel lehren? Es war schon lange mein Wunsch. Zu schwerer Arbeit tauge ich nicht, und so könnte ich andere erfreuen."

„Meine Harfe ist leider in Jerusalem."

„Mein Vater schlägt mir so bald keine Bitte ab. In Magdala können wir gewiss eine kaufen. Würdest du mich dahin begleiten? Denn du verstehst dich doch darauf."

„Gern, liebe Jarah. Sage mir, wenn du dorthin zum Kauf willst. — Aber jetzt ist es schon spät in der Nacht, und wir müssen hineingehen. Friede sei mit dir!"

Als die ersten Frühwolken über dem See aufflammten, gingen wir ins Freie und erfrischten uns am Brunnenbecken. Ich hörte, dass Jesus gesagt hätte, die Stunde vor Sonnenaufgang wäre besonders wohltuend und stärkend für Körper und Seele. Vielleicht wird die Materiewelt dann in besonderer Weise vom Geistlicht durchströmt und verklärt. Es ist so viel geheimnisvolles Wirken um uns, das wir nur ahnen können.

Nach dem Morgenmahl kam Jarah mit ihrem Vater zu mir. Er sah mich prüfend an und fragte mich nach Namen und Herkunft. Ich erzählte ihm das Nötigste über mich. Er schien zufrieden und erlaubte, dass Jarah mit mir und zwei Knechten im Boot nach Magdala wegen einer Harfe fuhr. Er gab ihr auch den Händler an, den er kannte.

So gingen wir hinunter zum Steg. Die Morgenluft war frisch. Jarah trug über ihrem weißen Wollkleid einen blauen Mantel, Darin sah sie besonders schön aus, denn sie hat große blaue Augen. Auch der See zeigte sein schönstes Glanzgesicht. Nur am Ufer färbten die überhängenden Weiden den Wasserspiegel grün. Das Gebüsch war voller Vogelstimmen. Mit schnellen Schlägen trieben die Knechte das Boot voran, und wie

Silbergeriesel floss es bei jedem Heben von den Rudern. Jarah saß neben mir, denn das Boot war nur klein. Es war alles so frühlingsschön, und man hätte froh sein können, wenn das Leidgeschehen an unserm Herrn nicht alles mit stiller Trauer überschattet hätte. Gewiss, am Ewigkeitshorizont leuchtete es gold- und purpurfarben. Aber er war in so weiter Ferne — und wir noch im Irdischen.

Magdala hat einen größeren Hafen und ist durch seinen Handel mit Salzfischen weit bekannt. Das Kennzeichen von Genezareth am Boot erlaubte uns, ohne Anlegegebühr an einem kleinen Steg festzumachen. Einen der Schiffsknechte nahmen wir mit uns, damit er auf dem Rückweg die Harfe trage. Wir gingen durch ein Gassengewirr, in dem viel Lärm herrschte. Buben rauften sich am Boden, und ihre Mütter riefen nach ihnen von der Türschwelle aus. Die Räder der Eselskarren mahlten durch den Sand. Auf dem Marktplatz war eine Kamelkarawane angekommen, und es roch nach Weihrauch, Sandelholz und Zimt. Geschäftig liefen die einheimischen Händler herbei. Die Frauen in den Häusern der Reichen standen an den Fenstern und schauten hinunter. Ihre Ohrgehänge und Armreifen blinkten in der Sonne.

Mir wurde bewusst, dass ich Jarah noch mit keinem Ring oder Kettlein gesehen hatte, obwohl ihr Vater doch wohlhabend ist. Jesus soll einmal gesagt haben: ‚Nicht an eitlem Tand, sondern an ihren Früchten sollt ihr sie erkennen. Behänget einen Dornstrauch mit Perlen und Edelgestein, wird er deshalb Trauben und Feigen tragen?‘

Wegekundig führte uns Jarah. Nun traten wir in einen dunklen Hausgang. Nach der Helle draußen mussten wir erst eine Weile stehen bleiben, um uns an die Dunkelheit zu gewöhnen.

Da hörten wir schon entgegenkommende Schritte, und Jarah wurde von einem alten Mann wortreich in galiläischer Mundart begrüßt. „Eine Harfe, o ja, da habe ich drei zur Auswahl. Eine wunderschöne, wie sie David nicht herrlicher gehabt haben kann, unlängst aus dem Nachlass eines Griechen erworben."

Jarah sagte, sie wolle das Spielen erst erlernen, aber sie habe einen guten Harfenspieler mitgebracht, und der möge die Instrumente der Reihe nach erproben.

Und so tat ich es dann auch, setzte mich auf einen Schemel, stimmte die Saiten und ließ sie erklingen, leise und laut. Sie klangen wie Wind in der Wüste, wie das Weinen eines Kindes und wie die tröstende Stimme der Mutter. Die nächste Harfe schien mir für fröhliche Hochzeiten geeignet. Es hüpften die Töne wie flinke Wellen über Kiesel und Wurzeln, wie flinke Füße im frohen und stolzen Brauttanz. Und die dritte, es war wohl die griechische, klang wie das Rauschen der Olivenhaine, und es wölbte sich der gestirnte Himmel darüber. Wie Mysterienlicht erstrahlte es in wortlosen Klanggebeten.

„Die letzte, meine ich, ist die schönste", sagte ich. Jarah war erfreut, dass sie im Stillen schon richtig gewählt hatte. Nun ging es um den Preis. Es war üblich, nicht gleich den erstgenannten zu zahlen. Und Jarah erwies sich als geschickte Käuferin. Sie meinte, bei einem anderen Käufer müsste er den Preis berücksichtigen, den derjenige dem Priester für die rituelle Reinigung dieses aus Heidenhand erworbenen Gegenstandes zu zahlen hätte.

„O, das Kind weiß Bescheid!" rief der Händler. „Einem anderen hätte ich aber nicht gesagt, woher ich die Harfe habe. Bei dir weiß ich ja, dass deine Mutter Griechin ist."

Die Schlauheit der Händler ist wohl überall groß. Jarah nahm schließlich einige Goldschekel aus ihrem Gürtel und sagte, mehr würde der Vater nicht erlauben. Der Händler war damit zufrieden, und wir verabschiedeten uns.

Draußen sagte sie mir: „Lieber gebe ich dem nächsten Armen, den ich treffe, das übrige Geld, als dass ich es diesen auf übergroßen Vorteil bedachten Händlern zukommen lasse."

Vor der Tür hatte der Knecht gewartet und ich übergab ihm die Harfe, ihn sehr zur Vorsicht mahnend. So machten wir uns auf den Weg zum Hafen.

Auf der Türschwelle eines ärmlichen Hauses saß ein Mädchen von etwa acht Jahren. Die Beine schienen verkümmert. Krücken lagen neben ihr. Ich blieb stehen und Jarah auch. Wir dachten wohl beide, dass der Herr gesagt hatte, heute würden Kranke nach Genezareth kommen und die Jünger könnten sie heilen. Ich trat zu dem Kind und fragte, ob es schon lange krank wäre.

Große, traurige Augen blickten zu mir auf: „Ich habe niemals herumspringen können, wie andere Kinder. Meine Eltern wollten mich zu dem Heiland aus Nazareth bringen. Aber dann hieß es, er wäre nicht mehr da."

„Glaubst du, dass ich dich im Namen des Heilandes Jesus gesund machen kann?" fragte ich.

„Wenn er es will, ja", nickte das Kind ernst.

Ich legte beide Hände auf und sprach: „Im Namen des himmlischen Vaters in Jesus Christus sei gesund und stehe auf."

Ein Zucken durchrann den kleinen Körper, und Staunen spiegelte sich in dem blassen Gesicht. Ich griff ihr unter die Arme, Jarah half dabei. Und das Kind richtete sich auf, ging zuerst mit unserer Hilfe und dann allein. Nachbarn, die unser Tun beobachtet hatten, kamen herbei, und ein Redeschwall ergoss sich über uns. Jarah geleitete das Mädchen ins Haus zur Mutter und erklärte wohl, was geschehen war. Überglücklich kam die Frau mit dem Kind heraus, und beide dankten mir unter Tränen.

„Danket dem Heiland Jesus! In dessen Namen tat ich's", wehrte ich ab. Ein stilles Dankgebet sandte ich zu ihm, dass die Heilung gelungen war.

Der Mutter steckte Jarah mehrere Silberlinge zu, für kräftigende Kost.

Mit zwei Freuden fuhren wir nun heim — die Harfe, und die Erinnerung an das geheilte Kind.

Ja, ich dachte heim, weil ich mich in Jarah versetzte. Ich selbst habe keine Heimstätte. Das wurde mir jetzt so recht bewusst. Die Jünger hatten mich in ihren Kreis aufgenommen, und so bin ich gleich ihnen ein Wandernder geworden. Doch sie haben hier am galiläischen Meer Frauen und Kinder, Söhne, die ihre Familien ernähren Ich habe niemand, der auf mich wartet. Aber ich will nicht in Schwermut und Selbstmitleid verfallen. Jesus soll einmal gesagt haben, er, als Menschensohn, habe keinen Stein zu eigen, auf den er sein Haupt legen könne So sehr hatte er, aus dessen Hand die Schöpfung hervorgegangen, sich in seiner Inkarnation als Mensch gedemütigt und sich in irdische Armut begeben. Dieses ist Trost für viele irdisch Arme. Ich habe noch meine Harfe in Jerusalem, mit der ich, wie ich hoffe, auch weiter mein Brot verdienen kann. Denn ob ich ein Ausbreiter des Evangeliums werden könnte, weiß ich noch nicht. Vielleicht auf meine Art. Alles Laute ist mir wesensfremd. Ich lebe gerne in der Abgeschiedenheit.

Als wir in Genezareth ankamen, mussten wir an vielen Eselskarren und Handwagen vorbei. Auf der Wiese lagerten Kranke, die auf Heilung hofften und sehr enttäuscht waren, dass der Rabbi aus Jerusalem nicht zurückgekehrt war.

„Wie sollte man es ihnen sagen? Viele Kranke würden sich so erregen, dass sich ihr Zustand verschlimmern könnte", sprach Thomas. Er war noch immer der Zweifler.

Nun öffnete sich die Tür und Petrus, Andreas, Johannes und Jakobus kamen heraus und gingen zu den Kranken. Wir schauten von ferne zu. Es wurden leise Worte gewechselt. Man sah, dass einige zustimmend nickten. Ihnen wurden die Hände aufgelegt. Kurze Zeit darauf erhellten sich ihre Gesichter. Die bislang Lahmen standen auf und konnten ohne Hilfe gehen.

Johannes war bei einem anscheinend Blinden. Ich ging näher heran. „Glaubst du, dass ich dich im Namen unseres Herrn Jesus Christus heilen kann?"

„Herr, ich bin schon viele Jahre blind. Der Heiland aus Nazareth könnte mich sehend machen, dessen bin ich gewiss. Wenn du seine Vollmacht hast, zu wirken wie er, dann will ich glauben, dass auch du solches Wunder vollbringen kannst!" Er hob die Lider von den erloschenen Augen, so als wollte er seinen Heiler ansehen.

Johannes legte ihm eine Hand auf die Augen, die andere an den Hinterkopf und sprach, wie der Herr ihnen geheißen hatte. Lange lag die heilende Hand, durch die Kraft geleitet wurde, auf den erblindeten Augen.

„Herr, es scheint rosig durch deine Finger!" rief der zum Licht Zurückgeführte.

„Habe noch eine kleine Weile Geduld", sagte Johannes, „der Lichteinfall soll nicht zu jäh kommen. — So, nun öffne die Augen und danke Gott für deine Heilung!"

Selig schaute der ehemals Blinde Johannes an. „Der erste Mensch, den ich wieder sehen kann, und so schön und gut wie ein Engel! O Allmächtiger, ich danke dir, und ich danke auch dir, der du an seiner Stelle so groß an Güte und Kraft bist!"

Seine Tochter hatte abwartend zur Seite gestanden. Nun kam sie und umarmte den Vater, dankte dem Heiler und wollte ihm Geld geben.

Johannes schüttelte das Haupt. „Wenn ihr etwas übrig habt, so gebt es den Ärmeren!"

Jarah hatte wohl indessen mit dem Knecht die Harfe verwahrt, dass sie nicht zu Schaden käme. Scheu und etwas zurückgetreten blickte sie von einem Fenster auf die Menge herab.

Unter den Kranken befanden sich auch solche mit sehr hässlichen, übelriechenden Hautausschlägen. Ich weiß nicht, ob es Aussatz war. Zu denen gingen Petrus und Andreas. Es schien uns wie ein Wunder, als in wenigen Augenblicken sich die Wunden schlossen und sich eine reine Haut darüber bildete. Welche Gesetze walteten hier? Wir kennen sie noch nicht. Der Geist beherrscht die Materie, aber in welcher Weise wirkt er?

Nur wenige, wohl die Zweifelnden, hatten keine vollkommene Genesung erfahren, aber doch eine Besserung. Zu allen sagten die Jünger: „Sündigt hinfort nicht mehr! Glaubet an Jesus Christus und ziehet hin in Frieden!"

Warum gibt es so viel Krankheit in der Welt? Sind es immer die Sünden der Menschen? Lieben sie das irdische Sinnenleben so sehr, dass sie sich darin verfangen?

Sollen sie auf dem Krankenlager zum rechten Nachdenken und zur Hinwendung zu Gott gebracht werden? Bei vielen dürfte es zutreffen. Aber warum war das kleine Mädchen in Magdala krank gewesen? Wäre sie sonst vielleicht später an den Rand der Gehenna gekommen oder gar hineingestürzt? Jetzt würde in ihr die Stunde ihrer Heilung fortleben und der Glaube an Jesus Christus. Die Gründe der Krankheit werden wohl bei jedem Menschen verschieden sein. Und was hier als Krankheit bedrängt, mag in Wahrheit zum Heil der Seele notwendig sein. „Kommt her zu mir alle, die ihr mühselig und beladen seid! Ich will euch erquicken." (Mt. 11,28) So hatte Jesus gesprochen. Das galt auch für die Kranken, die sich nach Gesundung sehnten. Dereinst im geistigen Reich werden wir wohl den Sinn des körperlichen und damit auch seelischen Leidens erkennen.

Ebahl hatte für die Geheilten ein Festmahl richten lassen, das sie nun im großen Speisesaal einnahmen. Der ganze Raum war erfüllt von stiller Freude und Dankbarkeit. Und die Jünger dankten wohl auch dem Herrn in ihren Herzen, dass er durch sie gewirkt hatte.

Diese schöne Stunde der Gemeinsamkeit wurde unterbrochen, als am Steg ein großes Boot festmachte. Rückkehrende Pilger aus Jerusalem, die augenscheinlich hier essen und übernachten wollten, denn es waren keine Galiläer. Juden aus Babylon in ihren schwarzen, schleppenden Gewändern, eine Tracht, die sie wohl aus den Zeiten der Gefangenschaft beibehalten hatten, waren darunter, auch solche aus Phönizien in Tuniken und bunten Hosen. Die Juden vom anatolischen Hochland trugen einen Überwurf aus Ziegenhaar. Dieses alles erklärte mir Thomas, der für solche Dinge flinke Augen und eine behende Zunge hat. Frauen waren nur wenige darunter, aber einige Knaben. Sie alle waren nach Jerusalem gepilgert, um dort zu beten. Wenigstens einmal im Jahr musste man dort gewesen sein, wenn man ein Gläubiger war. Zudem gab es immer irgendeine Krankheit in der Familie, und nur die Gebete der Priester im Heiligtum Jahwes wurden angeblich erhört, denn sie waren Gesalbte des Herrn. Ihnen musste man reiche Opfergaben darbringen, das unterstützte die Wirksamkeit der Gebete. Ob einige von ihnen an der Straße gestanden und Jesus gesehen hatten, als er sein Kreuz nach Golgatha trug? Sie konnten nicht ahnen, was da geschah. Aber dass die Priester ihnen Steine statt Brot reichten, das hatten ihre Seelen schon lange spüren müssen. Oder war ihr Inneres im Weltgetriebe schon ganz ertaubt?

Fast gleichzeitig traf eine Kamelkarawane ein — anscheinend eine persische — aus Richtung Tiberias und Cäsarea Philippi kommend. Wahrscheinlich waren die Herbergen dort bereits belegt. Da der nächste Tag ein Sabbat war, wollten sie wohl hier nicht nur essen, sondern auch übernachten. Die Fremden wurden von den römischen Wachen angehalten und ihre Reiseerlaubnis überprüft. Inzwischen meinten die Jünger, sie könnten jetzt zu Jonah nach Kis weiterfahren. Aber Ebahl wollte nichts davon wissen, er hatte in den Nebengebäuden noch viel Platz.

Nachdem die Tiere ihrer Lasten entledigt und versorgt waren, und die Menschen sich am Brunnenbecken nach der Vorschrift gereinigt hatten, näherte sich das Stimmengewirr dem großen Speisesaal. In der Küche war fleißig geschafft worden, auch Jarah lief mit gerötete Wangen hin und her, und ich als der jüngste aus unserer Schar half, die schweren Schüsseln aufzutragen.

Die Fremden setzten sich an die langen Tische, hüllten sich in den Tallith, den Gebetsschal, befestigten an Stirn und Arme die Tephillim, das sind Lederkapseln, auf Papyri geschriebene heilige Schrifttexte enthaltend, und beteten so, wie das Ritual es vorschreibt. Sie wollten keine neue Sünde auf ihr Haupt laden, der alten waren sie in Jerusalem ledig geworden. Der Hohepriester hatte diese in den Sündenbock gebannt, und dieser war zu Tode gestürzt worden. Außerdem hatten sie ja reichlich geopfert, auch den Bettlern — man konnte fast keinen Schritt ohne eine ausgestreckte Hand tun — gut und reichlich gegeben. Sie hatten ihre Schritte gezählt, wenn es auch manchmal schwierig war. Aber in solch einem Gedränge wird Jehova gewiss Nachsicht gehabt haben.

Wie sollte man diese Eingeschläferten wachrütteln?

Die drei weißhaarigen Perser mit ihrer Begleitung saßen an einem anderen Tisch. Sie machten einen etwas nachdenklicheren Eindruck. Ihrem Gesichtsausdruck nach schienen es nicht Händler zu sein, eher Gelehrte. Sie waren auch gemessen und würdevoll in ihren Bewegungen. Und ihre Diener verneigten sich ehrfurchtsvoll vor ihnen, wenn sie Aufträge erhielten. Ob diese Perser auch zum Fest in Jerusalem gewesen waren? Von Jesus von Nazareth hatte wohl keiner von ihnen gehört. Was hätte ihnen auch schon der Name gesagt! Aber das Gebet des persischen Weisen kannten sie gewiss: Weil du gütig bist, darum bist du ewig. — Sie sahen aus, als wenn sie auch Schweigende wären, die den Brunnen der Weisheit suchen.

Wie könnte man all diese so verschieden Gearteten ansprechen und ihnen vom Herrn erzählen, so dass sie das Evangelium in ihre Lande hinaustragen?

Nach dem Mahl sprachen die Gäste den Lobgesang. Als ich Jarah beim Abräumen des Tisches half, denn ihre Schwestern hatten genug in der Küche zu tun, winkte sie mich zur Seite und sagte: „Wir haben doch jetzt eine Harfe da. Könntest du nicht vor den Gästen spielen? Die mit ihren Gebetskapseln hätten eine

Aufrüttelung nötig, und die drei so weise Ausschauenden aus Persien eine Freude der Verheißung."

„Mir ist ein wenig bange", sagte ich, „vor so verschieden gearteten Hörern habe ich noch nie gespielt und gesungen. Sie werden auch meinen, ich sei eitel und ruhmsüchtig."

„Kennst du nicht das Sprichwort: Wer vorträgt, ist fromm?" entgegnete Jarah. „Dir werden schon die rechten Worte ins Herz gelegt werden."

Widerstrebend willigte ich ein, und wir holten die Harfe. Alle blickten erfreut auf. Während ich die Saiten stimmte, gingen mir Jesaja-Texte durch den Sinn, und ich begann zu singen und zu spielen:

Höre das Gesetz von seinem Munde
und lasse seine Reden in dein Herz!
Wirst du dich bekehren zum Allmächtigen,
so wirst du aufgebaut werden, Zion.
Tue Unrecht hinweg von deiner Türe
und wirf in den Staub und zu den Steinen
der Bäche das Ophir-Gold!

So wird der Allmächtige dein Gold sein.
Dann wirst du Freude haben an ihm
und dein Antlitz zu Gott aufheben.

Aber ich weine um den Weinstock zu Zion
und vergieße viele Tränen um ihn.
Denn es ist ein Wehklang in deinen Sommer
und in deine Ernte gefahren,
dass Freude aufhört.
In den Weinbergen jauchzt und ruft man nicht
und man keltert keinen Wein.
Darum rauschet in Klagen,
mein Herz und meine Harfe!

Ich will die Erde heimsuchen
um der Bosheit willen,
spricht der Allmächtige,
und will dem Hochmut der Stolzen
ein Ende machen
und die Hoffart der Gewaltigen demütigen.
Darum will ich den Himmel bewegen,
dass die Erde erbebet.
Und sie sollen sein wie ein verscheuchtes Reh,
wie ein Vogel, aus dem Nest vertrieben.

Die Leiter dieses Volkes sind Verführer,
und die sich leiten lassen, sind verloren.
Sie sind allzumal Heuchler und böse.
Wehe den Schriftgelehrten,
die unrechte Gesetze machen,
und die unrechtes Urteil fällen!
Ihr gottloses Wesen wird angezündet
und von Feuer verzehrt werden
wie Dornen und Hecken.

Doch ein Stuhl wird bereitet werden
aus Gnaden, dass einer darauf sitze
in Wahrheit in der Hütte Davids
und trachte und richte nach Recht.
So vertrage dich nun mit ihm
und habe Frieden!
Höre das Gesetz von seinem Munde
und lasse seine Reden in dein Herz,
und das Licht wird auf deinem Wege scheinen!
Denn die sich demütigen, die erhöht er.
Und wer seine Augen niederschlägt,
der wird genesen.

Durch Stille und Hoffen würdet ihr stark sein.

Die auf den Herrn harren, kriegen neue Kraft,
dass sie auffahren mit Flügeln wie Adler.
Und es wird eine Bahn sein und ein Weg,
welcher der heilige Weg heißen wird,
dass kein Unreiner darauf gehen darf.
Die Erlösten des Herrn werden kommen
mit Jauchzen. Ewige Freude wird
über ihrem Haupte sein. — Amen

Mein Mund schwieg, und die Töne der Saiten waren verklungen. Ich spürte, dass alle im Saal betroffen waren. Obgleich ich die alten Prophetenworte gesungen, klangen sie ihnen doch neu, so als wären sie für diese Tage geschrieben. Vielleicht hatten einige von ihnen auch von ihren Herbergsleuten erfahren, wie es um den Tempel in Wahrheit stand. Ich wünschte sehnlichst eine Gelegenheit, dass die Jünger vom Herrn reden könnten.

Da wandte sich einer der Alten aus Persien an die Unsrigen: „Ihr habt einen gewaltigen Sänger an den Wassern des Kinneroth. Aber in Jerusalem hätte er wohl nicht so singen dürfen, denn zu genau treffen diese Worte die Heutigen, die dort im Tempel herrschen. Vor mehr als dreißig Jahren waren wir in Judäa, zu der Zeit, als der große Stern des Heils mit dem Stern des Leids und der Schmerzen eng zusammenstand.

Eine innere Stimme wies uns in dieses Land, als sollte hier ein Heiland und Friedefürst, ein Retter erstehen. In den alten Schriften findet man auch solches aufgezeichnet. Wir machten uns auf den weiten Weg. Es war, als ob ein heller Schein uns führen wollte, ein Schein uns zu Häupten. Er verweilte aber nicht über den Palästen und Fürstenhäusern, er führte uns auch nicht in eine Hütte. Nein, über einer Felsengrotte blieb er stehen, einer Unterkunft für Tiere. Wir verwunderten uns sehr. Sollte hier der Friedefürst geboren werden, in einer solchen Niedrigkeit? Nun gewahrten wir, dass der helle Schein eingegangen war in einem viel größeren, der aus der Grotte strahlte. Gott führt oft seltsame Wege, deren Sinn wir nicht kennen. Einmal wird er uns offenbart werden. ‚Sehnsucht im Herzen und Andacht auf den Lippen, so wollen wir klopfen an deine Pforte, dann wird die Wahrheit uns öffnen.‘ So lautet bei uns ein Spruch.

Wir traten ein und fanden eine junge Mutter mit ihrem neugeborenen Kind. Ein Strahlen ging von ihm aus, wie wir es noch bei keinem Menschen bisher gesehen und gespürt hatten. Ja, dieses musste ein Heiland und Friedefürst werden — Dass er bei der Bosheit der Welt zu leiden haben würde, war zu befürchten, stand doch auch der Stern der Schmerzen neben dem des Heils Aber die Güte währet ewiglich, heißt es — Wir näherten uns, beugten unsere Knie und beteten. Alsdann reichten wir unsere Gaben dar Weihrauch als Sinnbild unserer Andacht, Gold als Zeichen reiner Liebe, und Myrrhe als Sinnbild geistiger Versenkung. Das Kindlein lächelte uns an wie man Menschen anlächelt, die man kennt und gern hat. Uns war so wohl in seiner Nähe, und unsere Herzen fühlten: Ja, hier lag der Erlöser der Welt.

Dann zogen wir wieder zurück in unsere Heimat. Es war, als ob ein Mächtiger über uns den Reisesegen gesprochen hatte, denn kein Wegelagerer nahte sich uns, wie auch jetzt nach so vielen Jahren, da wir wiederkamen, um nach dem Verheißenen zu forschen. Wo immer wir auch fragten, niemand wusste hier von einem König, der das Land in Frieden und Gott wohlgefällig regierte. ‚Und einen Heiland, der sich der Leidenden annimmt, gibt es den bei euch?‘ fragten wir — ‚O ja,‘

sagte man uns, ‚der Rabbi Jesus von Nazareth hat viele geheilt, nur durch sein Wort. Tote hat er sogar erweckt, und dies ohne Trug und Zauberei. Viele sind ihm gefolgt und haben seine Predigten gehört, aber fast nur die Armen. Die Pharisäer verfolgten ihn, weil er ihr Inneres aufdeckte und sagte, dass sie Heuchler und Hoffärtige waren.'

Und dann gab es vor dem Passahfest ein arges Geschrei, das aus dem Hof der Römerburg kam. Kreuzige ihn! — Wir standen am Rande der Straße, denn wir konnten vor lauter Gedränge nicht weiter, als ein Mann zum Richtplatz geführt wurde. Auf den ersten Blick erkannte man, dass es ein Friedfertiger war. Man hatte ihn gegeißelt und zur Vergrößerung seiner Qualen einen Dornenkranz um die Stirn gewunden. Bluttropfen rannen wie Tränen über sein Antlitz. Der so Misshandelte und Geschwächte musste sein Kreuz selbst zur Richtstätte tragen. Sein Blick war nach innen gerichtet. Nur dann und wann schaute er einen am Wege Stehenden an, so als wollte er ihm etwas Bedeutungsvolles sagen. So traf auch uns sein Blick, und unsere Herzen erbebten, als wenn nicht menschliche Hilflosigkeit uns anrührte, sondern eine Barmherzigkeit, die er sogar jetzt noch zu erweisen vermochte. Man sagte uns, dass dieses Jesus von Nazareth war. Der Hohe Rat hatte ihn als Gotteslästerer verurteilt, weil er sich Sohn Gottes genannt hatte.

Große Traurigkeit erfüllte uns. Das Reich des Friedens ist noch sehr fern. Ob es je auf Erden eine Stätte finden wird? In der alten Schrift heißt es doch: ‚Ein Sohn ist uns gegeben, und die Herrschaft ist auf seiner Schulter. Und er heißt Rat, Kraft, Held, Ewig-Vater, Friedefürst.' (Jes. 9,5) — In großer Betrübnis kehren wir jetzt zurück in unsere Heimat."

Nun ergriff Petrus als der Älteste das Wort: „Das, was du uns offenbartest, ist für uns von großer Bedeutung, denn es geht uns, die wir hier versammelt sind, sehr nahe. Und wir danken dir dafür.

In der Schrift des Jesaja heißt es auch: ‚Meine Gedanken sind nicht eure Gedanken, und eure Wege sind nicht meine Wege, spricht der Herr. Sondern so viel der Himmel höher ist als die Erde, so sind auch meine Wege höher als eure Wege und meine Gedanken höher als eure Gedanken.‘ (Jes. 55,8-9) Jesus Christus, unser Herr, dem auch wir nachfolgten und weiter nachfolgen werden, hat gesagt: ‚Mein Reich ist nicht von dieser Welt. (Joh. 18,36) Trachtet am ersten nach dem Reiche Gottes und nach seiner Gerechtigkeit, so wird euch alles andere zufallen. (Mt. 6,33) — Die Pforte ist eng, und der Weg ist schmal, der zum Leben führt. (Mt. 7,14) — Ich bin das Licht der Welt. Wer mir nachfolgt, der wird nicht wandeln in der Finsternis, sondern wird das Licht des Lebens haben.‘ (Joh. 8,12)

Auch beim Propheten Jesaja (60,1) heißt es: ‚Mache dich auf, werde licht! Denn dein Licht kommt und die Herrlichkeit des Herrn geht auf über dir. Denn siehe, Finsternis bedeckte dein Erdreich und Dunkel die Völker. Aber über dir geht auf der Herr, und seine Herrlichkeit erscheint über dir!‘

Aus all diesen Worten möget ihr erkennen, dass Jesus Christus der Sohn des Allerhöchsten war. Das Reich des Geistes war und ist das seinige in alle Ewigkeit. Von da strahlt sein Licht hernieder, und nicht aus den Königspalästen dieser Erde, die bald in Schutt und Asche verwandelt werden können. Die Sterne hattet ihr richtig erkannt, aber nicht, in welcher Sphäre sie wirksam werden nach dem Geheiß des Höchsten.

Ihr meintet, ein Fürst dieser Welt müsste aus dem Kind erwachsen. Nun ist er aber als ein Fürst des geistigen Reiches, als die Liebe des Vaters, hernieder gesandt und nicht mit Schaugepränge erschienen, sondern in Armut und Demut. Und nur die Demütigen, die reinen Herzens sind, werden ihn erkennen. Den Hoffärtigen und Herrschsüchtigen ward er zum Stein des Anstoßes, weil er Barmherzigkeit lehrte. Ihr standet an der Straße, als er sein Kreuz nach Golgatha trug. Ihr saht ihn bald nach der Geburt in diese Welt, und ihr saht ihn kurz vor dem Tode, den er erleiden musste.

Er ist jedoch völlig wiederauferstanden und uns erschienen. Allen, die barmherzig sind und ihn über alles lieben, wird er die Pforten seiner Himmel öffnen.

So ziehet hin getröstet in eure Heimat und kündet von dem, was ihr gesehen und gehört habt. Friede sei mit euch!"

Am See, in Kapernaum und Nazareth

Nach dem Sabbat, der in Stille und innerem Gedenken an den Herrn begangen worden war, begaben sich die Perser und auch die anderen auf die Heimreise, von uns mit guten Wünschen begleitet.

Die Jünger fuhren mit Maria nach Kis, nur wenig nördlich von Genezareth gelegen, und wollten da bei Jonah, der auch an den Herrn glaubte, einige Tage bleiben. Als Maria mit den Söhnen Josephs vor drei Jahren von den Nazarenern von Haus und Hof vertrieben worden war, hatte Jonah sie alle aufgenommen. Maria unterrichtete in Kis Kinder armer Eltern, die kein Schulgeld zahlen konnten. Später hatten die aufgehetzten Gemüter von Nazareth sich beruhigt, und Maria wohnte mit den älteren Stiefsöhnen wieder dort. Wir verabredeten, dass ich die Jünger entweder in Kis oder in Kapernaum treffen sollte. Beim Richter Faustus oder Hauptmann Cornelius könnte ich mich nach ihnen erkundigen.

Die nächsten Tage sollten der Harfe und Jarah gehören. Immer mehr erschien sie mir wie ein Wesen aus einer anderen Welt. Ihre zarte Schönheit, der Wohllaut ihrer Stimme, der beschwingte Gang, das alles wirkte so unirdisch. Philippus hatte mir gesagt, der Herr hätte auch einmal ausgesprochen, dass ihre Seele nicht von dieser Erde wäre. Und er hatte ihr einen mächtigen Schutzengel zugesellt, mit dem sie oftmals sprach. Der Herr hatte sie ganz besonders ins Herz geschlossen, und sie war auch dieser besonderen Liebe wert.

So lehrte ich sie nun das Harfenspiel, und es war erstaunlich, wie schnell die kleinen Hände das rechte Greifen verstanden. Die Saiten erklangen so rein und zart, als schwänge ihre Seele mit in den Tönen. Wir spielten in ihrem Gärtchen. Es war, als wüchse ein Klangbaum über uns und an jedem Zweig hinge eine Kostbarkeit in siebenfarbiger Schöne. Gleich einer Muschel umfingen die weißen Mauern diese Schönheit.

Ähnlich den Psalmisten sang Jarah nach einigen Tagen eigene Worte zur Harfe:

O Gott, wer kann dich je begreifen?
Du bist unendlich in jedem deiner Worte.
Dein Hauch bewegt die Welten
wie der meine kleine Stäubchen
im Strahle der Erdenleuchte.

Du schufest und schauest unzählige
Sonnen und Sternenwelten.

Und der Abglanz deiner Augenmilde,
er strahlet hernieder zu uns.

Dein Ohr vernimmt schon
die leisesten Wünsche der Wesen
künftiger Schöpfungen, die
aus dir hervorgehen werden.

Für dich ist das Rieseln der Quelle,
das Wehen des Grases und das Rauschen
des Kinneroth verständliches Wort.
Du hörest der Engel Flammengesänge
und die Klage eines lautlos
fallenden Blattes.
So höre gnädig an
das Lied meiner Harfe!

Nach diesem Gesang ward in dem Licht, das uns umgab, die noch lichtere Gestalt Jesu zu erkennen, und er sprach zu Jarah: „Es ist mir wohl eine Freude, wenn in deinem Herzen und Liede Worte entstehen, den Flammengedanken der Cherubim und Seraphim ähnlich. Aber eine weit größere Freude ist es mir, wenn meine Kinder zu mir ‚Lieber Vater, der du im Himmel bist‘ sagen. Denn siehe, auch die höchsten Lob- und Weisheitsgesänge der Engel verstummen, wenn sie innewerden, dass ihre hochlohenden Loblieder nicht einmal den Saum meines Gewandes berühren. Wer kann je begreifen und erfühlen, was Gott in seinem Selbst ist? Wie kann das Erschaffene den Unerschaffenen, Ewigen erfassen? So liebe du, mein Kindlein, wie bisher in deinem Herzen mich als Vater in Jesus." Bei diesen letzten Worten war Jesu Antlitz und Gestalt ganz irdisch körperlich geworden. (15)

„O lieber himmlischer Vater", sagte Jarah und lehnte ihren Kopf an seine Brust. Er legte eine Hand auf ihr Haar und die andere fuhr leicht über die Saiten der Harfe. Es wehten Töne in einer Zartheit an unser Ohr, wie wir sie auf Erden bisher noch nicht vernommen. So hatte die Harfe von seiner Hand die höchste Weihe erhalten.

Am nächsten Tag sagte ich zu Jarah, dass ich sie nun kaum noch etwas lehren könnte. Sie wäre so schnell mit der Harfe vertraut geworden, dass man meinen könnte, sie hatte schon einmal als Engel darauf gespielt und sich nur daran zu erinnern brauchen.

Jarah lächelte und sagte: „Du warst so ein guter Lehrmeister. Doch ich verstehe, dass du jetzt den Jüngern nachfahren möchtest. Aber was kann ich dir nun zum Dank geben? Was würde dir Freude machen?"

„Die Stunden mit dir und dieser Harfe, auf deren Saiten der Herr jene überirdischen Töne erklingen ließ, sind mir höchster Lohn. Eines weiteren bedarf es nicht."

„Warte einmal, ich möchte dir etwas zeigen!" Jarah lief von unserem Platz im Gärtchen ins Haus, und zurückgekehrt setzte sie sich wieder neben mich. „Hier habe ich etwas, das nicht von dieser Erde stammt."

Ein glatter, kristallklarer Stein, so hell glänzend, dass man kaum die Augen offen halten konnte, lag auf ihrer Handfläche und bedeckte sie ganz.

„Wenn ich dir davon ein Stückchen als Dank und Andenken geben könnte! Es stellt auch irdisch gesehen, einen großen Wert dar. Aber darauf kommt es uns beiden wohl nicht an."

Während sie so sprach, geschah etwas höchst Seltsames. Der Stein war hart wie Diamant, wie ich später erproben konnte, und doch löste sich vor unseren Augen ein kleines, glattes Stück ab oder es wurde abgelöst, und lag nun neben dem großen auf Jarahs Hand. Sie sagte leise: „Danke" als wendete sie sich zu einem Unsichtbaren. Nun reichte sie mir das kleine Stück. „Du siehst ich darf dir dieses zum Andenken geben." Und als Antwort auf meinen erstaunten Blick meinte sie: „Du weißt doch dass es auch geistige Wesen gibt, die unsere irdischen Augen nicht wahrnehmen können. Und jene verfügen über Kräfte und beherrschen Gesetze, die uns noch unbekannt sind."

„Darf ich so eine Kostbarkeit wirklich annehmen?" fragte ich scheu.

Jarah nickte ernst: „Du darfst."

„Ich danke dir sehr. — Man müsste ein feines Netzwerk herumschlingen, damit ich den Stein wie einen Talisman um den Hals tragen kann."

Bis zum nächsten Morgen wollte sie mir das fertig stellen. Sie sagte, dass es auch richtig wäre Edelsteine am Körper zu tragen. Der Herr hatte einmal sogar darüber gesprochen. Alle Minerale stellen Ballungen von Kleinstwelten dar. Im Diamant waren sie besonders durchgeistet und gewissermaßen von Weisheitsfunken erfüllt. Aber das könnten die Menschen noch nicht begreifen. Der Rubin hatte besondere Liebefunken in sich. Diese Strahlung der edlen Steine übe in der Nähe auf den empfindsamen Menschen einen Einfluss aus, denn die unsichtbar wirkenden Feinsubstanzen erzeugen in der Seele einen Widerschein, ein Aufleuchten. Dadurch könne sie für Augenblicke hellsehend werden.

Aus diesem Grunde tragen die Hohenpriester im Allerheiligsten den Brustschild mit den zwölf Edelsteinen. In alten Zeiten, als die Priester noch fromm waren und empfänglich für die innere Stimme und auch die eines Engels und sich von ihr leiten ließen, da verstärkte die Strahlung der Edelsteine diese Empfänglichkeit. Und mit den Orakelwerkzeugen Thummin und

Urim, die der Brustschild birgt, hatten sie Verbindung mit den Geistesmächten höherer Sphären. Auch reines, geglättetes Gold soll auf den Menschen einen guten heilsamen Einfluss ausüben. Die Pharaonen der alten Zeit wussten noch um solche Wirkungen und trugen deshalb Edelsteine auf der Brust und in einem Goldreif auf dem Haupte. So hatte einst der königliche Schmuck seinen tieferen Sinn. Damals waren die Könige zugleich Priester und regierten die Menschen mit Güte und Weisheit.

Doch seit langem ist dieses Wissen um die geheime Wirkung der Edelsteine verlorengegangen. Allein aus Eitelkeit, Hochmut und Besitzgier greifen Könige, Priester und Reiche dieser Welt nach Gold und Kostbarkeiten und schmücken sich damit. Sie spüren nicht mehr die feine Strahlung, die davon ausgeht. ‚Ihre Pracht ist hinuntergefahren in die Hölle‘, hatte schon Jesaja (14,11) gesagt. — So hatte der Herr darüber gesprochen.

Ich setzte mich an die Harfe und sagte zu Jarah, dass ich ihr zum Abschied und auch zum Gedenken an diese Stunde noch ein Lied spielen wolle, wie die Worte mir zufließen werden. Und ich sang:

Du ewige Sonne unseres Seins,
o lass uns leben im Frieden deines Lichtes
und alle Wildgewässer verstummen!
Mysterien mögen leuchten inmitten
des Tempels in vielfarbener Schöne:
Im Saphirblau gleich dem Gewölbe des Himmels,
im Rubin gleich dem Aufgang der Morgenröte,
im Topasschein gleich der Sonne des Tages
und im Smaragd gleich dem Garten im Frühling.
O komme, mein Vater, der du König bist,
zu schmücken meine Seele

mit dem Gold deiner Gnade!
O siehe das Frührot, wachsend im Leuchten!
Ich breite es aus, um dich zu empfangen.
Amethyst atmet Andacht, haucht deine Ankunft.
Du meine Liebe, ewige Sonne!

Bevor ich begann, hatte sich Jarah unter den Granatapfelbaum gesetzt, mir gegenüber, das Haupt zurückgelehnt an den Stamm. Jetzt waren die Saiten schon lange verklungen, und sie rührte sich nicht. Eingesponnen, umhüllt vom Ewigen, war ihr ganzes Sein. Es schienen um sie und in ihr starke höhere Kräfte zu walten.

Allmählich kehrte sie zurück in die irdische Wirklichkeit und sagte: „Ich danke dir sehr, lieber Freund. Das waren himmlische Edelsteine." — Als sie zu mir herüberkam, hatte ich das Gefühl, als wollte sie mich umarmen in reiner Agape, in schwesterlicher Liebe. Aber sie ließ es nur ihre Seele tun, ihre Arme waren doch zu scheu und die meinen auch.

Am nächsten Morgen gab sie mir den Edelstein, den von jenem anderen Stern, mit Goldfäden umsponnen und an einem Goldkettchen befestigt. Ich barg ihn unter meinem Gewand, damit er nicht durch begehrliche Blicke entweiht würde.

Die Abschiedsstunde war gekommen, als ein größeres Boot anlegte und weiter nach Kapernaum fahren sollte. Mit herzlichen Worten dankte ich Ebahl und der ganzen Familie für die Tage in ihrem Haus. — Einer der Ebahlsöhne und Jarah begleiteten mich zum Steg. Sie sprach mir den Reisesegen.

Ich hatte mehrere Pharisäer, die wohl aus Jerusalem zurückkehrten, als Mitreisende. Ihre Gesichter waren abweisend und hochmütig, ihre Gewänder reich mit kostbaren Borten und Quasten verziert. Ihre Diener hatten große Bündel zu hüten. Es ging etwas so Feindseliges von ihnen aus, dass ich mich irgendwie dessen erwehren musste.

Wiederum kam mir gut zustatten, dass ich bei Rael manche der alten Propheten auswendig gelernt hatte. Wieder fielen mir passende Schrifttexte ein. Im üblichen, halb singenden Tonfall, aber mit verhaltener Stimme sprach ich wie für mich selbst, doch laut genug, dass sie die Worte verstehen konnten.

Jene sind abtrünnig geworden vom Licht
und kennen seinen Weg nicht
und kehren nicht wieder zu seiner Straße.
(Hiob 24,13)
Der Tod nimmt hinweg die da sündigen,
wie Hitze das Schneewasser verzehrt. (Hiob 24,19)
Sie sind hier erhöht, über ein Kleines
aber sind sie nicht mehr. (Hiob 24,24)

Du hast den Dürstenden nicht getränkt
und hast dem Hungrigen dein Brot versagt.
Du hast Gewalt im Lande geübt
und prächtig darin gelebt. (Hiob 22,7-8)

Versöhne dich nun mit dem Höchsten
und habe Frieden! So wird dir Gutes werden.
Höre das Gesetz von seinem Munde
und lasse seine Reden in dein Herz! (Hiob 22,21ff)

Obgleich ich während meines Sprechens zum Ufer hinüberschaute, merkte ich, dass mich die Templer missbilligend und argwöhnisch anblickten.

„Unser junger Weggefährte scheint in Jerusalem, falls er zum Fest dort gewesen sein sollte, und am Sabbat nicht genug gebetet und in den Schriften nicht genügend gelesen zu haben", klang eine spitze Bemerkung zu mir herüber.

„Ich beschäftige mich täglich mit heiligen Texten", sagte ich.

„Du trägst aber nicht das Gewand eines Schriftgelehrten!"

„Gott schaut das Herz an, nicht das Gewand", entgegnete ich.

„Wenn du nur ein Schüler der Synagogen und nicht vom Tempel ausgebildet bist, dann darfst du wohl wortgetreu Schriftstellen zitieren, aber hüte dich davor, sie auszulegen! Aus Laienpredigern werden zu leicht Volksaufwiegler." Drohend klangen diese Worte und die Augen blickten voll Zorn.

Ich musste an Jesus denken, an seine Augen, in denen der Widerschein des Himmels war. Sie leuchteten von innerem Leben. Seine Reden waren voller Weisheit und Milde. Die der Templer waren scharf und verletzend wie Dornengesträuch. Einen Dornenzweig hatten sie geschnitten und ihm aufs Haupt gedrückt ‚Vater, vergib ihnen, denn sie wissen nicht, was sie tun!' (Lk. 23,34) soll er gesprochen haben, als sie ihn ans Kreuz schlugen. ‚Segnet die euch fluchen! Tut wohl denen, die euch hassen!' (Mt. 5,44) Dieses hatte er in seinen früheren Reden gesagt. Ob wir Menschen uns je so weit erheben können? Beim Anblick dieser finsteren Gesichter, hinter deren Stirnen so viele dunkle Gedanken kreisen, wollte nur der Pfad, den Jesus wies, unbetretbar erscheinen. Stürzte mein Denken und Fühlen wie in einen Schuldbrunnen, aus dem ich schwer entrinnen konnte? O Jesus, hilf mir sanftmütig zu bleiben.

Der Wind wehte mein Haar und trug die bösen Worte der Templer hinweg. Friede, wenn auch von Wehmut umwölkt, zog in mich ein. Ich holte tief Atem um aus der klaren Luft auch für meinen Körper Reinheit und Frische zu holen, damit die Nähe dieser Böswilligen ihn nicht bedränge.

Die Ruderer steuerten den Hafen von Kapernaum an. Am Schilfufer flogen Wasservögel auf. Geschäftig rüsteten die Templer zur Landung. Als ich hinter ihnen den Steg betrat, grüßte ich sie mit ,Friede sei mit euch!' und ging schnellen Schrittes der Stadt zu. Denn mein Bündel war nur klein, und ich hatte auf niemand Acht zu geben, der mir Kostbarkeiten nachtrug, wie es bei jenen den Anschein hatte.

Am Tor verlangten die Römer von mir den Wanderausweis. Ich hatte nicht daran gedacht, mir einen solchen in Genezareth ausstellen zu lassen. Nun war ich in Verlegenheit. Ich bat sie, mich zu ihrem Hauptmann Cornelius zu führen, ich hätte eine mündliche Empfehlung an ihn. Einer der Centurios geleitete mich zu einem im römischen Stil erbauten, ansehnlichen Gebäude. Dem Torwächter sagte ich, er möchte seinem Herrn einen Jünger des Heilandes aus Nazareth melden lassen. Das Gesicht des Wächters, das vorher wie aus Bronze gegossen schien, erhellte sich. Schnell gab er einem in der Vorhalle Stehenden entsprechende Weisung. Bald darauf erschien ein Sklave, sorgfältig gewandet, und sagte, sein Herr wolle den Fremden, der ein Freund zu sein scheint, gern empfangen. Er führte mich über buntfarbigen Mosaikboden durch eine Säulenhalle in einen großen Raum, in dessen Mitte ein Springbrunnen sein Wasser versprühte und angenehme Frische verbreitete. An einem Marmortisch, auf dem sich Wachstafeln und Pergamentrollen häuften, saß der Befehlshaber dieses Gebietes, in einiger Entfernung sein Schreiber.

Ich nannte Namen und Herkunft und schilderte kurz, wie ich in diese unangenehme Lage gekommen war, und bat, mir einen Wanderausweis anfertigen zu lassen.

„Du hast wohl ein offenes, ehrliches Gesicht", sagte Cornelius, „aber ich muss noch warten, bis zwei deiner Wandergefährten hier sind und bezeugen, dass deine Angaben richtig sind. Du darfst dich hier in Kapernaum aufhalten, jedoch bis auf weiteres den Ort nicht verlassen. Die Jünger des Predigers und Heilers aus Nazareth hatten von mir eine Sondererlaubnis, wie er selbst auch. Es sind mir aus Jerusalem Unruhen gemeldet worden. So müssen wir wieder streng auf Ordnung im Lande achten."

Er wusste also noch nichts von Jesu Kreuzigung, und ich wagte nicht, davon zu sprechen. Ich sagte, dass ich gern den Oberrichter Faustus aufsuchen würde, an den ich von den Jüngern verwiesen wurde. Sie selbst würden wohl bald von Kis her zu erwarten sein. Der Hauptmann neigte zustimmend seinen markanten Römerkopf, und ich war somit entlassen.

Der Wachposten wies mir den Weg zum Hause des Oberrichters. Auch hier römische Vornehmheit. Der Türsteher gab die Meldung an einen Sklaven weiter. Ich wurde hereingebeten. Faustus empfing mich freundlich, obwohl auch er ein echter Römer schien, das heißt, seines Amtes bewusst. Sie sind die Herren im Land.

Man wusste auch hier noch nichts vom Tode und der Auferstehung des Herrn. Als ich stockend davon zu berichten begann, nahm mich Faustus beim Arm und führte mich zu seiner Gemahlin Lydia.

Wie ich später erfuhr, ist sie wohl Griechin, aber hier geboren. Sie kannte Jesus. Er war im Hause ihrer Eltern gewesen, und sie hatte manche seiner Heilungen miterlebt und seinen Worten gelauscht. Als sie vernahm, was mit ihm geschehen, legte sie die Hände vor die Augen, doch von seiner Auferstehung hörend, atmete sie befreit auf.

„Ich wusste es, er ist unsterblich wie seine Güte und Weisheit", sagte sie mit leiser Stimme.

Ich wurde gebeten, das Mahl bei ihnen einzunehmen. Im Vorbeigehen zum Speiseraum verweilte ich ein wenig bei einer marmornen Aphrodite. Die Gastgeberin erklärte mir, dass sie diese Figur nicht etwa wie ein Götzenbild verehre, sie erfreue sich nur an der edlen Schönheit. Sie wisse sehr wohl von dem einen Gott, in Athen der Unbekannte genannt, aus dessen Hand alles hervorgegangen, geleitet und erhalten wird.

„Ist es nicht wunderbar", fuhr sie fort, „wie Gott einem Menschen solche Schöpferkraft verleiht, dass er aus formloser Steinmasse eine so schöne Menschengestalt herauszuarbeiten vermag? Wenn das Licht, wie hier, von der Seite einfällt, ist ihre Schönheit vollkommen. Die Jünger Jesu, die schon mehrmals bei uns zu Gast waren, blickten zuerst befremdet. Aber ihr Meister wusste wohl, in welchem Sinne diese Skulptur hier betrachtet wird, sonst wäre sie gewiss in seiner Gegenwart zu Staub zerfallen.

In den Amtsräumen müssen verständlicherweise Standbilder des Kaisers und der Justitia errichtet sein. ‚Gebt dem Kaiser, was des Kaisers ist' (Mt. 22,21), soll einmal Jesus auf eine Fangfrage geantwortet haben. Die Verneigung vor solchen Standbildern ist auch nur eine Formsache. Der Oberstatthalter Cyrenius hat Jesus von Nazareth gekannt und war sehr angerührt von ihm, von seiner Lehre und seinen Wundertaten. Wenn Cyrenius jetzt erfährt, dass dieser Sanftmütige hingerichtet wurde wie ein Verbrecher, weiß man nicht, wie es Pilatus ergehen wird.

Ich kann es immer noch nicht fassen, und ich frage mich: Musste es sein? Alles an ihm war nicht nur Güte und Wahrheit, sondern auch Schönheit. Seine Gegenwart war ein einziges Geschenk, eine Gnade. Ich gehe in der Erinnerung wie durch einen Garten mit blühenden Blumen und Fruchtbäumen. Ich höre seine Stimme wie ein lebendiges Wasser. Ich sehe ihn, wie er sich über ein weinendes Kind beugt, es tröstet und die Tränen trocknet. Und das Kind blickt lächelnd zu ihm auf und geht an seiner Hand weiter. Vergessen ist aller Schmerz. ‚Werdet wie die Kindlein!' sagte er zu uns. Dieses kleine Geschehen und diese wenigen Worte, welche Tiefe bergen sie! — Warum durften diese Niedermenschen über ihn siegen?"

„Sie haben nicht über ihn gesiegt. Er ist auferstanden, wahrhaft und leibhaftig und ist vielen erschienen. Gewiss wird er auch hierher kommen und zu euch sprechen", versicherte ich.

Sie ließ alles für einen Empfang mehrerer Gäste herrichten. Wenig später meldete ein Sklave einige Galiläer, die seinem Herrn bekannt seien.

Faustus und seine Gemahlin gingen den Gästen entgegen und empfingen sie freundlich. Es war Maria in Begleitung von Johannes, Jakobus, Philippus und Matthäus.

Soeben waren sie bei Cornelius gewesen, dem sie von des Herrn Verurteilung, Leiden und Tod und von seiner Auferstehung berichtet hatten. Ungläubig kopfschüttelnd hörte Cornelius sie an. Da geschah es, dass plötzlich Jesus vor dem Marmortisch stand, eine der leeren Wachstafeln genommen und einige Worte darauf geschrieben. Diese Tafel sollte bei der nächsten Gelegenheit Cyrenius übersandt werden. Dann erklärte er dem Hauptmann den Sinn seines Leidens bis in den Tod und seine Auferstehung. Cornelius möge allmählich zu seinen Untergebenen, die helleren Geistes wären, von dem alleinigen Gott, seiner Inkarnation auf Erden und dem Gnadenweg, den alle Menschen gehen dürfen, sprechen. Alsdann löste sich Jesu Gestalt auf vor den scharf beobachtenden Augen des Römers. Es war, als hätte der breite Sonnenstrahl, der durchs Fenster fiel, ihn in sich aufgenommen.

Diejenigen Jünger, die hier und bei Kapernaum zu Hause waren, hatten ihre Familien aufgesucht und wollten später sich bei Jairus einfinden, dem ehemaligen Synagogenvorsteher. Jesus hatte dessen junge Tochter vom Tode erweckt. Jairus glaubte seitdem an den Herrn und lebte zurückgezogen, ohne weiter direkt dem Tempel zu dienen.

In Kis waren zunächst Jonah und die Seinen sehr traurig gewesen, doch dann durch das Erscheinen des Herrn getröstet worden. Maria und die Jünger sollten nun zwei Tage in Kapernaum bleiben und dann nach Nazareth gehen. Matthäus übergab mir, vom Schreiber des Cornelius ausgefertigt, die Wandererlaubnis. Auch die andern hatten jetzt eine erhalten, sie galt für ganz Vorderasien im römischen Bereich.

Dienerinnen trugen den Gästen ein reichliches Mahl auf. Nachdem sie sich gestärkt hatten und der Wein von neuem eingeschenkt worden war, stand plötzlich der Herr zwischen Faustus und Lydia.

„Friede sei mit euch!" grüßte er und hob die Hände mit den Wundmalen. „Ihr wisst von dem Geschehen in Jerusalem und meinem Erscheinen zur Glaubenskräftigung der Jünger. Aus diesem Grunde bin ich auch zu euch gekommen, damit ihr fortan hier und in euren künftigen Wohnorten von mir und meiner Macht künden könnt. Die Gnade, die Israels Kinder von sich gestoßen haben, soll nun den Heiden zuteilwerden."

Faustus hatte sich erhoben, ebenso seine Gemahlin. Sie holten dem Herrn einen Ehrensessel heran, und er setzte sich neben sie. Lydia nahm aus einem Schrein einen goldenen Kelch und füllte ihn mit Wein.

Jesu Blick war dem fließenden Gold hingegeben. „Dieser Wein wuchs und reifte an den Hängen des Feuerberges im Süden deiner Heimat, Faustus. Später werden die Menschen diesen Wein Lacrimae Christi nennen, im Gedenken an die Tränen, die ich um dieses Volk vergossen, das mich nicht erkannte und nicht aufnahm. — Einige Jahre nach der künftigen Zerstörung Jerusalems wird auch über die Menschen an jenem Feuerberg, die der Sünde hingegeben, das Gericht hereinbrechen.

Nur wenige Bessere können sich aufs Meer retten und im irdischen Leben bleiben. Sie werden von mir hören und meine Lehre annehmen. Solche, die noch jung und ohne Schuld dort untergehen, sollen in meinem Reiche wohl empfangen, belehrt und geleitet werden. Für die Stätte der Verwüstung können sie keinen Blick und keine Trauer haben, denn das jenseitige Licht wird ihnen zuwachsen und sie mehr und mehr erfüllen." Jesus hob den Kelch an die Lippen und trank.

„O Tränen Christi, die der Herr des großen Weinbergs um die Verlorenen weint!" sagte leise Lydia, und ihre Augen schimmerten feucht.

In die Stille, die danach eintrat, fiel ein schrilles Schmerzgeschrei aus einem der Nachbarhäuser.

Zu Faustus gewendet, sagte der Herr, er möge zwei seiner Gerichtsdiener und eine ältere Magd in das Nachbarhaus senden. Die junge Magd, die dort gepeitscht werde, möge in sein Haus gebracht und hier behalten werden. Was die Misshandelte aussagen werde, sei die Wahrheit. „Nehmet euch allzeit der Armen und Verfolgten an und übet Barmherzigkeit an euren Mitmenschen! Dann werdet auch ihr dereinst in

meinem Reich Barmherzigkeit erlangen." (Mt. 5,7) Mit
diesen Worten ward Jesus wieder unsichtbar.

Nach einigen Augenblicken schweigenden Staunens
ging Faustus hinaus und erteilte entsprechende Be-
fehle an seine Leute. Es dauerte eine Weile, bis sie mit
der fremden Magd zurückkehrten. Im Nebenzimmer
befragte Faustus sie und erfuhr, dass ihr von ihrem
Herrn Gewalt angetan und sie schwanger geworden
war. Als ihre Herrin sie ausforschte und die Magd den
wahren Sachverhalt schließlich preisgab, wurde sie auf
Befehl des Rabbi gepeitscht und getreten. Sie krümmte
sich vor Schmerzen und konnte sich kaum aufrecht-
halten. Schnell wurde eine Kammer eingeräumt und
ein Lager gerichtet. Maria ging auch mit hinüber. Später erzählte sie, wie das arme Menschenkind noch zwischen den Schmerzen gejammert hätte, dass nun das
Pergament mit dem alten jüdischen Bannspruch nicht
an der Wand ihr zu Häupten hinge: ‚Adam und Eva
bleibt drinnen! Lilith und all ihr Bösen bleibt draußen!‘
Immer wieder und wieder kamen bei den Wehen stoß-
weise diese Worte. Maria hatte ihr die Hände aufgelegt
und ruhig zugesprochen. Die alte, erfahrene Magd tat
das Nötige. Das Kind wurde tot geboren. — Wie viel
Elend gibt es auf der Welt, weil die Mächtigen keine
Barmherzigkeit kennen!

Auch hier stehen oft die Sklaven nach Meinung ihrer Herren den Haustieren näher als den Menschen.
‚Heu, Stock und Last für den Esel — Brot, Züchtigung
und Arbeit für den Sklaven.‘ Das ist hier fast ein Sprichwort. Man erzählt sich von einem reichen Händler in
Magdala, dass ein Freund ihn eines Tages sehr traurig
antraf. Er fragte: ‚Warum bist du traurig? Du machst
doch gute Geschäfte.‘ — ‚Mein Sklave Tobias ist gestorben.‘ — ‚Deshalb trauerst du?‘ verwunderte sich der
Freund. — ‚Er war ein Mensch!‘ sagte der Händler.

Nach dem Gesetz muss hier jeder Sklave nach siebenjähriger Dienstzeit freigegeben werden. Deshalb ist der Handelswert jüdischer Sklaven sehr viel geringer als der heidnischer, die erst nach fünfzigjähriger Fron freigelassen werden. Doch das wird euch auch bekannt sein.

Vom frommen Hiob wisst ihr aber nichts, der einst sagte: ‚Hat den Knecht nicht auch der gemacht, der mich erschuf?‘ — Jedoch, Hiobs Zeiten sind lange vorüber.

Früher hätte ich bei dem Vorfall im Hause des Richters Faustus mich fragen müssen, warum auf dieser Welt die einen reich und mächtig, die andern arm und hilflos sind. Die Römer sagen: Das ist das Fatum. Seit ich Jesus begegnet bin, weiß ich, dass Leiden und Erdulden besser für die Entwicklung der Menschenseele ist als Wohlergehen und Herrschen. Jesu Lehre wird den Armen überall in der Welt ein Trost sein und ihnen helfen, die Last zu tragen. So bitte ich euch in Korinth, sprecht auch zu den Armen und zu den Sklaven in eurer Stadt von dem Herrn, der da sagt: ‚Kommet her zu mir alle, die ihr mühselig und beladen seid! Ich will euch erquicken.‘ (Mt. 11,28)

Lydia hatte alles richten lassen, damit wir in ihrem Hause übernachten konnten.

Am nächsten Tag nach dem Morgenmahl dankten wir herzlich für die erwiesene Gastfreundschaft und begaben uns in das Haus des Jairus. — Es gab also einen, der dem Tempel gedient und diesem den Rücken gekehrt hatte, als Jesus in sein Leben trat. Die junge Tochter hatte auf dem Sterbelager gelegen. Jairus kam zu Jesus und bat ihn um Hilfe. Doch als Jesus das Haus betrat, war das Mädchen schon gestorben. Er schickte die Klageweiber hinaus, nahm die weiße, kalte Hand in die seine und sprach: ‚Mägdlein, ich sage dir, stehe auf!‘

Die Tote schlug die Augen auf, blickte um sich, als hätte sie geträumt, und erhob sich an der Hand des Herrn. —

Dieses erfuhr ich von Jakobus, als wir auf dem Weg zu Jairus waren.

Ich hatte gedacht, ich würde diese Wiedererweckte jetzt kennen lernen, doch vor kurzem hatte sie einen weit berühmten Arzt in Nazareth geheiratet. Jairus machte einen würdigen Eindruck, hatte eine schöne, hohe Stirn und gute Augen. Er begrüßte uns wie alte Freunde und bedauerte, dass wir nicht schon zur Hochzeitsfeier seiner Tochter gekommen waren.

Als er hörte, was in Jerusalem geschehen war, zerriss er sein Gewand und rief: „Weh! Weh! Weh!" — Es klang, als blute ihm das Herz. Tränen rannen über seine Wangen. Unsicheren Schrittes ging er uns voran wie ein Greis. „Sie haben nicht erkannt, dass er der Messias war", stammelte er kopfschüttelnd. Seine Frau kam, uns zu begrüßen, und auch ihre Miene verstörte sich bei der unheilvollen Nachricht. Von seiner Auferstehung hörend, meinten sie, es verhielte sich mit ihm so wie mit der zum irdischen Leben wiedererweckten Tochter. Es war schwer, ihnen begreiflich zu machen, dass es anders war und Jesus uns trotzdem nicht wie ein Phantom erschien, sondern völlig in Fleisch und Blut, dass er jedoch diesen Materieleib nach seinem Willen in einem Augenblick wieder auflösen und uns unsichtbar werden konnte, genauso schnell, wie er in unsere Sphäre schaubar eintrat. Bei uns wird der stoffliche Körper dereinst der Erde zur Verwesung anheimgegeben. Nur die Seele wird die Umhüllung des Geistes sein. Bei Jesus war durch die größte Liebe und Demut, durch sein Leiden am Kreuz, von dem er wirklich hätte herabsteigen können, auch der Körper bis in die kleinsten Zellen hinein durchlichtet worden, so dass es möglich war, auch diesen in das jenseitige Reich mit hinüberzunehmen.

Jairus konnte sich nicht beruhigen und schien mitzutragen an der Schuld, die des Tempels Machthaber auf sich geladen. Er sah mit Jesaja (17,13) in die Zukunft: „Wie große Wasser werden die Feinde wüten und jene verfolgen. Wie der Spreu vom Winde geschieht und dem Staub der Straße vom Sturm, so wird denen geschehen, die sich so schwer versündigten. Ihre Zeit wird bald kommen."

In diese Worte hinein klopfte es an die Haustür. Die Magd kam und bat den Herrn hinaus. Wir konnten hören, was draußen gesprochen wurde. „Der Segen des Herrn komme über dich!" sprach ein Fremder, und mehrere fielen wie im Chor ein.

Diese Stimmen kannte ich doch! Ja, es mussten die Pharisäer sein, die mit mir im Boot nach Kapernaum gekommen waren. Aber ihre Sprache klang jetzt nicht herrisch, sondern unterwürfig und bittend: „Ach, um des Allerhöchsten willen, wollest dich unser erbarmen! Wir sind nicht weit hinter Kapernaum, von Jerusalem kommend, unter die Räuber gefallen und ausgeplündert worden. Unsere Knechte geflohen, all unser Habe sind wir ledig. Und es ist noch ein weiter Weg bis Damaskus. Wollest uns ein Zehrgeld geben und für eine Nacht aufnehmen, damit unsere zerschlagenen Glieder sich wieder kräftigen. Man zeigte uns am Tor dein Haus als das eines Mildtätigen."

„Ich kann euch nicht beherbergen. Mein Haus ist voll besetzt mit Freunden, die meiner Hilfe bedürfen. Der Synagogenvorsteher hat ein großes Haus und wird Platz für euch haben. Auch ihm wird vom Tempel Mildtätigkeit empfohlen." Es schien, dass Jairus ihnen einige Münzen gab. Danach verabschiedete er sie.

Als er wieder zu uns zurückkam, sagte ich, dass diese Pharisäer im Boot nach Kapernaum scharfe und hochmütige Reden geführt hatten.

Jairus nickte. „Das kann ich mir vorstellen. Ihre Augen passten nicht zu den unterwürfigen Mienen. Als ich ihnen nur kleinere Münzen reichte, stießen sie abgewendet im Fortgehen in geheimer Rachsucht hervor: ‚Gras soll wachsen vor deiner Tür! Keine Freunde mehr kommen, nur Räuber!' So sprechen Menschen, die eben in Jerusalem gewesen sind und dort vor dem Allerheiligsten gebetet haben."

Wir berichteten Jairus, wie Jesus an den verschiedenen Orten erschienen war und was er zu uns gesprochen hatte. Auf dem Antlitz unseres Zuhörers spiegelte sich Freude, aber auch Betrübnis. Freude über die Auferstehung und Betrübnis weil er sie nicht selbst miterlebt hatte. Er war ein Schriftgelehrter mit geschultem Verstand. Ob er vielleicht in einem Winkel seines Hirnes oder Herzens doch noch zweifelte und uns für Schwärmer hielt?

„Wie lange noch wird er bei uns bleiben?" fragte Jairus.

Wie lange noch? Das klang wie die Saite einer Harfe, die mit den Fingerspitzen angerissen, noch lange weiterschwingt. Wie lange? Setzt sich der Ton nicht vielleicht in einem Reich, das uns nicht mehr hörbar ist, noch lange fort? Um wie viel mehr wird die Gegenwart des Herrn das Sichtbare und Hörbare überdauern! Er hatte gesagt: ‚Ich bin bei euch bis an der Welt Ende', (Mt. 28,20) bis an den Tag, da die Welt zerbricht und geistig wird. Und dann sind wir völlig in seiner Gegenwart und geborgen in ihm, dem Vater aller Welten und Wesen.

Ähnliches sprach jetzt auch Johannes.

Und abermals ward an die Tür geklopft. Wir erkannten die Stimmen des Petrus und Andreas und der anderen, die zu ihren Familien gegangen waren. Und da durchfuhr es uns. Wir hörten seine Stimme! Jesus war bei ihnen.

Jairus stürzte hinaus, fiel vor ihm nieder und umfing Jesu Füße. „Herr, dass du deinen unwürdigen Diener heimsuchst!"

„Kommet mit mir!" sagte Jesus. „Wir wollen in das Schulhaus gehen. Es werden da etliche kommen um zu beten."

Wir folgten ihm, stiegen die Stufen hinan zu dem säulengeschmückten Bethaus. Der Raum füllte sich so schnell, als hätte sich ein Ereignis herumgesprochen, das man miterleben wollte. Ein Raunen ging durch die Menge: „Ist das nicht Jesus von Nazareth? Man sagt, dass er in Jerusalem gekreuzigt worden ist. Nun steht er hier lebendig vor uns. Hat er sich auf erweckt, wie er es mit der Tochter des Jairus getan haben soll? Nun, wir wollen hören!"

Jesus stand vor ihnen und sprach: „Die Liebe Gottes ward Fleisch und wohnte unter euch, und ihr sahet seine Herrlichkeit, seine Gnade und Wahrheit. (Joh. 1,14) Er kam in sein Eigentum, und die Seinen nahmen ihn nicht auf. (Joh. 1,11) Welches ist sein Eigentum, und welches sind die Seinen? Es sind diejenigen, die er durch die Propheten vorbereitet und erzogen hatte. Und als er kam und an die Türen der Häuser und Herzen klopfte, da öffnete man ihm nicht. Denn man hatte Freude an den Gütern dieser Welt und am Wohlleben. Man hatte Freude am Herrschen und nicht am Helfen. Man gab den Armen im Geiste und im Gewande Steine statt Brot und Mantel. Man reichte den Hungernden statt des Fisches eine giftige Natter und Nesseln statt Öl für ihre Wunden. O ihr Hartherzigen, wie lange soll ich euch noch ertragen? Erstickt habt ihr das Licht, das in allen Menschen wohnt und von Gott ist, erstickt wie mit einer dunklen Decke, die da heißt Neid, Habgier, Hass, Rache und Herrschsucht. Und die heilige Flamme in euren Herzen braucht zu ihrem Leuchten ein Öl, das da heißt Liebe und Leben aus Gott, Wahrheit und Würde, Geduld und Güte. Nur unter solchem Schein kann es innerlich tagen und hell werden. Ihr denket an die Gesetze Moses und bauet euch Zäune und Hürden, über die ihr nimmer hinwegkommt. Ich sage euch, jeder trägt in sich ein heiliges Gebot: Ihr sollt vollkommen werden, wie euer Vater im Himmel vollkommen ist! (Mt. 5,48) Und zu dieser Vollkommenheit bedarf es nur der Liebe zu Gott und den Mitmenschen. Darin hanget das Gesetz und die Propheten. Solches alles habe ich noch einmal zu euch geredet, damit ihr euch wandelt. Tut ihr dieses nicht, wird das Heil von euch genommen und den Heiden gegeben werden.

Ihr habt gehört und einige von euch gesehen, dass die Diener des Bösen meinen Leib gekreuzigt haben. Ihr sehet: Ich lebe! Ich bin auferstanden, um noch einmal von der Wahrheit zu zeugen. Es ist dies die letzte Stunde, da ich zu euch spreche. Fürder werde ich es nur noch euren Herzen vernehmbar tun. Öffnet ihr euer Inneres nicht dem Lichte, so werdet ihr lange in Finsternis und Nacht sein. Dann klaget aber dessen nicht, denn ihr habt es so gewollt. Ich reiche euch Edelsteine. Werfet sie nicht achtlos wie Kiesel in den Staub der Gasse, sondern fasset sie in den Goldreif der Wahrheit und des geistigen Glanzes, auf dass er zur Krone des ewigen Lebens werde!"

Mit dieser Wortgewalt hatte Jesus gesprochen. Seine Augen leuchteten von innerem Leben.

Die Menschen standen dicht gedrängt, auch draußen vor der geöffneten Tür. Wie würden sie seine

Worte, sein Hiersein aufnehmen? Auch sie sahen die Wundmale an seinen immer wieder erhobenen Händen. Können sie mit irdischen Maßen die höhere Wirklichkeit erkennen?

„Sohn Gottes, Auferstandener, taufe uns in deinem Namen! Reinige uns mit dem Wasser des Heiligen Geistes! Hilf, dass es hell werde in uns!" So riefen einige aus der Menge und umringten ihn.

Und er legte die Hände auf sie. „So seid getauft mit der Tiefe der Demut, erweckt von dem Lichte aus Gott, das ihr bewahren mögt, gelöst eure Herzen und Hände zur Hilfe an euren ärmeren Brüdern und Schwestern!"

Er trat hinaus, und sie reichten ihm Kinder, dass er sie segne, brachten Kranke, dass er sie heile. Unter der Milde seiner Hände wurden Kranke gesund, und unter der Güte seines Blickes fanden Verzweifelte ihren Frieden.

Die blühenden Bäume und Sträucher waren gleich einem Vorhang ausgespannt, der die Tage von Jerusalem von dem heutigen trennte. Und es war, als wenn Duft und Farbe und Sonnenglanz alles in eine überwältigende Schönheit hoben, in eine Schönheit, die der inneren, hier waltenden entsprach.

Da fuhr ein grelles Wortgetön wie mit der Schärfe eines Schwertes mitten hinein in diesen Frieden. „Hinweg! Alles Lug und Trug! Hinweg!" Der Synagogen-Oberste eilte herbei mit erhobenen Armen und fliegendem Gewand.

Doch von der anderen Seite rückten Soldaten des Cornelius heran, als hätte sie jemand gerufen. Ihr Anführer rief laut und deutlich. „Der Heiland aus Nazareth und die Seinen stehen unter unserem Schutz. Ihr kehrt sofort in eure Häuser zurück! Er und seine Jünger mögen gehen, wohin es ihnen beliebt."

So eingeschüchtert musste auch der Priester, der den Frieden brach, umkehren, Zornesröte im verzerrten Gesicht.

Jesus hieß uns, nach Nazareth zu gehen. Während unsere Füße zum Wanderschritt ausholten, war er aus unserer Mitte verschwunden.

Grüne Fluren und Büsche, in denen die Vögel sangen, säumten den Weg. Ich weiß nicht, nach wie langer Wanderung hatten wir Nazareth, seine Heimatstadt, erreicht. Haus und Anwesen des verstorbenen Joseph, das jetzt dessen älteste Söhne bewirtschaften, liegen noch vor dem Tor. Ein kleiner, von Weiden gesäumter Bach fließt daran vorbei. Es war ein lieblicher Anblick. Hier also hatte der kleine Jesusknabe gespielt, später der Mutter geholfen und noch später dem Pflegevater.

Die beiden Josephsöhne schafften gerade in der Werkstatt und blickten auf, als sie so viele Menschen auf ihr Haus zukommen hörten. Maria und die Jünger erkennend, legten sie ihr Werkzeug beiseite und kamen uns entgegen. Sie merkten wohl unseren Gesichtern an, dass etwas Besonderes geschehen sein musste. „Ihr kommt ohne Ihn?" Maria ging mit ihnen ins Haus. — Wir setzten uns ins Gras unter die Feigenbäume. Jakobus holte den Hausfrauen Wasser vom Brunnen und trug Holzscheite in die Küche.

Später erzählte er von der Kindheit Jesu: Dort unten am Bach hatte er gern gespielt. Es waren seltsame Spiele, die andere Kinder nicht kannten. Auf dem schmalen Gehsteig hatte er einmal zwölf Grübchen ausgehoben und mit Wasser gefüllt, zwölf Sperlinge aus Lehm geformt und sie neben die Grübchen gesetzt, als sollten sie da trinken. Aus den Nachbarhäusern waren andere Kinder hinzugekommen und fragten, was dieses Spiel bedeuten solle. ‚Das klare Wasser bedeutet die Gnade und Wahrheit des göttlichen Wortes, und die Sperlinge sind die Menschen. Wenn sie von dem Wasser trinken, werden sie fliegen können in die Weite des Himmels.' Ein böser Knabe brach einen Weidenzweig ab und peitschte damit das Wasser. Jesus blickte entrüstet auf den Störenfried, erhob dann die Hände und sagte: ,So will ich euch Sperlingen das Leben geben, auch wenn ihr nur wenig von meiner Gnade und Wahrheit aufnehmen konntet.' Und die Lehmsperlinge wurden lebendig und flogen in die Weite des Himmels.

Einmal schickte Maria ihren Knaben zum Brunnen, um Wasser zu schöpfen. Sie gab ihm dazu einen Krug, den sie sehr in Ehren hielt und den sonst niemand benutzen durfte. In diesem Krug hatte sie Wasser geholt, als ihr der Engel des Herrn erschien und verkündete. wen sie unter ihrem Herzen tragen werde. Der Jesusknabe lief nun und stieß in geheimer Absicht an den Brunnenrand. Der Krug ging in Scherben. Maria brauchte aber nicht auf das Wasser zu warten, Jesus brachte es ihr in seinem Mantel, und nicht ein Tropfen ging verloren. Mit großen Augen sah sie ihn an und wollte schelten. Doch der kleine Jesus sagte: ,Dieser Krug war mir schon lange im Wege. Man soll nicht einem Ding Ehre erweisen, die ihm nicht zukommt. Ich meine, wo ich bin, sollte ein irdener Krug nur das sein, was er ist.'

Nun halfen alle, Tische und Bänke aus einem Schuppen herbeizuholen und aufzustellen, denn wir nahmen das Mahl im Grünen ein.

Nach dem Dankgebet führte uns Jakobus in die Stadt. Nicht weit vom Tor hatte ein Töpfer seine Werkstatt. Vor der Tür war mancherlei Gerät ausgestellt, darunter auch kleine Vögel aus Ton. Ein Knabe saß auf der Türschwelle. Wahrscheinlich sollte er die Ware vor Dieben hüten oder auch Käufer anlocken. Er blies auf einer Hirtenflöte. Ich fragte, wofür man die Tonvögel brauche. „Damit spielen die Kinder dieser Gegend ein besonderes Spiel", erhielt ich zur Antwort.

Etwas weiter hatte ein Wahrsager sein kleines Zelt am Wege aufgeschlagen. Auf einer Matte lagen Metallplättchen, beschriftete Papyrusblätter, Tierzähne und kleine Figuren. Mit einem monotonen und wie es mir schien, magisch wirkenden Gesang wollte er Kunden anziehen.

Thomas ging neben mir und erklärte: „Das Volk ist hier besonders abergläubisch, geht heimlich zu den Wahrsagern und kauft Amulette gegen alle möglichen Krankheiten, gegen den bösen Blick, Schlangenbiss und Diebe. Die Leute glauben an Dämonen, die an besonderen dunklen Orten, auch im Schatten von Feigenbäumen, auf sie warten könnten, um von ihnen Besitz zu ergreifen. Weil man nicht dauernd ein weißes Lamm mit sich tragen kann, das vor allem Unheil schützen soll, kauft man Amulette. Die besonders Frommen tragen Kapseln, Papyrusstreifen enthaltend, die mit Psalmstellen beschriftet sind: ‚Du brauchst nicht zu bangen vor dem Schrecken der Nacht und vor dem Pfeil, der am Tage schwirrt.' — Und die Ungläubigen kaufen einen Fuchszahn oder einen Bronzeanhänger mit einem magischen Sigillum. Weil das unverständige Volk hier so abergläubisch ist, haben die Templer das Wort geprägt. ‚Was kann aus Nazareth Gutes kommen?' Aber ich bin der Meinung, dass der Aberglaube weit verbreitet ist, nicht nur hier. Jesus hat sie alle erlösen wollen — die Schriftgelehrten von ihren starren Gesetzen und die Törichten vom Aberglauben. Doch die wenigsten haben ihn verstanden. Viele meinten, er wäre Simon, dem Magier, gleichzusetzen, wenn er Wunder wirkte und Tote erweckte. Die meisten Nazarener haben geringschätzig über ihn die Achseln gezuckt: Er ist doch nur des Zimmermanns Sohn.

— Der Herr sagte dann mit einem Lächeln: ‚Der Prophet gilt nichts in seinem Vaterland.' (Mt. 13,57)

So gingen wir nun durch die Gassen von Nazareth und kamen vor das ansehnliche Haus des Arztes Borus, der vor kurzem die Tochter des Jairus geheiratet hatte. Jairus war auch bei uns und lud alle ein, mit in das Haus zu kommen. Er klopfte mit dem eigens dafür angebrachten Metallring gegen die breite Tür.

Eine Magd ließ uns ein. Nicht gestampfter Lehm, wie in den Häusern der Armen, bildete den Fußboden, sondern buntfarbige, zu schönen Mustern zusammengefügte Mosaiksteinchen. Ein Brunnen, gegenüber dem Eingang, versprühte Wasser in ein Becken, an dem wir uns erfrischen konnten. Nun kam die junge Hausfrau uns zu begrüßen und besonders herzlich ihren Vater. Sie bat uns in den nächsten Raum und bot Polster zum Sitzen an. Borus wäre noch bei den Kranken, die in den rückwärtigen Räumen untergebracht seien. Die Magd brachte ein Zitronengetränk, das wir gern annahmen.

Der Arzt, so erzählte seine Frau, hatte gerade jetzt einen besonders schweren Fall von Besessenheit. Während der Anfälle nahm ein verstorbener Söldner, ehemals in der Truppe Herodes des Grausamen, von dem Körper des Kranken Besitz. Er hätte in Bethlehem kleine Knaben und Säuglinge von der Brust der Mutter reißen und ermorden müssen. Die Erinnerung an diese schrecklichen Taten könne er nicht loswerden, und so versuche er nun im Körper des Kranken immer wieder, seinem Leben ein Ende zu machen. Immer wieder müsse der Kranke gefesselt werden, damit er sich keinen Schaden zufüge. „Jesus könnte ihm helfen, aber er ist nicht bei euch?"

Nun lag es an ihrem Vater, ihr das Geschehene begreiflich zu machen.

Er hatte noch nicht ganz zu Ende gesprochen, als der Vorhang zur Seite geschlagen wurde und Borus eintrat, dessen Gewand allerlei Kräuterduft verströmte.

Er berichtete, dass der Herr soeben den Besessenen und auch die anderen Kranken geheilt hatte. Sie waren außer sich vor Freude, lobten und priesen Gott den Allmächtigen.

Er ließ uns sagen, dass wir nach dem nächsten Sabbat wieder nach Bethanien zurückkehren sollten. Im Hause des Lazarus würden wir ihn Wiedersehen.

In Bethanien

Nach der Sabbatruhe machten wir uns fertig, die Rückreise nach Jerusalem anzutreten. Die Söhne Josephs gaben uns ihre Segenswünsche mit auf den Weg, und ihre Frauen jedem etwas zur Stärkung des Leibes. Der Herr war auch bei ihnen, hier im Hause seiner irdischen Heimat, gewesen und hatte ihre Seelen gefestigt.

Gleich einer Traumwandlerin war Maria in diesen Tagen durch die gewohnten Räume gegangen. Sie lebte wie zwischen Zeit und Ewigkeit — dieser nicht mehr verbunden und jener noch nicht zugehörig. — Einmal stand sie vor einem Korb und ließ Weizenkörner durch die Hände rieseln. Ihr Blick war in die Ferne gerichtet. Schaute sie zurück in die Zeit, da Er durch übersonnte Fruchtfluren ging und die Gleichnisse vom Samenkorn von seinen Lippen kamen? Oder schaute sie in das Künftige, wie viel Ährenfelder unabsehbar aus diesen Körnern emporwachsen, reifen und in die Scheuern eingebracht würden? Und ob jene Erntenden dann noch von Jesus wüssten? — Ein andermal hielt sie eine kleine Öllampe in der Hand, und wieder hatte sie diesen verlorenen Blick. Dachte sie an sein Gleichnis von den klugen und törichten Jungfrauen? Sie war bereit gewesen, ihn zu empfangen. Sie würde nie in der Finsternis sein.

Maria und Jakobus kamen wieder mit uns. Wir zogen hinunter nach Kapernaum und fuhren mit einem größeren Schiff über den Kinneroth, vorbei an Genezareth, wo ich Jarah stille Grüße hinübersandte, vorbei an Cäsarea Philippi, da ich des Ägypters gedachte, der den Brunnen der Wahrheit suchte und ihn dort gefunden hatte. Die Wellen des Sees rauschten die begleitende Melodie zu meinen Gedanken. Wir alle waren schweigsam auf dieser Fahrt, ein jeder den Erinnerungen hingegeben.

Dann kam der beschwerliche Weg durch Samaria, hinauf nach Judäa, bis wir endlich bei Lazarus in Bethanien anlangten. Freundlich und wie selbstverständlich wurden wir alle aufgenommen.

Stephanus war schon dagewesen und hatte nach uns gefragt. Ich freute mich auf das Wiedersehen mit ihm und seiner Schwester, die eine so liebliche Stimme hatte und meine Harfe hütete und selbst wie eine Blume im Frühling anzuschauen war. Jarah ist wie ein Engel, Euridike wie eine Blume. Ob sie noch meiner gedachte?

Als die Sonne gesunken und wir noch im Gespräch beisammen saßen, klopfte es ans Tor. Lazarus ging selbst hinaus und kam bald darauf mit einem alten, ehrwürdigen Rabbi wieder.

„Der Ratsherr und Pharisäer Nikodemus", flüsterte mir Thomas erklärend zu.

Martha nahm dem Gast den dunklen Mantel ab. Auch darunter trug er ein einfaches Gewand, das nichts von dem hohen Amt, das er innehatte, verriet.

Zuvor hatte uns Lazarus erzählt, dass Nikodemus schon bald nach unserer Abreise nach Bethanien gekommen war. Sein verstorbener Vater wäre ihm erschienen und hätte ihm kundgetan, dass Jesus, der Gekreuzigte, zu ihnen ins Schattenreich hinabgestiegen wäre, um seine Lehre und die Neuordnung der Himmel zu verkünden. Alle, die an ihn glaubten und nach seiner Lehre handelten, könnten jetzt nicht nur ins Paradies, sondern allmählich in die Himmel gelangen, sogar solche, die in der Gehenna lebten. Es gäbe keine ewige Verdammnis. Jeder Reumütige könnte umkehren und den Stufenweg der Läuterung betreten. — Es müssen noch mehreren Menschen Abgeschiedene erschienen sein, denn in der Stadt ging die Rede um: Die Gräber tun sich auf.

Nikodemus hatte gehört, dass Jesus als Auferstandener in Jerusalem und Bethanien gewesen war. Sehnlichst wünschte er, ihn auch zu sehen und zu sprechen. Er litt sehr darunter, dass er in der nächtlichen Gerichtssitzung des Sanhedrins, in der Jesus der Todesstrafe für schuldig befunden wurde, keine Möglichkeit gehabt hatte, für ihn wirksam eintreten zu können. Seine Aussagen und die des Joseph von Arimathia waren wie die Unglaubwürdiger mit einer Handbewegung von Kaiphas und seinem Anhang abgetan worden. Aber Aussagen von heimlich bezahlten Unbekannten, die sie sonst geringschätzig als Amhaarez bezeichneten, waren — weil für ihre Absichten günstig — wichtig genommen worden.

Nun kam der Ratsherr ein zweites Mal nach Bethanien, wiederum in der Hoffnung, Ihn zu sehen und zu hören. Aber er kam spät am Abend und in dunkler Verkleidung, weil er die Macht der Hohenpriester fürchtete. — Ob der Herr mit dem Kleinmütigen Mitleid haben und auch ihm erscheinen würde?

Und er erschien. Er sprach zu Nikodemus: „In der Welt hast du Angst. Siehe, ich habe die Welt überwunden, wie auch du sie überwinden wirst. Ich habe euch die Auferstehung und das Leben gebracht. Jetzt könnt ihr frohlocken: „Tod, wo ist dein Stachel? Hölle, wo ist dein Sieg?" (1. Kor. 15,55)

Zaghaft fragte Nikodemus, ob die Gläubigen denn jetzt keinen leiblichen Tod mehr zu erwarten hätten?

„Was von dieser Erde stammt, wird auch der Erde wieder zurückgegeben werden. Die sich auflösenden Zellen gehen in anderes Leben über. Doch die Seele des Sterbenden, die wohl auch aus Substanzen der Materiewelt besteht, aber die Möglichkeit hatte, sich von dem in sie gelegten göttlichen Geist durchdringen zu lassen, sie wird vom Körper gelöst und kann als Umkleidung des Geistes aufsteigen in höhere Sphären."

„Wie soll man sich dieses Gelöstwerdens vorstellen?" fragte Nikodemus.

„Wenn ein Mensch aus dieser Welt abberufen wird, steht ihm ein Engel hilfreich zur Seite. Die Seele eines Sterbenden befindet sich beim Verlassen des Körpers über der Magengrube, dem Sonnengeflecht, in einer vibrierenden Erregung, so dass Hellsichtige sie zunächst wie eine Wolke schauen. Nach der völligen Ablösung vom Leib tritt ein Ruhezustand der Seele ein. Und in diesem ist sie schon in menschlicher Form klar sichtbar, ausgenommen die Seelen, die sich durch schwere Sünden zu sehr entstellt haben. (16)

Niemand kommt sogleich in den Himmel oder in die Hölle, es sei denn, er wäre schon auf Erden vollkommen wiedergeboren aus der Liebe zu Gott, oder er sei ein böswilliger Frevler gegen den heiligen Geist. — Die meisten gelangen zunächst in das Mittelreich, das die Juden Scheol, die Römer Orkus und die Griechen Hades nennen. Später wird man es als Fegefeuer bezeichnen. Dieses große Mittelreich ist die Wirkungsstätte vieler dienender himmlischer Geister. Die Ankommenden müssen hier ein Bekenntnis ihrer Gedanken, ihres Wollens und ihrer Taten ablegen. Entblößt stehen sie da, bar jedes irdischen Glanzes. Du siehst, es hilft dem Menschen nichts, auch wenn er alle Schätze der Erde gesammelt hätte. Am Tor zum Jenseits ist er nackt und bloß. Wohl dem, der sich hier ein den meisten unsichtbares Gewand der Seele gewirkt hat aus dem Gold der Güte und dem Purpur reiner Liebe! Mit diesem wird er im Jenseits geschmückt werden. Bis zu dieser Zeit war es den Hinübergegangenen nur möglich, ins Paradies zu gelangen. Seit meinem Leben und Opfertod auf Erden sind die Pforten des Himmels aufgetan und können die Seelen in steter Entwicklung hinanschreiten zur Morgenröte der Ewigkeit.

In den Reichen des Lichtes gilt nicht Herrschen, sondern Helfen und Dienen bis hinauf zu den höchsten Engeln. Und jeder darf dienen und gestalten nach seiner eigensten Begabung, die er verliehen bekam und entwickeln sollte und weiter entwickeln wird.

Du, mein Nikodemus, als Haggaden-Dichter, magst dort den Jenseitigen mit deinen Gleichnissen zu rechtem Nachdenken und Insichgehen verhelfen. Wie du hier viele Jahre der Jugend gewidmet und deine Freude an ihr hattest, bei den Prüfungen der Zwölfjährigen im Tempel warst, so magst du auch dereinst im jenseitigen Schulhaus den Kindern von der Güte und Weisheit des himmlischen Vaters erzählen. Und wenn du im großen Garten deines Wirkens die Blüten in vielfarbiger Schöne erblühen sehen und köstliche Fruchte ern- ten wirst, sage, wird dein Herz dann nicht von Seligkeit erfüllt sein?

Erinnerungen an diese Erdenwelt, die trübe waren, werden an deinen Schläfen hernniederrinnen wie Träume einem Erwachenden. Winde dieser Zeit weh- ten lange vorüber. Und dunkle Wolken zerflossen wie deine Schwermut. Jenseitigen Sternmelodien wirst du dann lauschen, und Lichtwogen der Ewigkeit werden deine Füße auf den Stufenwegen zum hochgebauten himmlischen Tempel umspulen. Das Allerheiligste, Gottes Liebe, hat sich herabgelassen und ist schaubar geworden in meiner Gestalt und in meinem Wesen. So werde ich dir auch dereinst in meinem Reich schaubar und nahbar sein. Der Vorhang vor dem Allerheiligsten ist zerrissen. Wenn dein Herz ganz von Liebe erfüllt sein wird, wirst du mit mir Hand in Hand wandeln und die Wunder meiner Welten mehr und mehr erkennen und darin mitzuwirken vermögen. Selig sind, die rei- nen Herzens sind, denn sie werden Gott schauen."

Ergriffen hatte Nikodemus gelauscht und dankte Jesus aus bewegtem Herzen.

„So seid nicht furchtsam, meine Lieben", schloss der Herr, „wenn ihr dereinst diesen schweren Leib ab- legt wie ein lästiges, schadhaft gewordenes Gewand. Ihr werdet in meinem Reich ein weit schöneres erhal- ten. Doch vorerst habt ihr noch hier zu wirken, auf dass die Ernte groß werde, die in die himmlischen Scheuern eingebracht wird. — Jetzt gehe ich noch zu einem Bru- der, an dem ich besonderes Wohlgefallen habe, der eif- rig meine Lehre verbreiten und mir nachfolgen wird."

Ich fühlte, Thomas neben mir wollte fragen; Herr, wer ist's? Aber er sprach es nicht aus, denn ein Blick Jesu ließ ihn beschämt die Augen niederschlagen.

Segnend hob der Herr die Hände und war aus unserer Mitte verschwunden.

Als Nikodemus das miterlebte, legte er die Hand an die Stirn und fragte „Warum stieg er nicht vom Kreuz herab?"

Diese Frage stand wie mitten im Raum.

Darauf sprach Johannes vom Sinn des Leidens und Sterbens unseres Herrn, und allmählich begann Nikodemus zu begreifen. Dann dankte er für diese Stunden, ließ seinen Mantel bringen und verabschiedete sich. Mehrere begleiteten ihn hinaus. Ich ging auch mit vor das Tor, um die frische Nachtluft zu atmen. Raschen Schrittes entfernte sich Nikodemus. Die Türme des Tempels ragten schwarz vor dem violetten Hintergrund, als wären sie Überreste einer Ruinenstadt. Von der Burg Antonia klang das Horn zur zweiten Nachtwache. Ein Wind erhob sich und ließ die Bäume im Garten aufrauschen. Dann begaben wir uns zur Ruhe.

Am nächsten Morgen ging ich hinauf nach Jerusalem, in das Haus, das Joseph von Arimathia gehörte, in dem Stephanus mit seinen Eltern und seiner Schwester lebten. Eine Magd ließ mich ein.

Als erste kam Euridike. Ein Lächeln ging über ihr Gesicht Dann fragte sie zögernd „Du kommst deine Harfe holen?"

„Nein, noch nicht. Ich möchte euch nur sehen und sprechen."

„Es ist gut, dass du gerade jetzt kommst. Stephanus ist heute so seltsam. Er spricht nichts. Und in seinen Augen ist ein Feuer, als hätte er ein Gesicht gehabt."

Nun hörten wir seinen leichten Schritt. Euridike nickte mir zu und ging hinaus. Stephanus kam auf mich zu und umarmte mich: „Bruder!" Sein weiches, lockiges Haar berührte meine Wange. Ich war beglückt, dass auch er sich zu mir hingezogen fühlte. Er führte mich in den Garten. Unter einer Gruppe junger Zypressen stand eine Steinbank. Da setzten wir uns, und er begann zu sprechen.

„Es drängt mich, einiges, was ich in mir trage, dir anzuvertrauen. In den letzten Wochen habe ich oft wachend geträumt, habe Jesus gesehen und sprechen gehört, nicht zu mir, sondern zu euch, dort am Kinneroth, als wenn es keinen trennenden Raum mehr gäbe. Er fragte: ‚Kinder, habt ihr nichts zu essen!' (Joh. 21,5) Und ich hörte die Frage durch die ganze Unendlichkeit dringen. Alle verlangen nach dem Brot des Lebens, nach der Gewissheit des Erettetseins, nach Liebe und Wärme. Dann sah ich Jesus in einem Garten unter Olivenbäumen stehen und hörte ihn sprechen. Es floss wie Gnade von seinen Lippen und Händen. Bald darauf entschwand er wieder. Darauf ertönte ein Vogellied so zart, als läge die ganze kleine Vogelseele in diesen Lauten und als sollte damit den Menschen bedeutet werden, genau so zart und innig ihre Seele schwingen zu lassen. Es war da ein junges Mädchen fast noch ein Kind, das verstand die Töne. Ich hörte immer wieder Saitenspiel. Einige Male bat ich Euridike zu singen.

Meine Eltern machten besorgte Gesichter über mein sonderbares Verhalten. Aber wie sollte ich es ihnen erklären? Ich kam mir vor wie ein Traumwandler.

In der letzten Nacht war Jesus leibhaftig in meiner Kammer und tauchte sie in eine heilige Helle, wie ich sie dir nicht beschreiben kann. Es war, als wenn in meinem Innersten ein Funke aufsprang und ein Feuer entfachte, das fort und fort brennt.

Dann rührte mich der Herr an, und ich sah in den unendlichen Raum. Der Anblick überwältigte mich. Myriaden von Sternen und Sonnen bildeten eine Menschengestalt. Sie hatte etwas Trauervolles an sich. Der

Kopf mit langen Absalomshaaren war vorgeneigt, die Arme schlaff herabhängend. Er schien durch die Unendlichkeit zu kreisen. An das Gleichnis vom verlorenen Sohn musste ich dabei denken. (17)

,Du siehst den Kosmos, die Materiewelt,' sagte der Herr. ,Und nun sollst du einen Blick in die Himmel tun.' (18)

Von dem Glanz der geistigen Welten ist mir jedoch nur ein Schimmer verblieben. Aber das sollte wohl so sein. Danach sagte er mir, dass der Materieleib eines jeden Menschen Myriaden von kleinen Sonnenwelten in sich berge. Wie oben, so unten, und alles ist ein Wunder für unser Begreifen. So ist der Mensch wirklich das Maß aller Dinge."

Stephanus schien mir in einer besonderen Gnade zu stehen. Sein Glaube und seine Liebe zu Jesus waren so stark, dass diese eine Verbindung mit ihm schufen, die viele von uns wohl nicht hatten. Äußerlich schienen wir die Bevorzugten, weil wir immer wieder in der Nähe des Auferstandenen sein durften. Stephanus trug ihn in sich, schaute ihn zwiefach, von Angesicht zu Angesicht.

Ich erzählte von dem nächtlichen Besuch des Nikodemus im Hause des Lazarus und von Jesu Erscheinen und fragte Stephanus, ob er nicht auch nach Bethanien kommen möchte.

Er kam gern mit. Euridike war traurig, dass sie nicht mitgehen durfte. Aber für ein junges Mädchen aus gutem Hause ist es nicht schicklich, ohne die Eltern einen Besuch zu machen.

Wir gingen die Gasse der Goldschmiede hinunter, und der Zufall wollte es, dass wir Nikodemus begegneten. Er erkannte mich und blieb stehen. Wir verneigten uns gebührend vor dem Ratsherrn.

„Ihr beiden Jungen könnt mir einen Gefallen tun", sagte Nikodemus mit gedämpfter Stimme. „Seit der Ratssitzung, in der Jesus, der Auferstandene, schuldig gesprochen wurde, lässt der Hohepriester mich heimlich beobachten. So kann ich nicht — wie ich möchte — zu Dositos, dem Goldschmied, gehen. Denn er ist nicht nur Heide, er zeichnet auch Menschen und graviert ihre Köpfe in Edelsteine. Ihr wisst, dass den Juden solches streng verboten ist. Nun habe ich Dositos einmal im Vorhof des Tempels gesehen, als er Jesus, etwas erhöht an einer Säule stehend und lehrend, gezeichnet hatte. Soeben im Vorübergehen sah ich Dositos vor seiner Tür arbeiten. Auf einem niedrigen Tischchen nebenbei sind Schmuckstücke feilgeboten. Darunter eine Gemme, aus der ohne Zweifel der Kopf Jesu herausgearbeitet ist. Bitte geht zu dem Goldschmied, erkundigt euch nach dem Stück. Verhält es sich so, wie ich annehme, dann kauft es. Hier ist meine Barschaft, die ich bei mir habe. Sollte es nicht genügen, so gebt das Geld als Anzahlung und lasst die Gemme zurücklegen. Ich komme so bald wie möglich wieder zu Lazarus."

Gerne versprachen wir, dem Wunsch nachzukommen. Mit Friedensgruß und Verneigung verabschiedeten wir uns und gingen zu dem von Nikodemus bezeichneten Haus. Wir blieben davor stehen. Da lag das Schmuckstück. Es war tatsächlich der Kopf Jesu, der nachgebildet war.

Der Goldschmied blickte von seiner Arbeit auf. „Wünschen die jungen Herren etwas zu kaufen? Vielleicht einen Ring oder einen Armreif für die Braut, die rosenwangige, schön wie Aphrodite! Oder Goldreifen für die schmalen Fußgelenke? Bei jedem Schritt ein zartes Getön!"

Bewundernd schauten wir seine Arbeiten an und fragten dann nach der Gemme, wen das Bildnis darstelle.

Prüfend blickte uns Dositos an. „Nun, ihr habt offene, ehrliche Gesichter. Euch kann ich es sagen. Das ist der Kopf des Predigers und Wunderheilandes aus Galiläa. Es ist schon eine geraume Zeit her, dass ich ihn unbeobachtet zeichnen konnte. Ein hoher Römer hatte mir den Auftrag erteilt. Ich sollte diesen Kopf in einen Smaragd ritzen. Die Arbeit gelang gut und der Römer bezahlte mich nobel. Er wollte das Stück dem Kaiser Tiberius mitnehmen. Diese Gemme, oder vielmehr Kamee, habe ich später erhaben aus einer Muschel herausgearbeitet. Das Edle dieses Antlitzes kommt hier vielleicht noch mehr zur Geltung, wenn auch das Material bescheidener ist. — Vor dem Passahfest, sagte man mir, hat man diesen Wohltäter der Armen gekreuzigt. Was ist nicht alles möglich in diesem Lande! Wenn ich nicht Grieche wäre und die Templer nicht an meinem Haus in einem Bogen vorübergehen würden, dürfte ich es wohl nicht wagen, dieses Stück auszulegen. Habt ihr Interesse daran?"

„Ja, wir würden es gerne kaufen."

Der Goldschmied nannte den Preis. Wir zählten das Geld des Nikodemus. Es reichte. Erfreut nahmen wir, in ein weiches Papyrusblatt gehüllt, die so kostbare Kamee mit uns.

Still bei mir musste ich denken: Nikodemus will das Abbild Jesu auf dem Herzen tragen. Stephanus trug es im Herzen.

Nun eilten wir uns, über die Kidronbrücke und auf den Weg nach Bethanien zu kommen. Ich hoffte sehr, dass wir des Herrn sichtbare Gegenwart nicht versäumt hatten. Denn wie lange würde er wohl noch unter uns weilen? So klang auch bei mir das ‚Wie lange?'

auf. Beschämt musste ich erkennen, dass in mir das Bewusstsein seiner Allgegenwart, sein Enthobensein über Raum und Zeit noch nicht beständig war.

Die Jünger und Lazarus saßen mit Maria und den Schwestern des Lazarus zusammen. Auch Maria Magdalena war dabei. Wir wurden leise und freundlich willkommen geheißen. Sie schienen alle in Erwartung und scheuten sich, ein unnützes, alltägliches Wort zu sprechen. Sie wollten sich vorbereiten auf Sein Kommen, würdig sein, ihn zu empfangen. In diesen Wochen lebten sie alle herausgehoben aus dem Gewohnten. Ihre Augen brannten, als hätten sie zu wenig Schlaf. Und ihre Herzen glühten in einem Feuer, das sie verzehrte und ihnen doch das eigentliche Leben gab.

„Friede sei mit euch!" So klang wieder seine Stimme, die ich nie vergessen werde. Jesus setzte sich zu uns und sagte, dass wir ihn nun fragen dürften um Dinge, die uns noch wichtig erschienen.

Thomas wollte wissen, ob alle Völker der Erde im Laufe der Zeit von ihm und seiner Lehre erfahren und ob sie die Lehre annehmen und danach handeln würden.

„Ja", antwortete der Herr, „hören werden wohl im Laufe der Jahrhunderte alle Völker von mir und meiner Lehre. Die Herrscher dieser Welt werden sie zunächst bekämpfen, dann aber als ihnen dienlich erkennen und sie zur Staatsreligion erklären. Doch in Wahrheit und in der Tat werden nur sehr wenige mir nachfolgen."

„Ist somit dein Leben und Leiden vergeblich gewesen?" fragte wiederum Thomas.

„O nein", mit schmerzlichem Lächeln schüttelte Jesus das Haupt. „Wenn ein Vater viele Kinder hat und ihr Leben wäre in Gefahr und er könnte durch sein Opfer einige erretten, würde er nicht sein Leben hingeben, um wenigstens einige von ihnen zu bewahren?

Luzifer wird immer wieder seine Diener aussenden, und die Menschen werden immer wieder nach Macht und Mammon streben. Aber sie werden fortan wissen, dass sie sich in jedem Augenblick ihres Lebens von dem Bösen abwenden, bereuen und in die Arme des verzeihenden Vaters zurückkehren können. Fortan ist nicht mehr Gerechtigkeit aufgerichtet —,Auge um Auge, Zahn um Zahn' — sondern die Gnade. Und nicht diejenigen, die die größte Weisheit besitzen, werden mir am nächsten sein, sondern diejenigen, welche die größte Liebe haben. Und das können vor der Welt auch die Allergeringsten sein.

Die Menschen werden in tausend und fast abermals tausend Jahren immer mehr die Gesetze der Materie erkennen und diese in Anwendung bringen. In jener, für euch fernen Zukunft werden die Menschen sich die Kräfte des Wassers und des Dampfes untertan machen, ebenso völlig unsichtbare, in ihrer Wirkung nutz- oder schadenbringende Kräfte, ähnlich dem zuckenden Feuerstrahl aus den Wolken. Jene Zukünftigen werden in Gedankenschnelle mit Menschen in fernen Ländern sprechen können. Und mit Windeseile werden sie durch die Lüfte reisen. Aber dieses alles wird sie nicht ihrer seelischen Vollendung näher bringen, im Gegenteil, die meisten wird es davon abziehen. (19)

Die Machthaber dieser Welt werden von den erworbenen Kenntnissen und Fähigkeiten einen bösen Gebrauch machen und dadurch manche Gerichte aus den Tiefen der Materie heraufbeschwören. Viele werden meinen, es gäbe keinen Gott, weil er solches alles zulässt. Aber der freie Wille der Menschen darf weder von Engeln und Geistern noch von mir angetastet werden. Sonst würde ich mir nicht Kinder sondern

Knechte heranziehen. Das heißt nicht, dass ich das Gericht haben will und alles mit Gewissheit feststeht. Alles hängt vom Willen und Handeln der Menschen ab.

Wie die Erde durch Feuerausbrüche und Gesteinsverschiebungen allmählich zu ihrer heutigen Gestalt gekommen ist, so geht es auch mit der seelischen Entwicklung der Menschen vor sich. Noch lange Zeiten hindurch herrschen Feuerausbrüche, wilde Leidenschaften kommen an die Oberfläche und wirken sich verheerend aus. Allmählich jedoch werden sich die Weltleidenschaften in ein ruhiges, fruchtbares Erdreich umgestalten, so dass ich eine neue Pflanzstätte anlegen kann, aus der wahre Kinder Gottes hervorgehen werden. Dann wird auch der Baum der Erkenntnis von mir gesegnet werden können. (20)

Dieses war ein Blick in die äußere Zukunft der Erde und ihrer Menschen. Schauen wir nun auf die innere geistige Entfaltung.

Ihr erinnert euch an das letzte Abendmahl, das ich im irdischen Leibe mit euch einnahm. Ich wusch euch zuvor die Füße. Den meisten war der Sinn dieser Handlung nicht recht begreifbar. Nur Johannes verstand ihn. Sehet, die Füße sind das Unterste am menschlichen Körper. Sie gehen durch den Staub der Erdenstraßen. Es gab für den Menschensohn nur Demut und Liebe. Er legte den Sternenmantel der Gottheit ab, neigte sich zu Boden wie ein Allergeringster, um seinen Kindern den Staub der Erde von den Füßen zu waschen. Das heißt, die dunkelsten, tiefsten Schichten der Seelen hell und rein zu machen. Dies war das Symbolum. Ich hob, indem ich sie trocknete, die Füße an mein Herz. Ihr vermögt nicht zu fassen, was dieses in seiner ganzen Tiefe bedeutet, nur ein kleines zu erahnen. Sogar des zutiefst Gefallenen will ich mich erbarmen und ihn an mein Herz nehmen, wenn er es will.

Und Gnade wird dem Liebeherzen entströmen wie leuchtendes, lebendiges Wasser. Dieses Weihewasser wird euch ganz durchfluten und rein machen. So habt ihr teil an meinem Wesen. Wer sich aber weigert, der hat nicht teil an dem Mysterium.

Und wenn eure Füße Wege des Leides gehen, Dornen und Disteln sie blutig reißen werden, dann kommet her zu mir, ich werde sie waschen mit meiner Erbarmung. Jeder Erdenschmerz währt nur ein kleines, sobald ihr ihn von der Ewigkeit aus betrachtet. Wenn die Trauben nicht gekeltert würden, wie sollten sie zu Wein werden? Wenn die Seelen nicht Schmerzen zu leiden hätten, wie sollten sie geläutert werden?

Ein jeder ist mit Leib und Seele an das Kreuz von Raum und Zeit geheftet, ist seinem Schicksal unterworfen. Nur der gottverbundene Mensch gelangt zur Freiheit, indem er zurückkehrt zu seinem eigenen Urbild, wie er gedacht war vor aller Zeit. Dann vermag er im Urlicht zu leben und zu wirken. Damit wird er hinausgehoben über alle Sternenmächte und die Gottes-Sonne schauen, den Sohn, den Christus in sich. So sollen Menschen und Welt verklärt werden durch den Geist.

Mit Worten kann niemand von höchsten Mysterien künden. Sie sind jenseits alles menschlichen Begreifens. Die Wahrheit Gottes offenbart sich nicht dem Verstand, sondern dem Glauben. Wer sich Gott angelobt, wird in ihm lieben und leben im innersten Wesen, wird erfüllt sein von seiner heiligen Helle.

Die Tiefen der Weisheit Gottes sind unausschöpfbar. Auch wenn ihr in Äonen von Zeitabläufen immer vollendeter werdet, das Urwesenmaß Gottes vermögt ihr nie zu erreichen. Aber durch die Liebe zum Vater, der euch als Menschenbruder Jesus sichtbar, verständlich und so nahbar wurde, dass ihr an seinem

Herzen ruhen könnt, durch diese Liebe werdet ihr ihm in ewiger Seligkeit nahe sein.

Jetzt ist die Stunde gekommen, da der Sohn zurückkehrt zum Vater. Mit den Augen und Ohren eures irdischen Leibes werdet ihr mich nicht mehr sehen und hören, wohl aber mit den geistigen. Denn ich bin bei euch alle Tage bis an der Welt Ende. Auch mein durchlichteter Erdenleib wird eingehen in die Urseinsmitte. Von dorther wird in Zukunft durch mein Erdenleben veränderte Strahlung auf euch herniederkommen, die ihr aufzunehmen imstande sein werdet. Nur noch ein kleines, und sie wird euch Kraft geben, den Dunkelmächten zu widerstehen und mein Evangelium zu verkünden.

So wollen wir jetzt hinausgehen, denn mein Hiersein hat sich mit meiner Zulassung herumgesprochen. Viel Volk ist auf dem Wege, das diese Stunde miterleben soll."

Darauf legte der Herr einem jeden von uns seine Hände auf Haupt und Brust und sprach: „So bleibet ihr in mir, wie ich in euch bleibe!" (Joh. 15,4) Und sein heiliger Hauch berührte uns.

Als wir vor das Tor traten, sahen wir den Weg von Jerusalem voller Menschen. Wir zogen zum Ölberg. Es war ein sonniger Tag, und alles grünte und blühte ringsum. Die Menschenmenge kam näher. Viele erkannten nun Jesus, und jauchzende Rufe wurden laut: „Er ist wahrhaft auferstanden! — Jesus Christus, Sohn Gottes, erbarme dich unser!"

Dieses alles sahen und hörten wir aber nur wie durch einen transparenten Vorhang. Denn unsere Blicke waren auf den Herrn gerichtet, um nicht seine Gestalt und keine seiner Bewegungen aus den Augen zu verlieren. Ein letztes Mal schritten seine Füße diese Höhe hinan.

Und es war, als wenn er mit jedem Schritt die Erde und all ihre Kreatur segnete. Die Aura, die ihn umgab, wurde heller und heller, so dass wir schon fast die Hände vor die Augen decken mussten.

Auf der Höhe angekommen, wandte er sich uns zu, breitete die Arme, und seine Augen strahlten noch ein letztes Mal unsagbare Güte aus. Wir hörten seine Abschiedsworte: „Empfanget meinen Segen und bleibet in meinem Frieden immerdar! Amen."

Danach wurde sein Antlitz und seine Gestalt ganz in die gleißende Helle seiner Aura aufgenommen, so dass wir ihn nicht mehr zu sehen vermochten.

Wir verharrten noch eine lange Weile brennenden Herzens auf dem Platz. Einige knieten nieder und berührten mit den Stirnen oder Lippen die Stelle, da er gestanden. Andere strichen mit den Fingerspitzen scheu darüber, als könnten sie auf diese Weise des himmlischen Glanzes teilhaftig werden. Niemand wagte zu sprechen.

Neben mir stand Stephanus. Da glitt eine zarte Gestalt zwischen uns und eine kleine Hand in die meine und wahrscheinlich auch in die des Stephanus. Ich spürte, es war Euridike. So war sie auch im Strom der Menschen mit den Eltern hierhergekommen und hatte diese Stunde miterlebt. Ich war dessen sehr froh und drückte sanft die kleine Hand.

Jetzt konnte ich Maria sehen. Ihr Antlitz leuchtete noch im Glanz des Heiligen. Ob es je diesen Glanz verlieren würde? Wie anders würde sie von diesem Hügel hinabschreiten als vordem von Golgatha! Im Geiste sah ich sie dort taumelnd hinabkommen, gebeugt und schmerzverzerrt, von Johannes und Jakobus gestützt. Nun schritten ihre Füße nicht mehr in Leid, sondern schienen zu schweben. Sie hatte ihn unter ihrem leiblichen Herzen getragen, fortan würde sie in seines Herzens Mitte leben und von da Kraft empfangen.

Langsam, wie im Traum gingen wir den Hügel hinab, wussten nicht, wie unser Leben weitergehen sollte ohne ihn. Er hatte uns auch im äußeren Leben die Wege gewiesen: Gehet hier hin und gehet dort hin! Wer würde es jetzt tun? Vielleicht Petrus als der älteste? Er schritt gerade vor uns.

Da trat Nikodemus zu ihm heran und sagte mit gedämpfter Stimme: „Es wäre gut, wenn ihr mit dem Menschenstrom hinein nach Jerusalem kämet. Denn es sind auch einige vom Tempel hier als Beobachter. Wenn ihr den Weg nach Bethanien einschlagt, wissen sie, wo ihr euch aufhaltet. Ihr könnt für einige Tage zu mir oder in eines der Häuser des Joseph von Arimathia kommen. Da würden sie euch nicht vermuten."

Dankend neigte Petrus das Haupt. „Ich werde es den Brüdern sagen. Wir gingen gern in das Haus, in dem wir das letzte Abendmahl mit dem Herrn hielten." Petrus blickte sich um und wartete auf die folgenden Jünger.

Ich zögerte wegen der Heiligkeit dieser Stunde, überwand dann aber doch meine Scheu. Wir mussten ja in dieses Leben zurückkehren. Und so trat ich zu Nikodemus heran, zog die bei dem Goldschmied erworbene Kamee aus dem Gürtel und reichte sie schweigend dem Ratsherrn, der nun auch diese Stunde miterlebt hatte. Leise und mit brüchiger Stimme dankte Nikodemus.

Alle waren sich einig, dass wir mit Stephanus und seinen Eltern gingen.

In Jerusalem

Das Geschehen auf dem Ölberg, das manche Jünger ‚Seine Himmelfahrt' nannten und ich als ‚letztes Sichtbarsein' bezeichnete, dieses Geschehen vollzog sich vor den Augen einer Volksmenge, war bewusstes Erleben am hellen Tage und nicht wegzuleugnen. Wie würden sich die Templer nun dazu stellen? Würden sie ihren Sinn wandeln oder uns verfolgen?

Als Jesus in der Strahlenaura seine Arme breitete, waren wir alle erhobenen Herzens und dachten nicht an die kommenden Tage. Zu welchem Tun würden sie uns führen? Würde uns auf irgendeine geheimnisvolle Weise die Kraft gegeben werden, hinauszutreten auf den Xystus oder in die Tempelhallen, von Ihm und Seiner Herrlichkeit zu künden?

Zu Petrus und Johannes soll der Herr gesagt haben: ‚Verwahret euch noch zehn Tage! Dann werde ich euch durch meinen Heiligen Geist Trost, Kraft und Hilfe senden, auf dass ihr durch ihn mächtig werdet.'

So saßen wir nun schon mehrere Tage im Hause des Joseph von Arimathia, das Stephanus' Eltern verwalteten. Wir nahmen Speise und Trank zu uns in dem Raum und an dem Tisch, da er mit uns gesessen nach der Auferstehung und mit den Jüngern vor seinem Leiden.

Eigentlich war sein ganzes Erdenleben ein Leiden: Die Grausamkeit des Herodes, die Flucht nach Ägypten, die versteinerten Herzen der Templer, die den Geist hinter Gesetzen eingekerkert hatten, die den Menschen Steine statt Brot gaben. Oft sollen in seinen Augen Tränen gestanden haben. Gott kam in die Welt und weinte. Und die Welt war ohne Empfinden und spottete seiner. Sie war tot und wollte tot bleiben. Das Licht schien in die Finsternis, aber die Finsternis hat es nicht gesehen. Es war wie am Anfang der Schöpfung, als der Geist Gottes über den Wassern schwebte und das Wort aufklang: Es werde Licht!

Der Herr hatte uns gesagt, welch lange Zeiten nach Menschenmaß die Schöpfungstage Moses darstellten. Wird auch das Wachsen seiner Gemeinde, das Wachsen des göttlichen Geistes auf Erden ähnlich lange Zeiten zur Entstehung und Reifung nötig haben? Wenn ich mir die Menschen in Jerusalem ins Gedächtnis rufe, Gesichter, die mir in den Gassen entgegenkamen, so muss ich traurigen Herzens gestehen, es waren sehr wenige, aus denen Geist leuchtete und die sich noch in seiner Ebenbildhaftigkeit befanden.

Die Jünger sind arme, kleine Leute, nicht gewohnt, mit den Mächtigen oder Gebildeten dieser Welt umzugehen, so umzugehen, dass diese sie nicht nur anhören, sondern auch ihre Lebensweise ändern würden. Welch ein Wunder wird da geschehen müssen?

Wir haben hier in dieser Zeit schon viele Wunder erlebt. Es sind Geschehnisse einer höheren Wirklichkeit, uns noch nicht begreifbar. Christus ist in einen anderen Daseinszustand übergetreten, auch in den Zustand der Allgegenwart. Derselbe, der niederstieg, ist von Erdenweh durchlitten, wieder durch und über alle Himmel aufgestiegen. Nach dem, was mir Stephanus anvertraute, mochte ich glauben, dass die göttlichen Gnadenströme den ganzen Kosmos durchwalten.

An einem der nächsten Tage fragte Thomas, ob Jakobus einige der Jünger nach Bethlehem zur Geburtsgrotte führen würde, sie waren noch niemals dort gewesen. Jakobus meinte ernsten Angesichtes, der Herr hatte doch immer wieder gesagt, dass die Menschen nicht an besondere Gegenstande und Stätten der Erinnerung ihr Herz hängen sollen. Als noch Philippus dazukam und ihn auch mit Bitten bedrängte, gab Jakobus nach. Noch vor Sonnenaufgang wollte er uns, ich hatte ihn auch gebeten, am Davidsturm hinausführen.

In der Morgendämmerung wirkte die Stadt wie ausgestorben. Die Kühle tat den Augen und dem Atem gut und erfrischte wie ein Bad. Vom Palast des Herodes wehte zarter Rosenduft. Die Reichen haben aus Persien Rosenstöcke eingeführt und in ihren Atriumgärten angepflanzt. Sie sind kostbar. Die Armen können sich nicht daran erfreuen.

Mit unserer Wandererlaubnis kamen wir unbeanstandet durch das Tor am Davidsturm und auf die Straße nach Bethlehem. Es ist ein steiniger Weg, der durch Felsenlandschaft bergan führt. Zu unserer Linken das Tal der Verdammnis, öde und trostlos. Es war, als läge vielstimmiges Wehklagen in der Luft. In dieser Gegend soll sich Judas, der Jünger, der den Herrn verriet, an einem verdorrten Feigenbaum erhängt haben. Das Schandgeld, es sollen dreißig Silberlinge gewesen sein, erzählt man, hatte er den Priestern vor die Füße geworfen. Er hatte zu den Sicariern gehört, den heimlichen Dolchträgern, die auf eine Befreiung Israels aus der Hand der Römer hofften, und er hatte in Jesus den Messias gesehen, der sein Volk zu weltlicher Macht und Herrschaft führen würde. Bis zur letzten Stunde hatte Judas immer noch auf ein Wunder gehofft und dann verzweifelt sich selbst gerichtet.

Ich fragte mich, ob er nicht das Werkzeug einer höheren Macht gewesen war, schon lange dafür auserkoren? Immer wieder heißt es: ‚Auf dass die Schrift erfüllet werde!‘ Kein Blatt fällt vom Baum, und kein Stein rollt zu Tal ohne Gottes Zulassung Und wenn Judas zum Werkzeug ausersehen war, bleibt er nicht auch im Bittersten und Schmerzlichsten ein Kind Gottes? Ob der Herr, zwischen Tod und Auferstehung in die Scheol und gewiss auch noch tiefer zur Gehenna hinabsteigend, Judas die Hand ausgestreckt und seine Seele, wenn sie bereit dazu war, hinaufgeführt hat? Es gibt keine ewige Verdammnis, hatte Er uns gesagt. Solche Fragen und Gedanken stiegen in mir auf, als wir an dieser düsteren, toten Landschaft vorüberzogen.

Es ist eigenartig, dass man gerade hier inmitten von Wüste und Felsen die hochgelobte Stadt und den Tempel erbaut hat. Fast wie ein Symbolum unfruchtbares Land. Wie lieblich und fruchtreich ist dagegen Galiläa! Hier in Jerusalem zu den Zeiten der großen Feste brodelt es von Menschen und Tieren. Dazu die Hitze und viel zu wenig Wasser. Es wird in Schläuchen und Krügen feilgeboten. Oft brechen Seuchen aus. Die Heilkundigen und Ärzte können bei solcher Fülle ihrer nicht Herr werden. So müssen viele Pilger ihren Glaubenseifer mit dem Tode bezahlen. Im Tal der Verdammnis werden sie bestattet.

Unser Weg führte weiter bergan, denn Bethlehem, die Stadt Davids, ist eine Bergstadt. Disteln standen am Wege. Ihre Blüten waren von einem Blau, das mich an Marias Mantel erinnerte. Diesen Weg war sie also vor dreiunddreißig Jahren mit Joseph und seinen Söhnen gezogen. Es war kein leichter Weg für eine Frau, die noch in der gleichen Nacht gebären sollte. Jakobus sagte, sie ritt auf einem Esel, der einen weichen Gang hatte. Trotzdem, sie hatten von Nazareth mehrere Tagesreisen hinter sich. Maria hatte zuweilen geweint, dann wieder gelächelt, und ihre Lippen hatten sich bewegt, als spräche sie leise mit einem Unsichtbaren. Gewiss hatte sie von diesem oder auch von dem, der in ihr war, Kraft empfangen. Es war nicht warmes Sommerwetter, wie wir es jetzt hatten. Der Wind ging damals eisig und fegte zeitweise Schnee vor sich her. Ob sie diese Kälte gespürt hatte oder durchstrahlt war von seiner Heilkraft und Wärme, so dass sie alles Äußere nur wie ein nebelhaftes Geschehen empfand? Zum mindesten musste sie doch die innere Gewissheit gehabt haben, dass der Engel, der vom Glanz des Ewigen umgeben gewesen und ihr so seltsame Kunde überbracht hatte, sie nicht ohne Schutz und Hilfe lassen werde. Dann war es so gekommen, dass sie plötzlich nicht weiter konnte. Die Wehen bedrängten sie so stark, dass Joseph sie zur nächstmöglichen Unterkunft führte. Und das war die Felsengrotte. Maria wurde auf Stroh gebettet. Joseph ging hinauf in die Stadt, eine Wehmutter zu holen. Die Söhne versorgten den Esel, gingen zum Bach Wasser schöpfen und machten Feuer. Als Joseph mit der Frau zurückkehrte, war die Geburt schon ohne Hilfe geschehen und alles in Ordnung.

Ich schätze, fast zwei Stunden nach römischem Maß waren wir rüstig ausgeschritten, als wir die Mauern und Häuser von Bethlehem vor uns sahen Wir brauchten zunächst nicht in die Stadt hineinzugehen, denn die Grotte lag außerhalb. Der Eingang ist niedrig, die meisten von uns mussten sich bücken Sie scheint noch immer als Unterkunft für Weidetiere zu dienen. Der Geruch von Schafen und feuchtem Stroh wehte uns entgegen. Wir mussten uns zuerst an die Dunkelheit gewöhnen. Der Raum ist eng und war doch groß genug gewesen, dem Herrn der Unendlichkeit als Geburtsstätte zu dienen. An der Wand stand eine Krippe. Ob es noch die gleiche war, in die Maria ihr Kindlein gebettet hatte? In diesem Felsenstall hatten nicht nur einfältige Hirten, sondern auch die Weisen aus dem Osten, die wir am Kinneroth sahen, vor dem Kind gekniet und gebetet, und Engel Frieden verkündet. Die Welt war nach seiner Geburt keine andere geworden. Würde sie es nach seiner Auferstehung und Himmelfahrt werden?

Wir gingen hinauf in die Stadt. Klein und bescheiden die Häuser, viele direkt an die Felsen gebaut. Einige Kinder spielten auf der Straße. Ob sie aus dem Stamme Davids waren? Frauen gingen mit Krügen zum Brunnen. Wir folgten ihnen. Unser Wasservorrat war zu Ende, und wir waren durstig. Es war einer jener Brunnen, zu denen man auf steinernen Stufen hinabsteigen und auch kleine Gefäße füllen kann. Als die Frauen mit ihren Krügen auf der Schulter heraufkamen, gingen wir nacheinander hinunter, tranken und füllten unsere Lederflaschen für den Rückweg.

Uns entgegen kam nun eine Alte, gebückt und taumelnd vor sich her redend. Haarsträhnen hingen ihr wirr an den Wangen herunter. Sie machte den Eindruck, als seien ihr Seele und Sinne gestört. Was mochte sie erlebt haben?

Wir hörten ihre Worte: „Ein Stern ging auf mit breitem Schweif über der Stadt Davids. Viel Weh! Viel Weh! ‚Friede sei mit euch!' wollen sie gehört haben vom Himmel, diese Tölpel. Der Friede kam mit blanken Schwertern. Mein Mathael, mein kleiner Mathael! Und Joel, der von der Ruth, und Joseph, der von der Martha, und Micha, der von der Rahel! Viel Weh! Viel Weh!"

Eine jüngere Frau kam ihr nach. „Mutter", sagte sie, „du sollst doch nicht zum Brunnen gehen. Was werden die Fremden denken? — Die Mutter hat viel Leid getragen", entschuldigend wandte sich die junge Frau an uns, „damals, als die Herodianer hier die kleinen Knaben mordeten. Seitdem ist ihr Sinn gestört und kann sie nur davon sprechen. Das Kind, das Herodes suchen ließ, war mit seinen Eltern schon über alle Berge. Aber die Soldaten glaubten es nicht, als man es ihnen sagte, und mordeten unsere Kinder. Es gibt viel Leid in der Welt. Ein Kind kann in einen Brunnen fallen, von einem Felsen stürzen, es kann an einer Krankheit sterben, aber ein kleines Kind ermordet sehen, das ist schwer und lässt nie mehr froh werden."

Jakobus trat zu der alten Frau, legte ihr die Hände auf und betete. Die Frau zitterte und bekam einen Blick, als sähe sie jemand vor sich und streckte die Hände aus. „Du bist mein Mathael, so groß und stattlich und im reichen Gewand. Und du bist im Licht und in der Freude sagst du. So will auch ich wieder froh sein und Wein trinken." Ihre Gestalt streckte sich. „Der Herr hat's gegeben. Der Herr hat's genommen. Sein Name sei gelobt!" (Hiob 1,21)

Mit Staunen hatte die Tochter den Vorgang beobachtet. „Der Segen des Allerhöchsten sei mit euch, und er schenke euch eine glückliche Heimkehr!" wünschte sie uns und ging mit der Mutter ins Haus zurück.

Diese Begegnung hatte uns sehr erschüttert und gab uns viele Fragen auf. Warum hatte er den Kindermord nicht verhindert? Es wäre ihm doch ein Leichtes gewesen. Hatte dieses Geschehen in Gottes Ewigkeitslicht ein anderes Gesicht? Ob wir es je erfahren würden?

Wir konnten am Brunnen unser Mittagsmahl halten. Brot und Oliven hatten wir im Beutel. Es zogen aber dunkle Wolken herauf, und als die ersten Blitze zuckten, gingen wir rasch abwärts zur Grotte und warteten da den Regen ab.

An die Felswand gelehnt, saßen wir am Boden, ein jeder in seine Gedanken versunken. Ich sah in meiner Vorstellung Maria, in ihren blauen Mantel gehüllt, auf dem Stroh liegen. Das Kindlein ruhte, in ihren Arm geschmiegt. Es war schöner, als je ein Kind gewesen. Am Himmel gleißten die Sterne wie Goldstaub der Ewigkeit, am Boden die Eiskristalle, gebildet in steter Ordnung und doch ein jeder anders in seiner Schönheit.

Unendliche Vielfalt und doch Einheit, aus der Hand des Schöpfers hervorgegangen. Die Engel sangen von seiner Herrlichkeit. Maria schaute auf ihr Kindlein. ‚Man wird ihn den Sohn des Allerhöchsten heißen,‘ (Lk. 1,32) hatte der Engel zu ihr gesprochen, der in so großem Goldglanz gestanden. Der Hauch des Ewigen hatte sie berührt. Sie zitterte jetzt noch in der Erkenntnis, dass sie auserwählt war vor so vielen anderen. Was würden die Menschen sagen? Aber von dem Kindlein ging ein solcher Friede aus, dass sie sich geborgen fühlte, obgleich dieses kleine Wesen doch ihrer Hilfe bedurfte. Der Raum war eng, dumpf und dunkel und unwürdig als Herberge für Menschen. Und doch hatte der Allerhöchste ihn ausersehen als Geburtsstätte seines Sohnes. Leise sang sie ein Wiegenlied:

Unzählbare Körnlein Sand an den Meeren,
und doch kennt der Allerhöchste ein jedes.
Unzählbare Körnlein Weizen auf Fluren,
und doch segnet der Allerhöchste ein jedes.
Unzählbare Blümlein in Tälern, auf Höhen,
und doch freut den Allerhöchsten ein jedes.
Unzählbare Lämmlein auf Weiden,
und doch hütet der Allerhöchste ein jedes.
Unzählbare Kindlein in Armen der Mütter,
und doch liebet der Allerhöchste ein jedes.

Seltsam, dass mir nach dem vorher am Brunnen Erlebten solche Worte in den Sinn kamen. Aber es heißt in der Schrift: ‚Meine Gedanken sind nicht eure Gedanken, und Meine Wege sind nicht eure Wege.‘ (Jes. 55,8)

Als das Unwetter vorüber war, traten wir den Rückweg an und trafen mit sinkender Sonne in Jerusalem ein.

Um ihre Gemeinschaft auf die heilige Zahl 12 zu ergänzen, die auch im Kosmos waltet, wählten die Jünger einen Nachfolger für Judas. Zur Vermeidung jeder Bevorzugung ließen sie das Los entscheiden. Es fiel auf Matthias, der auch dem Herrn gefolgt war.

Manche Stunde der nächsten Tage verbrachte ich im Garten bei meiner Harfe. Oft gesellte sich Euridike zu mir. In ihrer hellen Seele leben viele Lieder, die sie so lieblich zu singen versteht. Eines davon will ich euch aufschreiben:

> Schaue die Rose im Blühen,
> Gottes Licht leuchtet aus ihr.
> Schaue die Ähre am Halme,
> Gottes Licht geistet in ihr.
> Schaue den Flügel der Fliege,
> Gottes Licht funkelt in ihm.
> Schaue den Schnee auf dem Hermon,
> Gottes Licht glänzet durch ihn.
> Schaue die Augen der Menschen,
> Gottes Licht strahlet dich an,
> Breite die Arme und danke,
> dass allenthalben Er wirkt.

Ich fühlte mich hineingezogen in den Kreis ihrer Wesensstrahlung wie in duftende Blütennähe. Ihr zartes, schönes Gesicht leuchtete wie Blumenseide. Von dem heiligen Geschehen auf dem Ölberg, das Euridike ja an meiner Seite miterlebt hatte, wagten wir nicht zu sprechen. Aber es schwang mit in unseren Worten und auch in unserem Schweigen.

Wäre diese Zeit hier nicht eine so außergewöhnliche, so würde ich Vorbereitungen treffen, wieder eine Stelle als Harfner und Schreiber bei einem wohlwollenden Herrn zu erlangen. Wenn mein Leben in dieser

Welt dann gesichert wäre, möchte ich vor Euridikes Eltern treten und sie um ihre Tochter und ihren Segen bitten. Stephanus sah uns gern beieinander und hoffte wohl, dass es so kommen würde. Aber wird ein Leben in Jerusalem für uns ein sicheres sein? Vorläufig wollte ich noch warten.

Zehn Tage, hatte Petrus gesagt, sollten wir in Zurückgezogenheit leben, dann ... Wir warteten also auf ein Wunder, das uns lösen sollte von Erdgebundenheit, von Angst und aller Schwachheit. Immer wieder beteten wir mit Inbrunst, brachen das Brot und tranken den roten Wein gemeinsam in Erinnerung an das letzte Mahl in diesem Hause vor Seiner Gefangennahme. Er hatte von der Gnade der Sündenvergebung gesprochen. ‚Und wäre eure Seele von Sünde blutrot, so soll sie schneeweiß werden, wenn ihr euer Leben fortan mir weiht.' (Jes. 1,18) Die Worte über die Fußwaschung hatte ich noch selbst hören dürfen. Und immer, wenn sie in mir auftauchten, durchflutete mich unsagbar Heiliges.

So kam mit Beten und Stillesein der zehnte Tag heran. Wir saßen schweigend beisammen, die Herzen ganz dem Herrn zugewandt. Alles Irdische war wie ausgelöscht, unser Leben geborgen in Christus, in seinem Frieden.

Plötzlich vernahmen unsere Seelen und gleichzeitig auch unser Körper ein leises Vibrieren, das irgendwoher von außen zu kommen schien. Ob die Erde wieder bebte oder ein Sturm aufkam? Wir verspürten ein Wehen, das mehr und mehr anwuchs zu einem Brausen. Das Haus erzitterte. All unsere Sinne waren gespannt. Was wollte da werden?

Es war, als wenn der Raum des Hauses und der unserer Herzen sich dehnte über Berge und Gefilde, über Länder und Meere, alle Menschen und Wesen einbeziehe, hinausreiche in die Weiten des Kosmos, in alle sichtbaren und unsichtbaren Welten. Und wiederum war es, als senke sich die ganze Schöpfung, vom Geiste Christi durchflutet, auf unser Wesen herab. Dort in der Höchsten Höhe lebte des Menschen Urbild, durch Satan entweiht, durch Jesus Christus wieder geheiligt und uns verbunden. Die Finsternis ward zu Licht gewandelt, Gerechtigkeit zur Gnade, Leid in Freude verklärt. Und dieses Licht und diese Gnade strömten auf uns sichtbar herab.

Glaubet nicht, dass ich ein Schwärmer bin! Wir waren alle hellwach. Eine duftende Wärme umhüllte uns. Die Lichterscheinung wurde stärker und stärker, umgab uns wie eine Glanzwolke. Sollten wir in den Himmel entrückt werden? Alle hatten die Gesichter erhoben, waren aufgetan dem Heiligen, das auf uns herniederkam. Das Licht war von flammender, wehender, aber nicht eigentlich materieller Art, obgleich sichtbar uns allen. Im Kern dieses Geistfeuers ward ein Gebilde wie eine entfaltete Rose wahrnehmbar, in allen Farben erstrahlend, in der Mitte jedoch im reinsten Weiß. Aus dieser Lichtmitte sprühten nun Funken. Und auf dem Haupt eines jeden von uns blieb ein Funke, wie zu ihm gehörig, haften, nahm eine wohl seinem Wesen entsprechende Färbung an. Dieses Lichtgebilde schien dann einzudringen wie eine geheimnisvolle Kraft in unser innerstes Menschenwesen, welches es gleichsam dürstend in sich aufnahm.

Auf diese Weise also vollzog sich die Taufe mit Feuer und Geist, wie Johannes, der Täufer, prophezeit hatte. Sie ist schwer jemandem begreiflich zu machen. Man wird uns wahrscheinlich für Träumer oder Trunkene halten. Die Gesichter strahlten in fast überirdischer Schönheit, waren wieder hineingehoben in die

Gottebenbildlichkeit, angerührt von seinem Atemhauch, durchlichtet von seinem Glanz, schauend seine Wahrheit. Wir hatten die Gnade erfahren, von der Gottesstrahlung, seinem heiligen Geist, bis ins Leibliche verklärt zu werden. Es war an uns geschehen. Wir hatten uns betend auf ein Höheres, das der Herr verheißen, vorbereitet. Wie es geschehen würde, dass wussten wir nicht. Nun hatten wir es erfahren. Aus dem Alltäglichen, Irdischen herausgehoben, glaubten wir uns schon einer anderen schöneren Gotteswelt zugehörig. All unsere guten Anlagen fühlten wir in uns verstärkt, die Schwächen entschwunden. Wir meinten, helle Stufenwege aufwärts zu beschreiten. ‚Ihr sollt vollkommen sein, wie euer Vater im Himmel vollkommen ist!' (Mt. 5,48) loderte es in uns. Wir fühlten uns wie Himmlische, wie Göttersöhne, würdet ihr sagen. Wir glaubten, über uns hinausgewachsen in die unermessliche Geisteswelt hinein, spürten aber auch gleichzeitig die Kraft in uns, hier auf dieser Erde nach dem Geheiß des Herrn wirken zu können. Nichts schien uns unausführbar.

Petrus erhob sich, ebenso Johannes. Andreas und die anderen folgten ihrem Beispiel. Sie öffneten die schwer verriegelte Tür, denn die Zeit der Angst war nun überwunden. Sie gingen hinaus ins Freie, und ich folgte ihnen. Die Dächer und Zinnen des Tempels gleißten in der Sonne. Viele Stimmen und ein Gewoge von Menschen brandete uns entgegen. Man feierte Azereth, das Fest zur Erinnerung an die Gesetzgebung auf dem Sinai. Pilgerscharen zogen durch die Straßen. Die Unseren strebten zum Tempel, um einen erhöhten Platz zu erlangen, wo sie gesehen und gehört werden konnten.

Wortlos gingen sie dahin, die Häupter erhoben, umwallt von den Haaren im raschen Schreiten, Glanz in den Gesichtern. Scheu traten die Menschen zur Seite. Sie spürten, dass von diesen Schreitenden etwas Besonderes ausging. Manche aus der Menge, Neugierige und auch Feinfühlige, folgten uns. Wie in geheimer Verabredung verteilten sich die Jünger auf den Tempelstufen und in der Säulenhalle und begannen laut zu reden von Jesus Christus, dem Auferstandenen, und dem Gottesreich. Ich kam in die Nähe von Johannes und hörte, wie er griechisch sprach, als sei er ein Gelehrter dieses Volkes, denn um ihn hatten sich, an ihrer Kleidung erkennbar, griechische Juden gesammelt. Das Antlitz des Johannes strahlte, als wäre es umgeben von einer Glorie. Er sprach von dem Menschen- und zugleich Gottessohn, der gekreuzigt, auferstanden und nun in sein ewiges Reich zurückgekehrt war, dort in Sehnsucht wartend auf seine Menschenkinder, die jetzt ohne die Gesetzeserfüllung zu ihm gelangen können, wenn sie ihre Seelen rein machen bis in die Tiefe.

Etwas weiter hörte ich Philippus unter Syrern in ihrer Sprache vom Herrn reden. Ich weiß nicht, ob Philippus jemals in Syrien gewesen ist. Jakobus sprach zu den Pilgern aus Ägypten, und sie verstanden ihn. Matthias, der durch das Los Bestimmte, predigte vor Persern, die zum Fest gekommen waren. Auch Stephanus stand an einer Säule und sprach zu Phöniziern. Seine Augen leuchteten, sein ganzes Wesen strahlte. „In Jesus Christus hat sich der barmherzige, erlösende Gott offenbart. Nun gilt nicht mehr Vergeltung, sondern Gnade. Der Heilige Geist schafft den Menschen neu, wenn ihr euch dazu bereit macht. Gott sprach abermals: In die Finsternis strahle das Licht! Das Reich Gottes ist nicht nur in den Himmeln, sondern auch inwendig in uns. So hat der Auferstandene gelehrt."

Ich fragte mich, warum es nicht auch mich zu reden drängte. Sollte ich auf andere Weise wirken, vielleicht als aufmerksamer Beobachter, um euch dieses alles berichten zu können? Oder war ich für unwürdig befunden worden? Ich konnte nur hin und wieder Fragen der Umstehenden beantworten und erklären.

Alle sahen den Glanz in den Augen der Redner, ihre mitreißenden Gebärden, die schon allein eine deutliche Sprache führten. Einige der Zuhörer schüttelten die Köpfe: „Sie sind trunken." Andere bekannten leise: „Diese Worte gehen mitten durchs Herz!"

Sehr verwunderte es alle, dass diese Galiläer in so vielen Sprachen zu reden vermochten. Die trennenden Sprachgrenzen schienen gefallen. Alle Menschen verstanden sich. So mag es in der Urzeit gewesen sein, bevor der Hochmut der Menschen sich bis in die Wolken türmte, bevor es noch Herren und Knechte gab, nur Kinder des einen ewigen Vaters.

Sehnlichst wünschte ich, das ganze Volk, ja, alle Völker, möchten jetzt die Wahrheit und den Weg erkennen. Es möchten nicht mehr sein hier Juden, da Römer und Griechen, dort Ägypter und Syrer, nicht mehr Freie und Sklaven, sondern Empfangende des Geistes, der uns erfüllte und lebendig machte.

Jetzt hörte ich die Stimme des Petrus alle übertönen: „Tut Buße und lasse sich ein jeglicher taufen auf den Namen Jesu Christi! So werdet auch ihr die Gabe des Heiligen Geistes empfangen!"

„So taufet uns, ihr Heiligen Gottes!" riefen viele aus der Menge.

Petrus und Johannes gingen voran, wir folgten, und eine große Schar zog uns nach, hinaus aus Jerusalem über die Kidronbrücke, durch Bethanien. Alle trieb die Sehnsucht, aus der Dürre der geistigen Wüste herauszukommen, eine neue Beglückung zu empfangen, ein neues Leben zu beginnen. Das Bisherige, ihre Sünden, sollten hinweggenommen werden. Rein wollten sie werden, nicht durch den Bannspruch des Hohenpriesters, sondern durch die Gnade Jesu Christi, von der hier gesprochen wurde. Als Symbol ihrer Reinigung wollten sie sich taufen lassen. Die Volksmenge war unübersehbar. Alle gingen leichten Schrittes wie in einer Wolke der Beseligung. Jubelrufe klangen hier und da auf. Waren auch sie schon erfüllt von dem Geistfeuer, und würde die Welt nun eine andere, bessere und schönere werden?

Jasminbüsche und Akazien blühten am Wege und verströmten ihren Duft. Im Tal von Jericho grünten die Balsamsträucher, ragten die Dattelpalmen auf.

Als wir das Jordanufer erreichten, neigte sich der Tag. Vor den mit Weiden bewachsenen Böschungen hieß Petrus mit lauter Stimme sich zu lagern. Die Zwölf standen am Wasser beieinander im Gebet. Danach winkten sie denen, die zunächst waren und begannen mit der Taufe.

Es schien, als waren hier alle Pilgerscharen versammelt. Man hörte alle Sprachen der Völker des Mittelmeeres und des Zweistromlandes. Viele kannte ich nur dem Klange nach. Was könnten sie im Alltag ihres Lebens sein? Händler, Handwerker, Zöllner und — wie es schien — auch einige Schriftgelehrte, denen die Worte über Jesus Christus ,mitten durchs Herz' gegangen waren.

Die meisten der Getauften stiegen mit gesenktem Blick, wie nach innen hörend, langsam die Böschung hinan. Andere gingen schnell, leicht und froh, als wären sie einer Last ledig geworden.

Als die Sterne heraufkamen, verkündete Petrus, bei Sonnenaufgang würden sie weitertaufen, jetzt möchten sich alle zur Ruhe legen. Nach dem Gebet hüllte sich ein jeder in seine Simla und streckte sich ins Gras. Leise sangen die Wellen ihr Stromlied.

Unter dem Sternenhimmel überkam mich ein Gefühl tiefen Friedens. Unzählige lagen hier, von dem einen Wunsch beseelt, rein zu werden und ihr Leben auszurichten im Hinblick auf Jesus Christus — die Liebe zu ihm ihr Herz erfüllen zu lassen. Ob je ein so friedliches Heer von Menschen hier gelagert hatte? Es war, als schwebte Agape, gleich einer hellen Wolke, über uns, und als sangen die Sterne Melodien der Ewigkeit.

Beim ersten Morgenschein erhoben sich die Jünger, nahmen die Waschungen vor, die sie nach Möglichkeit überlieferungsgetreu einhielten, und winkten die ersten Erwachenden zur Taufe. In der Stille wehte der Frühwind leise Sündenbekenntnisse und Gelöbnisse zu neuem Leben herüber. Alle fühlten sich wie neu geboren. ‚Werdet wie die Kindlein!‘ (Mt. 18,3) klang es mir im Ohr.

An dieser Stelle soll auch Johannes, der Sohn des Priesters Zacharias, den sie den Täufer nannten, getauft haben. ‚Das Himmelreich ist nahe herbeigekommen‘, predigte er. Vom Herrn hatte er prophetisch gesagt: ‚Er wird euch mit dem Heiligen Geist und mit Feuer taufen.‘ (Mt. 3,11) Das war nun geschehen. Auch Jesus hatte sich von Johannes taufen lassen. Warum? Was für ein Geheimnis waltete da? Johannes soll vor dem Herrn niedergekniet sein und gesagt haben: ‚Hier kommt der, dem ich nicht wert bin, die Schuhriemen zu lösen‘. (Mt. 3,11) Er hatte sich auch zunächst gescheut, die Taufe an ihm zu vollziehen. Erst auf den wiederholten Wunsch tat er es.

Dieses erzählte mir Stephanus. Und mit leisen Worten, jetzt neben mir, sagte er, dass bei der Taufe Jesu nach Aussagen des Petrus und noch einiger, sich über dem Haupte des Herrn eine hellglänzende Lichterscheinung gebildet hatte, in deren Mitte ein Strahlenbündel in Kreuzform oder auch wie die Schwingen einer weißen Taube sichtbar wurde. Aus der Höhe hatte die Stimme eines Unsichtbaren gesprochen: 'Dies ist mein lieber Sohn, an dem ich Wohlgefallen habe!' (Mt. 3,17) Alle, die dies erlebten, erschauerten vor dem Geistgeheimnis, das sich für kurze Zeit vor ihren Augen und Ohren offenbart hatte.

Der Heilige Geist sollte uns in alle Wahrheit führen, so hatte der Herr uns verheißen. Würden wir auch einmal diese Zusammenhänge erkennen? Ich scheute mich, weiteres zu fragen.

Ich wunderte mich, warum Johannes der Täufer sich nicht dem Herrn angeschlossen hatte und sein Jünger wurde. Er soll ein herber, strenger Mensch gewesen sein, der mehr von Buße als von Gnade sprach und selbst in einem rauen Büßergewand einherging. Er wurde dann von den Söldnern des Herodes Antipas gefangen genommen und in den Kerker der Felsenburg von Makaur gebracht. Die Haft war anfangs nicht zu streng, seine Jünger durften mit ihm sprechen. Aber seine Predigten hatten der Herodias, dem Weibe, das mit Antipas lebte, sehr missfallen. Auf ihr Betreiben hin war das übereilte Urteil im Anschluss an ein Festgelage auf Makaur gefällt worden. Salome, die schöne Tochter der Herodias, soll bei diesem Fest durch einen verwirrenden Tanz orientalischer Art eine unrühmliche Rolle gespielt haben.

Mit höhersteigender Sonne trafen nun Händler aus Jericho ein. Die Wanderung der Volksmenge zum Jordan war also nicht unbemerkt geblieben. Brot und Melonen waren eine willkommene Speise und Erfrischung. Wohlberechnend wandten sich die Händler zuerst an die Gutgekleideten, gewiss, bei ihnen den geforderten Kaufpreis zu erhalten. Als ihre Körbe geleert, aber noch nicht alle versorgt waren, teilten die

Wohlhabenden mit den Armen. So trug die Lehre des Herrn schon hier ihre Früchte. Gegen Abend brachten Knechte des Lazarus aus Bethanien noch Speise und Trank, so dass alle zu essen hatten. Und sie taten es in feierlicher Weise, nicht ohne vorher dem Herrn zu danken.

Die getauften Pilger zogen wieder in ihre Heimat, nachdem sie den Segen der Jünger und die Mahnung erhalten hatten, im neuen Glauben zu beharren.

Die meisten von uns wohnten weiter im Hause des Joseph von Arimathia. Er hatte uns darum gebeten, denn er war wohlhabend und wollte das Seinige mit uns teilen. Einige waren bei Lazarus in Bethanien. Sie alle gingen jetzt frei und ohne Angst durch die Straßen Jerusalems, auch hinauf zum Tempel, um da zu lehren und vom Herrn zu künden.

An der ‚Goldenen Pforte‘ saß, wie fast täglich, ein gelähmter Bettler und streckte seine magere Hand Petrus und Johannes entgegen. Petrus sah ihn an und sprach: „Gold und Silber habe ich nicht. Was ich aber habe, das gebe ich dir. — Im Namen Jesu Christi, stehe auf und wandle!" (Apg. 3,6) Und er ergriff die ausgestreckte Hand und richtete den Gelähmten auf. Er vermochte zu stehen und sogar zu gehen. Viele Menschen waren Zeugen dieser Heilung. Die Leute von Jerusalem kannten den Mann, der jahraus, jahrein an der Goldenen Pforte gesessen war. Seine Verwandten brachten ihn hierher, dass er durch Almosen zu ihrem kargen Verdienst etwas beisteuere. So erregte es großes Aufsehen, das der von Geburt an Gelähmte nur durch das Wort geheilt war. Rasch sprach sich dieses Wundergeschehen herum, und viele wollten Petrus Ehre erweisen. Petrus verbot es ihnen aber und sagte: „Nicht durch meine Kraft ist dieser gesund geworden, sondern durch Jesus Christus, den ihr verleugnet habt vor

Pilatus und über den ihr geschrien habt: Kreuzige ihn! Diesen Heiligen habt ihr verraten und gebeten, dass man einen Mörder loslasse. Den Herrn des Lebens habt ihr getötet. Doch er ist auferstanden von den Toten. Dessen sind wir und viele andere Zeugen. Ich weiß, ihr habt in Unwissenheit gehandelt. Und es musste wohl auch alles so geschehen. Jetzt aber tut Buße und bekehrt euch, dass auch ihr ein neues Leben im Licht und in der Wahrheit und in Bruderliebe beginnt!"

Sie zogen zum Teiche Siloah und ließen sich taufen und lebten fortan wie Brüder miteinander.

Die Kunde von der Heilung des Gelähmten kam auch vor die Priester, ebenso, dass die Jünger vom Auferstandenen predigten. So geschah es, dass Hannas und Kaiphas durch die Tempelwache Petrus und Johannes festnehmen und in den Kerker führen ließen. Mir war bange zumute. Wie es den anderen erging, wagte ich nicht zu fragen.

Der Sanhedrin wurde einberufen und saß zu Gericht. Das Volk erfuhr davon und zog vor das Richthaus, voran der Geheilte, der sich als Zeuge meldete. Er stand den Angeklagten zur Seite und zeugte für die Wahrheit. Petrus und Johannes waren so erfüllt von ihrer Sendung, erzählten sie später, waren so unerschrocken und sprachen so sicher vor ihren Richtern, als wären sie nicht ungelehrte Leute, sondern Propheten mit leuchtenden Gesichtern. Als der Hohepriester ihnen verbot, weiter über Jesus von Nazareth zu predigen, schüttelte Petrus entschieden das Haupt: „Es ist in keinem anderen Heil, als allein in Jesus Christus!" (Apg. 4,12)

Die Priester fürchteten wohl das Volk, das draußen vor dem Tore wartete, oder auch, schon wieder vor Pilatus zu gehen. Sie bedrohten die Jünger und verboten ihnen fortan zu predigen und ließen sie dann frei.

Wir waren sehr froh und dankten Gott, als sie wohlbehalten in unseren Kreis zurückkehrten. Trotz der Bedrohung verkündeten die Jünger weiter die Lehre des Herrn.

Stephanus fühlt sich auch zum Prediger berufen und hat viele Zuhörer unter den Vornehmen, die sonst nicht so leicht stehen bleiben und Volksrednern Gehör schenken. Aber Stephanus fällt schon in seiner Erscheinung auf. Wenn man ihn sieht, meint man, ein Engel sei herabgestiegen, um Heiliges zu offenbaren. Der Klang seiner Stimme ist Wohllaut und Freude für jedes Ohr. Die Gebärden seiner schmalen Hände sind sparsam und voll Anmut. Trotz all dieser Vorzüge ist er bescheiden und will einer der Letzten sein. Sie lieben ihn alle. So wächst die Gemeinde stetig.

In Jerusalem und in Arimathia

Herzlich danke ich euch für euer Schreiben, das mich in Jerusalem erreichte. Es freut mich, dass ihr regen Anteil nehmt an den Geschehnissen, von denen ich euch schreibe, und dass ihr auch mit Freunden darüber sprecht. So sollt ihr nun weiter erfahren, was sich hier zutrug. Es ist so viel geschehen an Freude und großem Leid, dass ich nicht weiß, wo beginnen. Doch will ich mir Gewalt antun, alles der Zeit nach zu berichten.

Die Jünger — oder Apostel, wie sie jetzt meistens genannt werden — predigten alle Tage in der Halle Salomos, und es geschahen viele Wunderheilungen durch sie. Die Leute trugen ihre kranken Angehörigen hinaus auf die Gassen, damit, wenn Petrus und die Seinen vorüberkämen, jene geheilt würden. Manche meinten sogar, nur der Schatten des Petrus brauche auf die Kranken zu fallen, so würden sie schon gesund. Dieses ist jedoch Aberglaube. Denn nicht der Schatten eines Menschen bewirkt Heilung, sondern sein Licht und seine Strahlung, wenn sie aus der höchsten Quelle gespeist werden.

Auch die Heilungen trugen dazu bei, dass die Gemeinde ständig wuchs. Ihr werdet begreifen, dass dies den Templern ein großes Ärgernis war. So ließen sie wiederum Petrus und Johannes ergreifen und einkerkern. Aber Jakobus, Andreas, Philippus und die übrigen predigten eifrig fort.

Ein Blinder erhielt durch Stephanus sein Augenlicht wieder. Dieser war so glücklich darüber, dass er mich heimkehrend umarmte: „Ich habe einem Blinden das Licht schenken dürfen! Es wurde heller und heller in ihm und um ihn. Und dann sagte er, als ich ihm, im Schatten der Säulenhalle, langsam die Hände von den Augen nahm: ‚Ich sehe einen Engel.' Er wollte den Saum meines Gewandes küssen, doch ich wehrte ihn ab und sagte, ich sei ein Mensch wie er. Morgen will er sich von mir taufen lassen."

In der nächsten Morgenfrühe erreichte uns die Nachricht: Petrus und Johannes sind wieder im Tempel und lehren. Wir eilten sofort dorthin.

Petrus sprach zu uns, und man sah ihm die Ergriffenheit an: „Ein Wunder ist an uns geschehen, das der Herr durch einen Engel gewirkt hat. In der Stille und Dunkelheit des Kerkers wurde es plötzlich hell. Eine lichte Erscheinung stand vor uns und sprach: ‚Gehet hin und redet im Tempel zum Volk die Worte des Lebens!' Er führte uns hinaus. Dabei wurde kein Riegel gelöst, kein Schritt war hörbar. Es war, als gingen wir durch eine Mauer, die keine Mauer mehr war. Wir sahen draußen die Wächter stehen, sie dagegen sahen uns nicht. Als wir durch die leeren Gassen in der Morgendämmerung zum Tempel emporstiegen, hörten wir wieder unsere Schritte. Gelobt sei Jesus Christus! Ihm sei Dank!" (Apg. 12,7-9)

Inzwischen war der Sanhedrin einberufen, um über Petrus und Johannes Gericht zu halten. Ein jeder kann sich vorstellen, wie entsetzt sie gewesen sein müssen, als der Kerker leer gefunden wurde, obgleich die Riegel sorgfältig verschlossen und die Wächter nicht von der Stelle gewichen waren.

Wir fragten uns, ob die Priester jetzt wohl einsehen würden, dass die Kraft des Herrn mit uns war. Sie sahen es nicht ein. Als man ihnen zutrug, dass Petrus und Johannes wieder im Tempel lehrten, wurden sie wieder vom Hauptmann der Tempelwache und seinen Knechten abgeführt und vor den Hohen Rat gebracht, jedoch nicht mit Gewalt. Man sah es dem Hauptmann und seinen Leuten an, dass sie Scheu hatten wie vor etwas Unheimlichem. Wahrscheinlich hielten sie die Jünger für Magier, denen übernatürliche Kräfte eigen sind. Vielleicht fürchteten sie auch, die Menge könnte sie steinigen. Denn viele waren geheilt worden, die kein Arzt mehr zu retten vermochte. Das Volk zog mit vor das Richthaus.

Streng fragte der Hohepriester: „Haben wir euch nicht verboten, in diesem Namen zu lehren?"

Petrus antwortete: „Man muss Gott mehr gehorchen als den Menschen. Wir haben den Heiligen Geist und die Vollmacht empfangen, von Jesus Christus zu künden!" (Apg. 5,29)

Der Hohe Rat schien sich nicht einig zu sein, was mit den beiden Angeklagten geschehen sollte. Man schickte sie zunächst hinaus und hielt eine Beratung. Ein heimlicher Späher der Unseren berichtete später, dass der weise Gamaliel, Schriftgelehrter und Mitglied des Rates, zur Besonnenheit mahnte: ‚Lasset ab von diesen Menschen,' soll er gesprochen haben. ‚Ist ihr Werk von Menschen, so wird es untergehen. Ist es aber aus Gott, so könnt ihr es nicht dämpfen. Und ihr würdet Streiter wider Gott sein.' (Apg. 5,38)

Die Templer hörten auf den Rat dieses angesehenen Pharisäers, verurteilten die Apostel zu Stockschlägen und verboten ihnen aufs Neue, öffentlich über Jesus von Nazareth zu sprechen.

Erhobenen Hauptes verließen sie das Richthaus, denn sie sahen es als eine Ehre an, für den Herrn Schmach zu leiden. Und sie fühlten sich so sicher in seinem Schutz, dass sie nicht aufhörten, von ihm zu künden, im Tempel und in den Häusern.

Da Stephanus auch immer wieder predigend und heilend unterwegs war, hatte er mich gebeten, seine Stelle im Hause des Joseph von Arimathia einzunehmen. Es ist die Stelle eines Schreibers, zumeist im Haupthaus des Joseph. Der Ehrwürdige, der uns so wohlgesonnen, war mit dem Wechsel einverstanden.

Auf diese Weise habe ich nun wieder ein Amt und Einkommen. Joseph ist ein reicher und — was sehr selten — ein mildtätiger Handelsherr. Er hat Beziehungen sowohl nach Ägypten als auch nach Persien und Griechenland, ja sogar nach dem fernen Indien. Sein großes Haus ist mit erlesenem Geschmack eingerichtet. Von außen fällt es nicht durch besonderen Reichtum auf, doch innen gibt es Arkaden um den Atriumgarten, und in der Mitte ein Springbrunnenbecken aus grünem Marmor. Rote Rosen ranken in Fülle an den weißen Bogengängen. In ihrem Schatten stehen Ruhebänke. Es gibt blühende Büsche, die einen fast betäubenden Duft verströmen. Wie viel Körbe voll fruchtbarer Erde müssen wohl hierher geschafft worden sein, um Jerusalems Boden solche Pracht zu entlocken!

Die Wandbehänge leuchten in vielen Farben, desgleichen die Mosaikböden, diese aber vorwiegend in einem hellen Grün, wie das des Türkis. Ich fühle mich in die Zeit und in das Haus Raels, meines alten Herrn, zurückversetzt. Nur dieses ist noch reicher und größer. Jedoch, Marmorskulpturen griechischer Bildhauer gibt es hier nicht. Denn den Juden sind — wie ich euch schon schrieb — Nachbildungen von Menschen und sogar Tiergestalten und auch solcher Besitz, streng verboten. Und Joseph lebt in Jerusalem und gehörte bis vor kurzem dem Hohen Rat an. Gewiss hatte er oft Pharisäer zu Gast. Aber Joseph versteht es auch, mit den Römern umzugehen. Er war es gewesen, der von Pilatus die Erlaubnis erwirkte, Jesu Leichnam zu bestatten, und der dann seine eigne Begräbnisstätte dafür hergab. Kein Wunder, dass ihm jetzt Kaiphas Gift und Galle wünscht.

Doch in vielem, was den Handel betrifft, sind die Templer von Joseph abhängig. Denn sie sind ein üppiges Leben gewöhnt und begnügen sich nicht mit den Opfertieren und dem Zehnten der Feldfrüchte. Die Tempelsteuer ist hoch, und so können sie es sich erlauben, ihre Speisen mit Gewürzen aus fernen Ländern zu verfeinern, in indischer Seide einherzugehen, nicht in einheimischem Linnen oder in Wolle. Sie müssen Rubine und Opale aus Indien besitzen, um sich kostbar zu schmücken. Viel goldenes Gerät und Schreine aus dem Holz der Sykomore, mit Elfenbein und vielfarbigen Achaten verziert, sollen im marmornen Palast des Kaiphas stehen und köstliche Wohlgerüche sein Haus erfüllen.

Dazu fällt mir eine Stelle aus dem Jesaja ein: ‚Ihr Land ist voll Silber und Gold, und ihrer Schätze ist kein Ende. (Jes. 2,7) Aber der Herr wird gehen über alles Hoffärtige, dass es erniedrigt werde, dass sich bücken müssen, die hohe Männer sind, und der Herr allein hoch sei.'

Jesaja schrieb auch: ‚Mache dich auf, werde licht! (Jes. 60,1) Ich freue mich im Herrn, und meine Seele ist fröhlich in meinem Gott. Denn Er hat mich angezogen mit Kleidern des Heils.' (Jes. 60,10)

Als ich meinen ersten Lohn ausbezahlt bekam — er war reichlich bemessen — ging ich zu Joseph, meinem neuen Herrn, und fragte, ob ich hoffen dürfte, diese Stelle für lange Zeit in seinem Hause einzunehmen. „Ich möchte mir nämlich ein Weib nehmen", fügte ich gesenkten Blickes hinzu.

„Mein junger Bruder in Christo", sagte Joseph, „ich habe von dir nur Gutes gehört. Warum sollte ich dich nicht behalten? Ich kannte auch Rael, deinen früheren Herrn, dem schon dein Vater diente. — Auf welche Jungfrau ist deine Wahl gefallen?"

Als ich Euridikes Namen nannte, war er erfreut und sprach von ihr als der lieblichsten Blume, die fortan in seinem Garten blühen wird.

So ging ich also zu ihren Eltern und bat um ihre Tochter und ihren Segen. Euridike umfing mich mit liebendem Blick. Ihre Wangen glühten rosenfarben, und sie sah schöner aus denn je.

Am Abend kam Stephanus und umarmte uns beide. Er sagte, dass er sehr froh sei, die Schwester an meiner Seite zu wissen und uns beide unter dem Dach und Schutz des Joseph von Arimathia. Mich wunderte, dass er nicht vom Schutz des Allerhöchsten sprach. Als ich mit ihm allein war, vertraute er mir an, dass ihn dunkle Träume beunruhigen, so als wollte der Herr Prüfungen über die Gemeinde zu Jerusalem kommen lassen.

Zu unserer Hochzeit am Vollmondtag wurde kein Priester geladen, Johannes legte unsere Hände zusammen und segnete uns. Er sprach feierliche Worte über den Sinn der Ehe, dass nicht irdisches Hab und Gut von Wichtigkeit wären, sondern der Gleichklang der Seelen und ihr Erhobensein zum Herrn. Unsere Kinder mögen wir in der Liebe zu Jesus Christus erziehen, auf dass auch sie einmal fähig wären, die Lehre des Heilands weiterzugeben.

Daran schloss sich eine Feier im Haupthaus des Joseph. Die meisten Jünger waren gekommen, sogar Maria und die Schwestern des Lazarus. Euridike nahm ihr Goldgeschmeide vom Haupt, und wir knieten nieder vor der Mutter des Herrn. Segnend legte sie uns die Hände auf und küsste Euridike auf die Wange.

Danach musste die Braut, wieder im Goldschmuck, und in ihrem Gewand aus feinstem Byssus mit Purpur verbrämt, unter einem Baldachin auf hohem Sessel Platz nehmen. Ihr zur Seite junge Mädchen, ebenfalls festlich gekleidet, mit brennenden Öllampen in den Händen.

Ich selbst, mit einer Purpurtunika, einem Geschenk meines Herrn, angetan, trat feierlichen Schrittes vor meine Braut hin und sang:

> Siehe, der Winter ist vergangen,
> und der Regen ist dahin.
> Erblüht sind die Blumen,
> und die Turteltauben rufen.
> Wie eine Rose ist meine Braut,
> und ihre Stimme ist süß.
> Ihre Liebe ist lieblicher denn Wein.

Darauf antwortete mir meine Braut mit wahrhaft süßer Stimme:

> Mein Liebster ist auserkoren
> unter Tausenden.

Sein Antlitz leuchtet wie Gold,
und seine Augen sind sanft
wie die der Vögel im Olivenhain.

Den Schluss sangen wir beide gemeinsam:

Wie ein heilig Feuer ist die Liebe.
Auch viele Wasser vermögen sie
nicht auszulöschen.
Sie wird leuchten immerdar.
Und wir werden Körbe
voller Früchte tragen,
voller Granatäpfel und Trauben,
und werden sein in der Gnade
des Herrn immerdar. (Hld. 2)

Die Eltern, Stephanus und die Freunde umarmten
uns und sprachen viele Segenswünsche aus. Und wir
erhielten Geschenke, die reichsten, von unserem güti-
gen Herrn.

Eine festliche Tafel war gedeckt. Viele Kerzen in
kostbaren Leuchtern brannten, und erlesene Gerichte
und Früchte warteten auf die Gäste. Wein wurde von
den Dienern eingeschenkt. Der Hausherr hob seinen
Becher und wünschte uns beiden viele Kinder und ein
langes Glück. Dann sprach er zu Maria und den Jüngern und sagte, dass er diese Gelegenheit genutzt
hätte, sie alle unter seinem Dach einmal in heiterer
Ruhe versammelt zu sehen. Er sei glücklich, ihnen mit
seinen irdischen Gütern helfen zu können.

Die Eltern und wir beide dankten unserem Herrn
für die Ehre, die er uns mit dieser Feier erwiesen hatte.

Hier im Haupthaus waren für uns zwei Gemächer
eingeräumt und zu unserem Eigentum ausgestattet

worden. Es hatte sich alles so wunderbar gefügt, wie ich es mir nicht zu erträumen gewagt hätte.

Euridike machte sich im großen Haushalt nützlich. Die Ehefrau des Joseph war schon vor langen Jahren auf einer Reise gestorben. Der Sohn lebte mit seiner Familie im fernen Antiochia, wo er eine Niederlassung des Vaters verwaltete. Auch im Heimatort Arimathia, zwischen Jerusalem und Joppe gelegen, besaß Joseph noch ein Landhaus.

Am Abend, wenn wir unsere Pflichten erfüllt hatten, spielte ich auf meiner geliebten Harfe, und Euridike sang dazu, anfangs leise in unserem Wohngemach. Doch bald hatte Joseph uns entdeckt und bat uns, ihm die Freude zu machen, im Garten oder auf der Terrasse zu spielen und zu singen. Jetzt entsann er sich auch, dass ich es gewesen war, der vor dem Erscheinen des Auferstandenen damals beim Passahfest gespielt und gesungen hatte. Der alte Mann lebte sichtlich auf in unserer Gegenwart.

So kam es, dass er uns nicht missen wollte, als er für die heißesten Monate Jerusalem verließ und wie alljährlich nach Arimathia übersiedelte. Zudem war ich auch Schreiber für seinen persönlichen Schriftwechsel. Seine Geschäfte in Jerusalem erledigte ein zuverlässiger Kämmerer.

Nach herzlichem Abschied von den Eltern und Stephanus, ihrem Reisesegen und unseren guten Wünschen bestiegen wir die Reitkamele. Für Joseph war auf einem der Tiere eine Sänfte mit Baldachin hergerichtet. Euridike war etwas ängstlich, denn sie war noch nie auf einem Kamel geritten. Es kam ihr sehr abenteuerlich vor. Esel hätten ans beiden wohl auch genügt, aber auf den langbeinigen Kamelen konnten wir das Reiseziel alle zusammen an einem Tag erreichen. Joel, der treue Diener, den Joseph immer um sich hatte, begleitete ihn auch dorthin.

In Emmaus wurde gerastet. In einem Wirtshaus, das am Wege lag, nahmen wir unser Mahl ein. Ruth, die Tochter des Hauses, die ein stilles, feines Wesen hatte, bediente uns. Selbstverständlich war Joseph hier bekannt und geehrt. Auch der Wirt selbst bemühte sich um unsere Bedienung.

Zu ihm gewendet, meinte Joseph: „Deine Tochter scheint noch stiller geworden zu sein, als sie es schon bisher war."

„Ja, Herr", sagte der Wirt, „sie hat beim letzten Passahfest ein seltsames Erlebnis gehabt. Am Abend kehrten da drei Wanderer, von Jerusalem kommend, bei uns ein und wollten Herberge nehmen. Während meine Ruth Brot und Wein zum Nachtmahl auftrug, hörte sie, dass die drei über die Jesaja-Schrift sprachen. Sie kam zu mir und sagte. ‚Vater, der eine von ihnen sieht wie ein Prophet oder ein Heiliger aus.' Wir schauten zu den drei Gästen hinüber und sahen, wie der von Ruth Bezeichnete auf eine besonders feierliche Weise das Brot brach. Seine beiden Begleiter hoben erstaunt die Hände. Und dann geschah ein Wunder. Ein helles Licht erstrahlte auf dem Platz des Fremden, den meine Ruth als Heiligen bezeichnet hatte, und im gleichen Augenblick war er entschwunden. Wir vermochten es nicht zu fassen. — Erst nach dem Mahl näherte ich mich den beiden Gästen. Ich wagte aber nicht, sie nach dem Heiligen zu fragen, zumal sie selbst verstört aussahen und sagten, sie müssten sofort nach Jerusalem zurückkehren, obgleich es Nacht war. Meine Ruth geht seitdem wie im Traum einher. Oft scheint es mir, sie halte mit jemandem heimliche Zwiesprache. Ich mache mir Sorgen um sie."

Nun lud Joseph den Wirt ein, am Tisch Platz zu nehmen, rief auch die Tochter herbei und sprach zu ihnen von Jesus Christus, von seiner Lehre, seinem Leben, von der Kreuzigung und seiner Auferstehung und Himmelfahrt.

Der Wirt nahm alles gläubig auf, und über das Gesicht der Tochter ging ein heller Schein. Es schien ihr eine Bestätigung von innerlich Geschautem zu sein. Sie beugte das Knie vor Joseph, und er segnete sie.

Nach der Rast bestiegen wir wieder unsere Reittiere und legten die zweite Hälfte des Weges zurück. — Die Sonne sank dem Meer zu, als wir in Arimathia ankamen. Der Verwalter hatte alles für unsere Ankunft vorbereitet. Auch dieses Haus ist kostbar eingerichtet, auch hier ein Innenhof mit Garten. Das Schönste aber ist der Söller, von dem man das Meer sehen kann. Bei Sonnenuntergang ist es immer wieder ein beseligender Anblick. Es ist, als wenn Himmel und Erde sich in goldrotem Glühen vermählen.

Es waren unsagbar glückliche Wochen. Und wir werden ein Kind bekommen. Ein kleines Menschenwesen, das Euridikes oder meine Züge tragen wird, ganz unserer Liebe und Fürsorge anvertraut. Wird es auch so eine glockenhelle Stimme haben wie die junge Mutter, oder wird es einmal auf der Harfe spielen? Oder würden ungekannte Urahnen in ihm wach werden? Wir waren so voll Freude.

Da wurde die Freude mit jäher Hand ausgelöscht. Ein Diener unseres Herrn brachte eine Schreckensnachricht. Man hatte Stephanus ermordet! Unseren Stephanus, den sanften, schönen, der so ganz dem Herrn ergeben war, den alle in der Gemeinde liebten. Wir konnten es nicht fassen. Man hatte ihn gesteinigt.

Sofort wollten wir zu den Eltern nach Jerusalem. Doch der Diener, der auch zur Gemeinde gehörte, warnte uns. Die Templer würden wohl alle Anhänger der neuen Lehre verfolgen. Euridike konnte ich weiteren Aufregungen nicht aussetzen. Aber mich beurlaubte Joseph, den Eltern in ihrer Herzensnot beizustehen. Ich sollte auch mit dem Kämmerer sprechen und Nikodemus aufsuchen. Unser Herr wollte Vorbereitungen zur Aufnahme von Flüchtlingen aus der Stadt treffen. Denn dort waren viele — besonders die Apostel — nicht mehr ihres Lebens sicher.

Für mich selbst bestände keine Gefahr, konnte ich Euridike beruhigen, weil ich nicht öffentlich gesprochen hatte. So kannte mich niemand. Schweren Herzens ließ sie mich ziehen, begleitet von dem Diener aus Jerusalem. Wir gönnten uns und den Tieren nur wenig Rast, denn die Unruhe trieb uns.

Kurz bevor das Tor geschlossen wurde, ritten wir in die Stadt ein, und ich ging sofort zu den Eltern. Wir fielen uns wortlos in die Arme. Wir konnten nur weinen, nur immer wieder weinen.

Stockend berichteten sie dann, wie alles geschehen. Stephanus hatte so viele Schwerkranke geheilt, dass ganz Jerusalem davon sprach. Die Templer schickten immer wieder Spitzel mit Fangfragen zu ihm. Aber gegen die Weisheit des jungen Stephanus konnten sie nichts ausrichten. Da fanden sich falsche, vom Tempel gedungene Zeugen, die aussagten, Stephanus hatte Gott gelästert. Darauf wurde er ergriffen und vor den Hohen Rat gebracht. Einige der Unseren war es gelungen, in den Richtsaal zu kommen.

Furchtlos hielt Stephanus eine lange Rede vor den Richtern und sprach darin, wie der Allerhöchste sein Volk lange Zeiten hindurch geführt hatte, bis Salomo ihm ein Haus erbaute. „Aber der Allerhöchste wohnt nicht in Tempeln, die mit Händen gemacht sind." (Apg. 4,47) Denn der Prophet Jesaja (66,1) spricht: ‚Der

Himmel ist mein Stuhl und die Erde meiner Füße Schemel. Welch ein Haus wollt ihr mir bauen, und welches ist die Stätte meiner Ruhe? spricht der Herr. Hat nicht alles meine Hand gemacht?' — Ihr Halsstarrigen widerstrebt allzeit dem heiligen Geist, wie eure Väter, so auch ihr. Welchen Propheten haben eure Väter nicht verfolgt? Sie haben alle getötet, die das Kommen dieses Gerechten vorausgesagt, dessen Mörder ihr nun geworden seid." (Apg. 7,51)

Stephanus hob das Antlitz verklärten Blickes und sprach: „Ich sehe den Himmel offen und Jesus Christus in der Gottesglorie!" (Apg. 7,55-56)

Der Hohepriester zerriss sein Gewand, ebenso die anderen des Sanhedrins. Der Stab wurde über Stephanus gebrochen. Es hieß, er hat Gott gelästert.

Sie stießen ihn zur Stadt hinaus, zur Kidronschlucht. Es fanden sich genug unter dem Abschaum der Tempelhörigen, denen es Wonne bereitete, einen Hilflosen und Sanftmütigen zu steinigen — einen, der so edlen Angesichtes, wie sie das Gegenteil, hässlich und abgrundtief böse waren. Die Tempelwachen hatten den Platz abgeriegelt, so dass niemand der Unsrigen hinzu konnte. Sie sahen und hörten von weitem, wie Stephanus rief: „Herr Jesus Christus, nimm meinen Geist auf!" Und in die Knie sinkend: „Herr, behalte ihnen diese Sünde nicht!"

Dann hatte ihn ein Stein an der Schläfe tödlich getroffen.

Die Aufsicht führte ein junger Pharisäer, Saulus von Tarsus, ein Schüler des weisen Gamaliel, ein schlechter Schüler. Die Augen dieses Mannes hätten unter buschigen Brauen finster nach allen Seiten Umschau gehalten, so, als suche er noch mehr Opfer.

Als alle die Richtstätte verlassen hatten, stiegen die Jünger hinunter in die Schlucht. Es war in der Nähe von

Gethsemane. In dem zu dieser Zeit spärlich rinnenden Wasser des Baches wuschen sie den leblosen Körper und trugen ihn dann in den Garten, da der Herr den letzten Seelenkampf zu bestehen hatte. Sie bedeckten den Leichnam mit Zypressenzweigen und hielten dort in der Dunkelheit Wache.

Johannes und Philippus gingen zu den Eltern. Es war ihnen sehr schwer, diese Nachricht zu überbringen. „Er ist gestorben wie Jesus Christus. Wir hörten die gleichen Worte." Vielmehr vermochten sie nicht zu sagen. Doch diese Worte wogen schwer.

Da Joseph nicht in Jerusalem war, gingen die Jünger zu Nikodemus und baten um seine Hilfe für eine ehrenvolle Bestattung. Und der sonst so Furchtsame, trat ihnen seine Felsengruft neben dem Garten Gethsemane ab. Vor einer Stunde wurde Stephanus dort bestattet.

Wieder erstickte Weinen die Stimme der Eltern. Es war ihnen unbegreiflich, warum der Herr Stephanus nicht errettet hatte, wie er Petrus und Johannes aus dem Gefängnis befreite. Er hatte als Auferstandener, Stephanus besonderen Segen erteilt. ‚Du, mein lieber Bruder, ich gebe dir meinen Frieden, und er bleibe dir in Ewigkeit!' So hatte er zu ihm gesprochen. Stephanus war einer seiner eifrigsten Verkünder geworden. Und nun dieses Ende!

Ich sagte den Eltern, dass Stephanus mir anvertraute, er hätte Träume gehabt, die ihn Prüfungen ahnen ließen, die der Herr über die Gemeinde schicken würde.

In der Morgenfrühe ging ich zum Kämmerer in das Haupthaus und besprach das Notwendige. Er gab mir dann einen seiner Leute mit, der mich zum Haus des Nikodemus führte.

Der ehemalige Ratsherr empfing mich mit sorgenvoller Miene. Ich dankte ihm zunächst im Namen der Eltern für seine Großmut und seinen persönlichen Einsatz trotz der Gefahr, die ihm daraus erwachsen konnte.

„Junger Freund, dieses ist wohl leider die letzte Gelegenheit für mich gewesen, euch in Jerusalem zu helfen. Ich habe noch heimliche Freunde im Sanhedrin. Von diesen erfuhr ich soeben, dass Saulus von Tarsus weiter zu wüten gedenkt. Er will sich vom Hohen Rat eine Pergamentschrift ausfertigen lassen, die ihn berechtigt, in die Häuser zu gehen und nach den im Namen Jesu Getauften zu fahnden und sie einzukerkern. Eile tut not. Wer von der Gemeinde gewillt ist, die Stadt zu verlassen, und eine Möglichkeit hat, bei Verwandten oder Freunden unterzukommen, sollte es tun, wenigstens für die nächste Zeit. Ich selbst trage mich mit dem Gedanken, mein Haus hier zu verkaufen und fürderhin auf meinem Landgut in der Oase von Jericho zu wohnen und nicht mehr im Angesicht des Tempels, dem ich viele Jahre meines Lebens gedient. Ich bin bereit, eine Anzahl eurer Brüder in meinem Landhaus aufzunehmen. Den Erlös, den dieses Haus hier erbringen wird, will ich unter eure Armen verteilen. Die meisten der Jünger sind bei Lazarus in Bethanien, auch seine Mutter. Dort dürftest du wohl erfahren, was sie jetzt zu unternehmen gedenken. Hier in Jerusalem weiter zu predigen, wäre Selbstmord und wohl nicht im Sinne des Herrn. Es gibt noch sehr viele Städte und Länder, die das Evangelium nötig haben. Es wäre euch zu raten, das römische Bürgerrecht zu erwerben. Ihr habt doch Freunde unter den Römern. Vielleicht können diese euch behilflich sein. Vorerst wären Samaria und Genezareth sicherer als Judäa."

Von der Straße herauf tönten Stimmen. Nikodemus horchte auf, trat an das Fenster und blickte durch den Sonnenschutz. Er winkte mich heran. „Der dort mit dem wilden Blick, der so erregt seine Hände auf- und niederfahren lässt, ist Saulus von Tarsus.

Mein Herz schlug heftig. So also sah der Mann aus, der Stephanus zur Steinigung geführt und dabeigestanden hatte und nun noch weitere Opfer suchte. Meine Hände krampften sich zusammen. Es kostete mich Mühe, ruhig zu bleiben. Mir erschien dieser Mensch wie eine lodernde Fackel, die aber nicht zu leuchten vermochte. Denn der eiskalte Wind der Lieblosigkeit schlug die Lohe qualmend nieder. Welche Abgründe und welche Wüsten gibt es in menschlichen Seelen! Und welche Irrwege des Wollens und Tuns! Ein Mensch kann einen anderen zertreten wie eine Natter, nur weil er anders über Gott und die Menschen denkt und spricht als er selbst. Lieblose sind blind, taub und gefühllos. Sie wissen nicht, was sie tun. Dieses Wort soll auch Christus gesprochen haben, als er ans Kreuz geschlagen wurde, und er hatte noch hinzugefügt: Vater, vergib ihnen!' Würde er solches auch über Saulus von Tarsus sprechen?

Inzwischen war dieser auf der Straße mit seinen Begleitern weitergegangen.

Ich sagte zu Nikodemus, dass ich noch in den Ophel hinunter wollte, um die Brüder der Gemeinde zu warnen und zu eiligem Aufbruch zu mahnen und ihnen mitzuteilen, dass sie auch in Arimathia bei Joseph Zuflucht finden könnten.

Feierlich sprach Nikodemus zum Abschied: „Die Liebe Jesu sei der Mantel, der euch umhüllt, und die Macht des Allerhöchsten sei der Schild, der euch schützt!"

Mit tiefem Neigen dankte ich für diesen Reisesegen. Ich erinnerte mich, dass dieser Schriftgelehrte früher Haggaden gedichtet hatte. Ob er später einmal über Jesus ein Hohes Lied schreiben würde? Eilig stieg ich die Treppengasse zum Ophel hinunter. Aus dem Tal der Käsemacher wehte säuerlicher Geruch herauf. Es gibt hier viele Gerüche, die nicht angenehm sind.

Auch zu diesen Menschen, die in der Unterstadt kärglich ihr Leben fristen, hatte Jesus gesagt: ‚Kommet her zu mir alle, die ihr mühselig und beladen seid! Ich will eure Seelen erquicken.' (Mt. 11,28)

Seit dem Passahfest war ich nicht mehr in dieser Gegend gewesen. Ich hatte mir aber das Haus, in dem ich mit Andreas und Philippus zusammengetroffen war, an einer besonders schadhaften Treppenstufe gemerkt. Dreimal, wie ich es von damals in Erinnerung hatte, klopfte ich an die Tür. Als ich leise Schritte dahinter hörte, sagte ich: „Gelobt sei Jesus Christus!" Dieses ist unser Erkennungswort.

Darauf wurde mir geöffnet. Männer und Frauen saßen beieinander. Ich sagte, dass mich Nikodemus schicke, sie zu warnen. Saulus von Tarsus wolle alle Anhänger Jesu vor Gericht bringen. Unsere Beschützer, Joseph von Arimathia und Nikodemus seien bereit, auf ihren Landgütern Flüchtlinge aufzunehmen. Besonders die Mütter mit Kindern sollten fliehen. Ich sprach eindringlich, damit sie sich der Gefahr bewusst würden. Sie sahen sich unschlüssig an.

Die Menschen lieben ihre Heimstatt, und sei sie noch so ärmlich. Sie lieben das Gewohnte, weil sie sich bisher darin geborgen wussten. Da waren die Gassen, in denen sie groß geworden, die Nachbarn, mit denen sie Wichtiges und Nichtiges besprachen. Dieses alles mochten sie bedenken. Das Loslassen fiel ihnen schwer.

Ich fragte, ob in dieser Straße noch mehr auf den Namen des Herrn Getaufte wären.

Sie nickten: „Alle hier hängen ihm an."

Ich würde weiter an dieser Seite hinuntergehen und die Leute zum Aufbruch mahnen, sagte ich. Und einer von ihnen möchte es auf der anderen Seite tun. So geschah es dann auch.

Wir waren einige Häuser weitergekommen mit unserer Mahnung, da hörten wir oben am Anfang der Gasse lautes Wehgeschrei und harte Männerworte. Mein geübtes Ohr erkannte die Stimme des Saulus, obgleich nur einzelne Worte am Fenster des Nikodemus zu uns heraufgedrungen waren. Ich lief nun und drängte die Leute zur Eile. Erfolg hatte ich leider nur bei wenigen.

Viele sagten: „Wir wollen den Herrn nicht verleugnen. Will er uns prüfen, so wollen wir die Prüfung bestehen, auch wenn wir Kerker und Tod um ihn leiden müssten."

Es wäre gar nicht so sicher, dass es in Gottes Plan liegt, uns zu Märtyrern zu machen, gab ich zu bedenken.

„Selig sind, die um der Gerechtigkeit willen verfolgt werden, hatte Jesus gesagt", wusste einer mir zu entgegnen. (Mt. 5,10)

Meist waren es nur Mütter, die aus dem angeborenen, in sie gelegten Sorgegefühl ihre Kinder schützen und bewahren wollten. Sie nahmen die Kleinen auf den Arm oder an die Hand, schnell noch ein Bündel und folgten mir. Ich schickte sie zur Kidronbrücke nach Bethanien zu Lazarus. Das war der nächste Zufluchtsort. Da möchten sie berichten, was hier geschehen und Maria und die Jünger zum Aufbruch nach Genezareth bewegen. Nikodemus hätte so geraten. Später könnten die Nachfolgenden in dem Landhaus des Nikodemus bei Jericho unterkommen und auch in Arimathia. Die Frauen kannten geheime Durchgänge in dem Gassengewirr und entkamen den Tempelsöldnern.

Als diese jedoch immer weiter herunterkamen, wurden die Haustüren mit Truhen und Bänken verstellt, und die Verfolgten retteten sich über die angrenzenden Stufendächer, gleichzeitig die Nachbarn anrufend ihnen zu folgen.

Jetzt begann ich, mich um die Eltern zu sorgen. Durfte ich es wagen, den kürzesten Weg an den Verfolgern vorbei zurückzugehen? Ich wagte es.

Saulus musterte mich argwöhnisch. An meinem Gewand mochte er jedoch erkennen, dass ich nicht Bewohner dieses Armenviertels war. Mein Schritt war auch sicher und zunächst nicht eilig. Ich sah geradeaus, denn dem Blick dieses Menschen konnte ich nicht begegnen. Alles in mir war wund und weinte: Stephanus, Stephanus!

Immer mehr Menschen wurden aus den Häusern gezerrt, Männer, auch Frauen. Die meisten ertrugen es still und klagten nicht. Sie wurden in Gruppen zusammengestellt, und die Tempelschergen standen mit langen Spießen ihnen zur Seite. Was würde mit ihnen geschehen? Sollten sie alle gesteinigt werden? Bei einer solchen Aufsehen erregenden Menge würden die Römer doch wohl eingreifen, auch wenn es nur um religiöse Dinge ging. Darin besaßen der Hohepriester und der Hohe Rat eigene Gerichtsbarkeit.

Als ich die Gasse hinter mir hatte, eilte ich, so schnell mich die Füße trugen, zum Hause der Eltern. Dort berichtete ich mit fliegendem Atem, was in der Unterstadt geschah. Sie packten das Nötigste zusammen und folgten mir mit der Magd zum Haupthaus des Joseph. Die beiden alten Knechte wollten bleiben und alles in Ordnung halten. Hinter uns verriegelten sie die schwere Tür.

In aller Eile wurden Maultiere gesattelt. Kamele mit Matten, Decken und Leinenzeug sollten folgen.

Nach Sonnenuntergang erreichten wir Emmaus und übernachteten in der bekannten Herberge.

Mit leisen Worten berichtete ich dem Wirt, was in Jerusalem geschehen und noch geschieht. Der Wirt riss sein Gewand ein, und die Wirtin kam wehklagend auf die Eltern zu. Ruth blieb still im Hintergrund, aber Tränen liefen ihr über die Wangen, auch als sie uns das Nachtmahl auftrug.

Ich sorgte mich um Euridike. Wie wird sie in Ängsten sein und auf unsere Ankunft warten! In aller Frühe brachen wir auf. Der Weg war wohl steinig wie bisher, aber er senkte sich jetzt. So kamen wir schneller voran.

Wie hatte Nikodemus gesagt? ‚Die Liebe Jesu sei der Mantel, der euch umhüllt, und die Macht des Allerhöchsten sei der Schild, der euch schützt!‘ Ob er auch den Armen aus dem Ophel Mantel und Schild war? Ich betete darum im Namen Jesu Christi. Er hatte gesagt, ein Gebet in diesem Namen würde erhört werden. Hatten wir Stephanus nicht oft genug in unsere Gebete eingeschlossen? Hatten wir zu sehr unserer jungen Liebe gelebt? Wollte und musste Gott wirklich erst gebeten werden? Oder hieß es da wieder: ‚Meine Wege sind nicht eure Wege.‘ (Jes. 55,8)

Ob die Mutter bei der Todesnachricht auch das Haupt geneigt und still in sich hineingesprochen hatte: ‚Der Herr hat's gegeben. Der Herr hat's genommen. Sein Name sei gelobt!‘ (Hiob 1,21) — so wie es jene Frau in Bethlehem getan? Doch jene war viele Jahre sinnverwirrt gewesen. Erst durch das Handauflegen hatte sie Kraft empfangen, das Leid zu tragen. ‚Selig sind, die da Leid tragen, denn sie sollen getröstet werden', hatte Jesus gesagt. (Mt. 5,4)

Ein Trost war es, Stephanus selbst im Frieden des Lichtes und der Liebe zu wissen. Wenn auch sein Körper nahe bei Gethsemane ruhte, seine Seele war auferstanden. Dessen waren wir gewiss.

Bei diesen Gedanken sah ich plötzlich eine Lichterscheinung auf dem Wege. Es ging ein sanfter, wohltuender Hauch von ihr aus. Nun erkannte ich inmitten dieses Lichtes Stephanus. Er lächelte uns zu und hob seine Hände wie zum Segen und Gruß. Die Eltern mussten ihn wohl auch sehen, denn sie blickten in die gleiche Richtung, und ihre verhärmten Züge wurden gelöster und milder. Allmählich schwand diese Erscheinung.

Dann kamen die Häuser von Arimathia in Sicht. Euridike stand auf dem Söller und spähte nach uns aus. Bewegt fielen wir uns in die Arme, und die Eltern umfingen sie schluchzend. Sie war blass von Leid und Weh wie eine Lilie am Kinneroth.

Wann würden sich je wieder Lieder über unsere Lippen wagen? Es konnten nur Lieder der Trauer sein.

Herr, mein Gott, mein Herz schreit zu dir!
Warum lässt du die Feinde um uns
wüten wie reißende Wölfe der Wüste?
O, sei unser Hirte und hüte deine Herde!
Führe uns in ein Tal, wo die Wasser
klar sind und von Frieden singen!
Da wollen wir weilen und Hütten bauen.
O Herr, nimm unsere Hände und führe uns!

In Arimathia

So viele Wolken sind gezogen, so viele Wellen ver-
rauscht und so viele Male die Sonne ins Meer gesunken, seit ich den letzten Brief an euch schrieb. Vielleicht habt ihr gefürchtet, dass auch wir Opfer der Verfolger wurden. Dem Herrn sei Dank, so ist es nicht.

Sehr habe ich mich über euren Brief und eure An-
teilnahme gefreut und danke euch herzlich dafür.

Die Zeit war so randgefüllt mit Arbeit, dass ich zum
Schreiben keine Muße hatte. Auf dem Landgut des Joseph wurden viele Flüchtlinge aus Jerusalem beher-
bergt und gespeist. Da hieß es überall zupacken.

Manche von ihnen wagten nicht, in die gefahrvolle
Stadt zurückzukehren. Diesen vermittelte Joseph ihren Berufen gemäß Stellen in Lydda und Joppe, einigen
sogar bis nach Tyrus und Sidon. Den Jungen war nicht
bange, ein in der Familie fremdes Handwerk zu erlernen. Sie würden fortan Segel und Seile fertigen oder
bei Bootsbauern in die Lehre gehen. Den Älteren gab
Joseph Geld, eine Töpferei, eine Schmiede oder eine
Schuhmacherwerkstatt einzurichten. Denn das Hab
und Gut der Geflohenen verfiel dem Tempel. Zu Tränen gerührt dankten die Davonziehenden ihrem Wohltäter, der sie mit vielen Segenswünschen in das neue
Leben entließ.

Später kamen Briefe, in denen sie schrieben, dass es
ihnen gut gehe und sie dort freier atmen könnten als
in Jerusalem, obgleich die Sehnsucht nach dem Altver-
trauten hindurchklang: Sehnsucht nach der marmor-
goldenen Pracht des Tempels, nach dem täglichen
Klang beim Öffnen und Schließen seines großen Bron-
zetores und des Schopharhorns von der Zinne, die Zeiten des Gebetes verkündend, und nach dem Rauschen
des Kidronbaches zur Regenzeit. Jetzt rauschte

ununterbrochen das Meer, und das Treiben der Hafenstädte war die Begleitmusik zu ihrer Arbeit. Die Jungen hatten Freude daran, wie sie wohl überall die Abwechslung der Eintönigkeit vorziehen.

Die Apostel, so erfuhren wir, predigten und tauften vorwiegend in Samaria. Unter ihren Händen geschahen viele Heilungen.

Joseph wollte dieses Mal auch den Winter in Arimathia verbringen, fern vom Treiben der Templer.

Es war in der Zeit, da die Tage noch lang waren, als Philippus an unsere Tür klopfte. Wie waren wir erfreut, ihn wiederzusehen!

Er erzählte von seinem Wirken in Samaria. Viele Kranke, besonders Besessene, hatte er heilen dürfen. Diese Heilungen erregten großes Aufsehen.

Simon, der Magier, der durch seine Taschenspielereien schon berühmt war, trieb dort sein Wesen. Wo immer er hinkommt, auf Märkten oder in den Amphitheatern der Römer, überall strömt ihm das Volk in Scharen zu. Angeblich verwandelt er gemeine Bachkiesel in Edelsteine, ein Zelttau in eine gefährliche Natter, durchbohrt seine schöne Begleiterin mit einer Lanze, ohne dass Blut fließt und sie den geringsten Schmerz zeigt und viele andere Gaukeleien.

Dieser Magier sah unseren Philippus bei der Arbeit und bot ihm Geld an, wenn er ihn diese staunenerregende Heilkunst lehre.

Philippus schüttelte den Kopf: „Das ist nicht eine Gabe, die man durch Gold oder Silber empfängt oder erlernt, sondern solches wirkt allein der Heilige Geist."

Petrus war gerade in der Nähe und hörte von diesem Ansinnen. Sein schnell entflammender Zorn ergoss sich über den Magier und rief ihn zur Buße, dass er fortan nicht Lug und Trug treibe, sondern die Wahrheit. Simon schien betroffen, aber er ist von der Art des

Riedgrases, das sich nach dem Winde neigt. Und so wird er seine alten Gewohnheiten, die ihm zudem viel Geld einbrachten, bald wieder aufnehmen.

Eines Morgens, in der Nähe des Berges Garizim hörte Philippus beim Erwachen eine Stimme, die zu ihm sprach: „Stehe auf und gehe zur Straße, die nach Gaza führt!" (Apg. 8,26)

Er war nun schon einige Tage unterwegs und wusste noch nicht, was dieser Auftrag bedeuten sollte. Da sein Weg über Arimathia führte, wollte er Joseph und uns begrüßen. Tage zuvor war er in Lydda bei den Brüdern gewesen. Es geht ihnen gut, und sie leben im Gedenken an den Herrn und im rechten Tun.

Auch eine beunruhigende Nachricht hatte Philippus. Saulus von Tarsus hatte sich vom Hohenpriester Vollmachtbriefe anfertigen lassen und war mit einigen Tempelsöldnern nach Damaskus gezogen. Er war berechtigt, Anhänger Christi zu ergreifen und gefangen vor den Hohen Rat zu bringen. Es hatte sich dort inzwischen eine große Gemeinde gebildet, wahrscheinlich durch die von den Jüngern am Jordan getauften Pilger.

In Jerusalem hatte keine Steinigung mehr stattgefunden. Die damals Eingekerkerten waren zu Stockschlägen verurteilt, bedroht und dann freigelassen worden. Saulus hatte dieses wohl nicht genügt, darum zog er jetzt nach Damaskus.

Wir saßen bei unserem Gespräch auf dem Söller und sahen in der Ferne das Meer silbern. Dann nahm die Nacht auch diesen Schein hinweg. Um die angezündete Öllampe flatterten die Nachtfalter. Warum muss dieses kleine Geflügel in der Dunkelheit leben, wenn es zum Licht strebt? Der Herr könnte uns gewiss eine weise und rechte Antwort auch auf eine so geringe Frage geben. Die Zikaden zirpten in den Büschen und

Bäumen des Gartens. Man meinte die Augenblicke wie in einer Sanduhr rieseln zu hören. Jene Abendstunde war wie ein Körnlein in den Meeren der Ewigkeit.

Neben mir saß Euridike, ihre Hand in die meine geschmiegt wie ein kleiner, verängstigter Vogel im Nest. Für sie gingen die Stunden und Monde in besonderem Lauschen und Vorbereiten dahin. Es war beruhigend für sie, hier in Arimathia leben zu dürfen, fern vom Tempel und seinem Treiben. Auch die Eltern waren bei uns. Joseph umgab uns alle mit seiner Güte und Fürsorge.

Meine Harfe war aus Jerusalem zwar herübergebracht worden, aber seit dem Tode unseres Stephanus hatte ich ihre Saiten nicht mehr berührt. Und Joseph wartete still, bis ich es von selbst täte. Ich hatte für ihn viele Briefe zu schreiben, nach Alexandria, nach Tyrus und Sidon, nach Antiochia, auch nach Damaskus.

Er kannte diese Städte alle aus seinen früheren Jahren und wusste viel Staunenswertes von ihnen zu erzählen. Aber im Sinne des Herrn mussten diese Prachttempel mit ihren hohen Säulen und Götterbildnisse wohl bald in Schutt und Staub vergehen, wie er es für Jerusalem prophezeit hatte, desgleichen die großen Arenen und Theater, wo blutige Kämpfe zur Unterhaltung der Müßiggänger dargeboten werden.

Wer von uns würde sich jemals so weit hinauswagen, um den Heiden — so nennt man hier die Völker, die an viele Götter glauben und ihnen Bildwerke errichten — das Evangelium von Jesus Christus zu predigen? Es müssten schon sehr Mutige sein. Denn die meisten der Weltmenschen sind auf ihr Wohlergehen aus und kümmern sich so wenig um ihre Seele wie um den Bettler an ihrer Tür. Ich kann mir vorstellen, dass sie die Worte des Evangeliums verlachen, wie sie alles Gute mit Hohn und Spott niederreißen.

Ich schäme mich meiner Zaghaftigkeit, meines mangelnden Mutes. Ich sage mir, Euridike braucht mich, und ich muss für sie sorgen und bald für unser Kind. Joseph, unser Herr, braucht einen Schreiber, dem er vertrauen kann. Denn es gehen auch Briefe, die von Jesus Christus berichten, von meiner Hand in ferne Städte.

Am nächsten Morgen nahm Philippus Abschied, um auf die Straße nach Gaza zu kommen. Speise und Trank gaben wir ihm reichlich mit, denn der Weg führt durch öde Landstriche. Wir alle konnten uns nicht denken, was unser Freund dort wirken sollte.

Tagsüber hatte ein jeder seine Arbeit wie immer, und am Abend saßen wir wieder auf dem Söller beisammen. Wieder flatterten die Nachtfalter um die Öllampe und zirpten die Zikaden ihr Lied, das mich immer der rinnenden Zeit gedenken lässt. Ein kühler Hauch wehte vom Meer.

Da — ich fuhr mir mit der Hand über die Augen. Nein, ich träumte nicht. Auf dem Stuhl mir gegenüber saß Philippus. Auch die anderen sahen ihn, ohne Zweifel. Erstaunen malte sich auch in ihren Gesichtern. Niemand hatte ihn kommen gesehen, niemand ihn gehört. Ängstlich griff Euridike nach meiner Hand.

Philippus selbst rührte sich nicht. Doch, jetzt ja. Er hob die Hand und fuhr sich auch über die Augen.

War er es in Fleisch und Blut, oder war ihm etwas zugestoßen und dies sein Seelenleib?

„Gelobt sei Jesus Christus! Lieber Freund, hast du deinen Auftrag schon erfüllt?" fragte Joseph mit gepresster Stimme.

„In Ewigkeit — Amen!" antwortete Philippus auf den Gruß. „Ja, meine Freunde. Erschrecket nicht, es ist Seltsames mit mir geschehen. Eine Tagesreise weit war ich von hier entfernt, und nun bin ich in eines

Lidschlags Dauer bei euch. Ein Wunder ist geschehen. Der Herr ist auch ein Herr über Raum und Zeit. Vielleicht haben wir durch einen kleinen Türspalt in die Ewigkeit, ins Jenseits gesehen.

Auf diese Weise wurden wohl auch Petrus und Johannes aus dem Gefängnis errettet. Aber eine Engelerscheinung habe ich nicht gehabt, nur wieder eine Stimme gehört.

Ich wanderte die Straße entlang. Um die Mittagszeit rastete ich im Schatten eines Felsens und stärkte mich mit Brot, Feigen und Wein. Da näherte sich ein Gefährt, von Jerusalem kommend. Es musste ein Reicher sein, der daherkam. Vier Pferde zogen den Wagen. Der Rosslenker war ein Mohr, geschmückt mit Turban und funkelndem Zierrat. Im breiten Wagen saß ein Vornehmer unseres Volkes, eine Schriftrolle lesend. Auf einem Brett hinter seinem Sitz standen als Wächter zwei weitere Mohren, ebenfalls aufgeputzt. Ein Packwagen folgte.

Plötzlich hörte ich wieder die Stimme: „Gehe hin und halte dich zu diesem Wagen!"

Ich tat, wie mir geheißen und hörte den Fremden laut im Jesaja lesen, und zwar eine Stelle, wo der Prophet vom Messias weissagt. Nun trat ich näher heran und fragte ihn, ob er verstünde, was er da lese.

Erstaunt blickte der Reiche auf, ließ den Wagen halten und antwortete mir: ,Nein, mein Glaubensbruder, diese Stelle ist sehr dunkel. Kannst du sie mir erklären?'

,O ja, das vermag ich wohl', gab ich zur Antwort. Darauf lud mich der Reiche ein, in seinem Wagen Platz zu nehmen und ihn ein Stück zu begleiten. Lange sprach ich über Jesus Christus, von der Inkarnation Gottes und ihrer Bedeutung, sprach von den Aposteln, die in seinem Namen lehren und die Gläubigen taufen, und dass auch ich zu den zwölf Jüngern gehöre.

Nun erfuhr ich, dass der Reisende Schatzmeister und oberster Kämmerer der Königin Kandaze ist, die über ein Land herrscht, das weit hinter den Nilkatarakten liegt, in dem die Menschen noch einfach wie in Urzeiten leben. Dieser Kämmerer war nach Jerusalem gekommen, um im Tempel zu beten. Diesen Tempel hatten seine sehnsüchtigen Gedanken in den Jahren seines Fernseins wie junge Adler umkreist, nimmer ermüdend. Nun hatte ihn vieles dort nachdenklich gestimmt. Die Priesterschaft, so hatte er erkannt, strebt nur nach Macht und Mammon. Sie können nicht mehr die Auserwählten des Herrn sein. Ob der Messias, den Jesaja prophezeit hatte, bald kommen würde, sein Volk von allem Übel zu erlösen? Um auf diese Frage Antwort zu erhalten, las der Kämmerer in der alten Schriftrolle.

Als ich ihm das Evangelium Jesu verkündet hatte, begehrte er, in seinem Namen getauft zu werden. Wir waren inzwischen an einen Bach gekommen, der dem Meere zufließt. Der Schatzmeister ließ den Rosslenker halten. Wir stiegen aus, gingen zum Bach, und ich taufte ihn. Er will in jenem fernen Land die neue Lehre der Barmherzigkeit und Erlösung verkünden.

Mit bewegten Worten dankte er und steckte mir zur steten Erinnerung an unsere Begegnung, diese kostbare Schmucknadel an mein Gewand. Ich wehrte ab und sagte, dass wir Apostel im Irdischen arm sein wollten, aber desto reicher im Geistigen. Um ihn nicht zu beleidigen, musste ich das Schmuckstück behalten, doch ich hoffe, mit dessen Erlös einem Armen aus der Not helfen zu können.

Der Getaufte fuhr seine Straße weiter, Psalmworte singend: ‚Danket dem Herrn! Seine Güte währet ewiglich.' (Ps. 106,1)

Mein Weg zurück nahm nun einen sonderbaren Verlauf. Einige Schritte war ich gegangen, da war es mir, als ob mein Körper verwandelt würde, gleichsam aufgelöst, nur in seinem Seelenleib Bestand habend. Ich hörte nicht mehr meine Sandalen im Sande knirschen. Und im Augenblick war die Umgebung verändert. Ich befand mich in dem Nusshain von Asdod nahe dem Meer, fast eine Tagereise von hier entfernt.

Nun wieder in meinem Materieleib, ging ich zum Markt und predigte das Evangelium vielen Menschen. Sie kamen alle, die da mühselig und beladen waren, und ließen sich erquicken. Jetzt atmen sie freier als bisher unter dem Joch des Tempels, dessen Gebote und Verbote wie Mühlsteine drückten. Das Joch Jesu ist sanft und leicht. Es waren auch viele Griechen dabei, die nun die neue Lehre angenommen haben und weitergeben werden.

Als die Sonne gesunken und die Nacht über die Straßen von Asdod hereinbrach, wurde ich wiederum entrückt und bin nun hier bei euch wohlbehalten auf dem Söller. — Es hat Gott gefallen, im Geheimnis zu wirken. Sein Name sei gelobt!" So schloss Philippus.

In Euridikes Antlitz und auch in den Mienen der Eltern las ich die Frage: Warum hatte der Herr nicht unseren Stephanus aus der Gewalt der Templer zur rechten Zeit entrückt?

Und immer haben wir nur die eine Antwort: ‚Meine Wege sind nicht eure Wege!' Und immer wieder haben wir nur einen Trost: Er ist im Frieden des ewigen Lichtes und der Liebe.

„Himmlischer Vater", betete ich still „lass die heimlichen Tränen unserer Liebe die Füße deines Schweigens benetzen! Vergib uns unser kindliches Unvermögen!"

Darauf war es, als wenn eine warme Welle überirdischen Lichtes uns umspülte, die Leid und Schmerz sanft hinwegnahm. Wieder klangen Worte und Weise jenes alten Sanges in mir auf:

Liebe ist dein Wesen, und Güte deine Weisheit.
Weich wie Wolle ist dein Gemüt,
wie ein Abendhauch sanft ist dein Herz.
Alle deine Wege heißen Erbarmung.

Später sagte mir Euridike, dass sie es genauso empfunden hatte.

Am nächsten Morgen nahm Philippus Abschied. Er wollte an der Küste entlangziehen bis hinauf nach Cäsarea. Unsere Segenswünsche begleiteten ihn.

Zurzeit, als die Kraniche, von Griechenland kommend, wie es mir schien, nach Süden zogen, fand sich Andreas bei uns ein. Er war weite Wege gewandert und hatte viel zu berichten.

In Damaskus war er gewesen und hatte dort in den Schulen von Jesus Christus gepredigt, und die Menge der Gläubigen wuchs. Er wohnte im Hause des Ananias, eines ehrwürdigen Mannes, auf die alle Männer der Gemeinde hörten. Als die Kunde umging, dass Saulus, der Verfolger, in die Stadt gekommen sei, alle Anhänger Christi zu verderben, mahnte Ananias zur Besonnenheit und zum Anhalten im Gebet. Auch er selbst versenkte sich in stilles Gebet, allein in seiner Kammer.

Danach kam er zu Andreas und sprach: „Ich habe die Stimme des Herrn gehört, und sie gebot mir, in die Gerade Straße zu gehen zum Hause des Judas. Dort wohnt Saulus von Tarsus." (Apg. 9,11 ff)

Ananias erschrak und sagte: „Herr, ich habe viel Böses über diesen Mann gehört. Er hat die Deinen in Jerusalem verfolgt und will es auch hier so treiben. Er hat die Vollmacht vom Tempel."

Doch die Stimme des Herrn gebot von neuem: „Gehe hin! Denn dieser Mann ist mir ein auserwähltes Rüstzeug. Seit er von meinem Licht getroffen wurde, ist er blind. Er betet und sieht dich in einem inneren Gesicht zu ihm kommen und deine Hände auf ihn legen, dass er wieder sehend werde. Er wird in Zukunft meine Lehre den Heiden und den Kindern Israels verkünden und sie weit über das Meer tragen. Seine Worte wird er auf Pergamentrollen schreiben, und sie werden wirken bis in ferne Zeiten."

„So machte sich Ananias auf zum Hause des Judas in der Geraden Straße", erzählte Andreas „und ich durfte ihn begleiten. Dieser Judas gehörte nicht zu unserer Gemeinde. Sonst hätte er Saulus kaum bei sich aufgenommen. Ananias war jetzt ganz ohne Furcht, trat ein und bat, zu Saulus geführt zu werden.

Erstaunt blickte uns Judas an und sagte: „Mein Gast hat drei Tage weder Speise noch Trank zu sich genommen. Er wurde als ein Blinder und Gebrochener in mein Haus geführt. Seitdem ist er in sich versunken und betet. Er hat auf dem Wege hierher eine Erscheinung gehabt."

Ananias sagte, dass er dieses wüsste und deshalb auf Geheiß des Herrn hierhergekommen wäre. So ließ man ihn ein in die Kammer des Saulus. Ich hörte Ananias sprechen: „Lieber Bruder Saul! Der Herr, der dir auf dem Wege hierher erschienen ist, hat mich gesandt. Ich werde dir die Hände auflegen, und du wirst wieder sehend und vom Heiligen Geist erfüllt werden. Und fortan wirst du im Namen Jesu Christi predigen. So hat der Herr zu mir gesprochen."

Saulus sank auf die Knie, und Ananias legte ihm betend die Hände auf. Alsbald fiel dem Kranken gleichsam ein dichter Schleier von den Augen, und er konnte wieder sehen. Aber er blieb noch eine lange Weile auf den Knien.

In seiner Erschütterung stammelte er: „Herr, mein Gott, wie bist du gnädig mit einem, der keine Gnade kannte! Du hast dich mir offenbart in deiner Lichtglorie, auf dass ich erkenne, dass du bist Christus, der lebendige Gott, durch den wir Licht und Leben haben. Ich bin jetzt gewiss, dass weder Tod noch Leben, weder Engel noch Gewalten, weder Gegenwärtiges noch Zukünftiges, weder Hohes noch Tiefes uns scheiden kann von der Liebe Gottes, die in Jesus Christus ist, unserm Herrn." (Röm. 8,38–39)

Alle, die dieses miterlebten, waren tief bewegt. Saulus wollte sich taufen lassen, ehe er wieder Speise und Trank zu sich nahm.

So gingen wir hinaus, wo die Gebirgsbäche zu Tal fließen und rings um Damaskus eine große Oase entstehen lassen. Im Westen ragen die Berge des Antilibanon. Im Osten dehnt sich die Wüste, fruchtlos und endlos für das Auge. Hier in Damaskus sind die Gärten quellendurchrauscht. Ich musste an das Wort Jesu vom Wasser des Lebens denken. Ja, hier in dieser Landschaft zwischen Fruchtgefilde und Wüste konnte wohl am ehesten eine Wandlung im inneren Menschen geschehen. Da sprangen geheime Quellen auf. Da konnte die Sonnenmacht des Christus über alle Dunkelheit und Erstarrung siegen. Hier vermochte er die Stimme des Auferstandenen zu vernehmen, sein Licht zu schauen. Hier konnte er dem geistigen Tode am ehesten entrissen werden.

Seit der Taufe führt der Bekehrte den Namen Paulus, denn er ist ein neuer Mensch geworden. ‚Ist jemand in Christo, so ist er eine neue Kreatur. Das Alte ist vergangen. Sehet, es ist alles neu geworden!' (2.Kor. 5,17) Dies waren seine Worte.

Von nun an predigte Paulus in den Schulen von Damaskus. Und die Juden hoben entsetzt die Hände und fragten einander: ‚Was soll das heißen? Dieser ist gekommen, die Anhänger des Nazaräers zu ergreifen und sie gefangen nach Jerusalem zu führen, und nun predigt er im Namen dieses Gekreuzigten!‘

Sie hielten Rat, wie sie ihn ergreifen und richten könnten. Sie kamen überein, alle Tore der Stadt zu überwachen. Er war des Verrates am Glauben der Väter für schuldig befunden und würde es mit dem Tode büßen müssen.

Die Kunde von diesem Vorhaben wurde den Unseren überbracht. Einige der Gemeinde wussten Rat. Eines ihrer Häuser war direkt an die Stadtmauer gebaut. Von da aus wurde Paulus in einem Korb abgeseilt, und er entkam seinen Verfolgern. Man sagte mir, er hätte den Weg nach Jerusalem genommen. Er könnte jetzt schon da sein.“

Bei diesem Bericht des Andreas lag mir ein Druck auf dem Herzen. Euridikes Hand, die in der meinen lag, war abwechselnd kalt und wieder heiß geworden. Manchmal hatte sie gezuckt, wie ein vom Pfeil noch nicht ganz tödlich getroffener, kleiner Vogel zuckt.

Aus Saulus war ein Paulus geworden, ein neuer Mensch. Der Herr war ihm erschienen. Warum nicht schon an der Kidronschlucht? War das Einwirken von Raum und Zeit tatsächlich von Wichtigkeit, wie Andreas meinte? Ach, wann würde diese Frage ‚Warum‘ in uns verstummen? Der Herr hatte den Mann aus Tarsus diesen Weg geführt. Für ihn wird er der richtige gewesen sein. Er war zur Erkenntnis der Wahrheit gelangt durch den Einbruch des Ewigen in sein Leben.

Stephanus hatte eine empfindsamere Seele gehabt, die den Herrn früher erkannte. Sein ganzes Sein war von Anfang an ihm geöffnet gewesen. Er brauchte keinen längeren Erdenweg zurückzulegen für seine eigene Entwicklung, wenn sein Wirken auch für andere Umkehr und Segen bedeutet hätte. Vielleicht würde Paulus jetzt diese Stelle einnehmen.

So gingen meine Gedanken. Und am Tag darauf sprach ich sie auch Euridike und den Eltern gegenüber aus. Sie mühten sich um die rechte Haltung, so spürte ich. Doch wie würde es sein, wenn uns Paulus begegnete, vielleicht an unsere Türe klopfte?

In Ruhe gingen die letzten schweren Monde für Euridike vorüber. Sie war gebettet in unsere Liebe und Fürsorge, und freute sich still lächelnd auf unser Kind.

Dann war es endlich soweit. Mit der aufgehenden Sonne im Monat Nisan wurde unser Kind geboren.

Siehe, der Winter ist vergangen, und der Regen ist dahin.

Wie es die Worte in unserem Hochzeitsgesang sagten, so war es wiederum geschehen. Die Hügel leuchteten ringsum in der Pracht der Purpuranemonen, als wenn sie in der Freude des Frühlings ein Lied gen Himmel jauchzten.

Auch wir sind wieder glücklich. Wir haben einen Sohn und nennen ihn Stephan. Die römische Endung lassen wir fort, damit wir immer wissen, wen wir meinen. Denn Stephanus ist nach wie vor sehr oft in unseren Gedanken und Gesprächen. Das Kind sieht ihm so ähnlich! Die Eltern haben vor Freude geweint, als sie es im Arm hielten. Meine kleine, zarte Euridike hat nun die schwere Zeit hinter sich.

Und ich setzte mich an die Harfe und sang unserem Kind das erste Lied:

O Flamme lebendigen Lebens,
entzündet hier hast du ein Licht!

Die Tränen der Trauer verrannen,
und Freude wohnt wieder bei uns.
Gedanken, sie werden zu Golde
und Wünsche zu Perlengeschmeid.
Sie funkeln wie Frühtau am Halme
und jubeln wie Lerchen im Blau.

Wir wollen die Hände erheben
und danken dem gnädigen Gott.
Er gab seinen Odem dem Kinde
und schenkte sein Antlitz auch ihm.
Wir hüllen es ein in die Liebe
und flehen ihm Segen herab,
auf dass es einst wandle im Lichte,
das Jesus uns gießet ins Herz.

Es war wieder die Zeit des Passahfestes. In Jerusalem brodelte es von Menschenmassen wie alljährlich, Wir erfuhren von den Dienern unseres Herrn, die vom Kämmerer regelmäßig mit Nachrichten und Abrechnungen herausgeschickt wurden, dass einige Apostel wieder in Jerusalem wirkten. Sie wollten wohl zu den Pilgern predigen und meinten sich in der Menge und unter dem Schutz des Herrn sicher.

Nun hatte aber Herodes Antipas neue Steuern erlassen — die alten waren ohnehin schon sehr hoch — und fürchtete deshalb eine Empörung im Volk. Seine Söldner bekamen den Auftrag, jede Menschenansammlung in den Straßen auseinanderzutreiben und Verdächtige einzukerkern.

So geschah es, dass Petrus und Jakobus, der Bruder des Johannes, gefangengenommen und in den Kerker der Herodesburg zu Jerusalem abgeführt wurden. Nach kurzer, geheimer Gerichtssitzung wurde Jakobus vor den Toren der Stadt enthauptet. Jetzt bangten alle um Petrus.

Wieder wurde in den Becher unserer Freude so viel Bitternis gemischt. O Herr, deine Wege sind oft unbegreiflich!

Eines Abends wurde ans Tor gepocht. Der Türhüter, der auch zur Gemeinde Jesu gehörte, stieß einen Schrei aus, so dass ich und auch andere des Hauses herbeigelaufen kamen.

Draußen stand Petrus, oder war es sein Seelenkörper? Sein Haar wallte in silberweißem Glanz. Seine ganze Gestalt war umleuchtet.

„Erschreckt nicht!" begann er zu sprechen. „Ich bin es wirklich in meinem Erdenleib. Darf ich Herberge nehmen bei euch für diese Nacht?"

Als Joseph die Stimme des Petrus hörte, kam er herbei, umarmte ihn und dankte Gott, dass er seinen Apostel aus dem Kerker befreit hatte. Im Mondlicht sahen wir, dass des Petrus Angesicht Spuren besonderen Erlebens trug.

Nachdem ein Knecht ihm den Staub der Straße von den Füßen gewaschen und diese gesalbt hatte, und Petrus sich erfrischt und Speise und Trank zu sich genommen, saßen wir alle auf dem Söller. Denn es war ein lauer Abend. Und nun lauschten wir den Worten des Petrus.

„Vor dem Passah beschlossen wir, zum Andenken an den Herrn, das Fest wieder in Jerusalem zu feiern und zum Volk zu reden. Wir wohnten bei den Brüdern, die dort verblieben waren. Ich selbst bei Markus, der ein Sachwalter bei den Römern und recht wohlhabend ist und den Armen viel Gutes tut.

Wir waren schon früher zum Laubhüttenfest in Jerusalem gewesen. Da hatte es auch eine Aufregung in der Gemeinde gegeben. Saulus von Tarsus, der Verfolger, war von Damaskus zurückgekehrt. Er nannte sich jetzt Paulus und wollte ein Gesicht gehabt und die Stimme Jesu gehört haben. Er versicherte hoch und heilig, er wäre jetzt einer der Unsrigen. Zunächst trauten wir ihm nicht und dachten, es wäre eine List, um später besser gegen uns wüten zu können. Dann kam Barnabas, der auch zur Gemeinde gehörte. Er war in Geschäften in Damaskus gewesen zu der Zeit, als Paulus dort öffentlich in den Schulen vom Auferstandenen predigte und sich frei zu ihm bekannte. Er wusste auch, dass der Bekehrte danach mit knapper Not seinen Verfolgern entkam. So schenkten wir ihm Glauben und dankten dem Herrn für diese Führung. Als Paulus damals in Jerusalem von Jesus Christus zu predigen begann — und er vermag gewaltig zu reden — entsetzten sich die Templer und trachteten ihm nach dem Leben. Wir erfuhren es jedoch rechtzeitig, und Paulus entkam nach Cäsarea.

Nun waren wir wiederum zum Fest in Jerusalem und predigten auch auf den Stufen, die vom Xystus zum Tempel hinanführten. Wir hatten eine große Zuhörerschar. Plötzlich marschierte eine Rotte bewaffneter Herodianer heran. Sie trieben die Menge auseinander und nahmen Jakobus, des Johannes Bruder, und mich gefangen und führten uns in den Kerker.

Ich wurde schwer gefesselt zwischen zwei Kriegsknechten, mit eisernen Ketten an ihre Gelenke geschlossen. Jakobus wird es wohl kaum besser ergangen sein. Nach dem Passah wollte Herodes über uns Gericht halten. Bis dahin sollten wir in festem Gewahrsam bleiben. Das Tageslicht drang nur als schwacher Dämmerschein in den Kerker. Und der Klang des Schopharhornes war sehr gedämpft. Immerhin konnte ich noch Tag und Nacht unterscheiden.

Die Festtage waren vorbei. Da erwachte ich in der Nacht auf dem Strohlager inmitten der Herodianer, oder es hatte mich jemand geweckt. Ich blickte mich um. Ein heller Schein erfüllte das Verlies, aber er kam nicht vom Fenster. Ein Engel des Herrn stand vor mir, rührte mich an, und die Ketten lösten sich von meinen Händen.

,Stehe schnell auf, gürte dich und ziehe deine Schuhe an! Wirf deinen Mantel über und folge mir!' So sprach der Engel. Mir war, als träumte ich. Aber ich tat, wie mir geheißen. Wir gingen durch die Türen, vor denen die Wächter saßen, wie einst, als ich mit Johannes von den Templern eingekerkert worden war. Nur, diese Türen und Mauern waren viel fester und die Wachen zahlreicher. Sie bemerkten uns nicht. Als wir in die nachtstillen Gassen hinauskamen, entschwand der Engel. (Apg. 12,6 ff)

Vor dem Hause des Markus stand ich nun und klopfte an die Tür. Bald hörte ich einen leisen, leichten Schritt, und die Magd Rhode, die auch zu den Unsrigen zählt, fragte hinter der verriegelten Tür, wer da Einlass begehre. Es war ja Nachtzeit, und sie mochte sich ängstigen. Als sie meine Stimme hörte, stieß sie einen halb verhaltenen Schrei aus und lief ins Gemach zurück. Bald darauf kam Markus, öffnete und sah mich entsetzt an. Er glaubte auch wie ihr, es sei mein Geist und mein Körper schon gerichtet. Sie hatten im Gebet vereint diese Nacht verbracht. Nun berichtete ich ihnen, was der Herr an mir getan.

Sie fürchteten, dass in Jerusalem Herodes mich noch ein zweites Mal ergreifen lassen könnte. Die Tore der Stadt würden gewiss auch mit seinen Söldnern besetzt werden, sobald man mein Verschwinden bemerkte. Die kleine Rhode kannte einen unter den römischen Torwächtern. Sie wusste, dass er gerade jetzt

Wache hatte. Jakobus und die anderen Brüder konnte ich nur dem Schutze des Herrn anempfehlen und tun, wie es sein Wille zu sein schien. Nachdem ich mich gestärkt hatte, führte mich das Mädchen zum Tor und sprach mit dem Wächter Antonius. Er tat die kleine Pforte auf und ließ mich hindurch. So bin ich nach langer Wanderung nun hier. Dem Herrn sei Dank!"

Erschüttert und angerührt vom Jenseitigen schwiegen wir lange. Danach sprachen wir gemeinsam das Nacht- und Dankgebet. Von der Hinrichtung des Jakobus wusste Petrus also nichts. Die Brüder hatten es ihm nicht gesagt, und so schwiegen auch wir.

Die Gedanken an die Befreiung durch jenseitiges Einwirken des einen und die Preisgabe des anderen zum irdischen Gericht ließen mich lange nicht zur Ruhe kommen. Die Römer würden in solchen Fällen die Schultern heben und wieder sinken lassen und sagen: ‚So ist das Fatum!' Die Sterndeuter würden vom Jupiter des einen und vom Saturn des anderen sprechen. Ob da ein Körnlein Wahrheit ist? Niemand vermag hinter den Vorhang zu schauen. ‚Meine Wege sind nicht eure Wege', spricht der Herr (Jes. 55,8). Alle seine Wege heißen Erbarmung, so glauben wir.

Am nächsten Morgen nach dem Frühmahl brachte Euridike den kleinen Stephan, dass Petrus segnend die Hand auf sein winziges Köpfchen lege. Er tat es betend. Wir alle standen dabei und beteten in unseren Herzen mit.

Dann rüstete Petrus zum Aufbruch. Mit wehem Lächeln erinnerte er, dass der Herr einst zu ihm gesagt hatte: ‚Wenn du alt wirst, wird ein anderer dich gürten und führen, wohin du nicht willst.' (Joh. 21,18)

Mit Brot, Oliven und Wein wohl versorgt, brach er auf nach Lydda.

Die Monde gingen dahin. Unser Kind wuchs und gedieh. Wir alle hatten viel Freude an ihm. Es lächelte uns an und griff mit seinen kleinen Händen nach unseren Fingern oder Haaren.

Der Sommer wurde sehr heiß. Natur, Vieh und Menschen lechzten nach Regen. Viele Quellen versiegten.

Dazu kamen heiße Winde von Jerusalem her. Sie wirbelten den Staub der Straße auf, der durch die Fenster drang.

Da befiel ein böses Fieber unseren kleinen Stephan. Wir legten ihm kühlende Tücher auf. In Arimathia gibt es keinen Arzt. Das Fieber wollte nicht weichen. Wir bangten um das Leben unseres Kindes. Sollte es uns wieder genommen werden? Wir beteten Tag und Nacht an seinem Bettchen. Auch meine Hände legte ich ihm auf. In Magdala hatte der Herr das gelähmte Kind durch mich gesunden lassen. Bei meinem eigenen wollte Christus nicht durch mich wirken.

Der Wind wuchs zum Sturm. Er führte glühenden Sand aus der Wüste Juda mit sich.

„O Herr, wenn du uns strafen willst, zeige uns, worin wir am meisten fehlten, auf dass wir es gutmachen! Erbarme dich unser und unseres unschuldigen Kindes!" So beteten wir.

Unmittelbar nach diesem Gebet wurde ans Tor geklopft. Wer mochte bei diesem Sturm unterwegs sein? Der Türhüter hatte geöffnet. Ich ging hinunter, um zu sehen, wer der Hilfe und Unterkunft bedurfte.

Mein Fuß stockte. Mein Herz wollte aussetzen.

Vor mir stand Saulus von Tarsus.

Er schien erst Atem holen zu müssen. Der Sandsturm hatte ihn arg zugerichtet. Die Kehle musste ihm ausgedörrt sein.

Ich bot ihm einen Sitz an und holte einen Trunk Wasser. — Mit einem Neigen des Kopfes, das seine Erschöpfung erkennen ließ, dankte er mir.

„Bin ich hier im Hause des Joseph, des früheren Ratsherrn?" fragte der Gast.

„Ja, so ist es", antwortete ich. „Er liegt krank danieder."

„Wenn ich mich etwas erholt und gereinigt habe, möchte ich zu ihm gehen. Vielleicht will es die Gnade des Herrn, dass ich ihm helfen kann."

Ich ließ ihm Wasser zur Waschung bringen und wies ihm eine Kammer an. Meine Bewegungen waren mechanisch, so als führte sie nur mein äußerer Mensch aus. Die Schläge meines Herzens hämmerten. Ich vermochte nicht, zu Euridike und den Eltern zu gehen und zu sagen: Saulus von Tarsus ist hier.

Sie hatten schon so viel Sorge um unser Kind. Diese neue Aufregung wollte ich ihnen ersparen. Einen Diener hieß ich, dem Gast Brot und Wein zu bringen. Unruhig ging ich in der Halle auf und ab. Das klägliche Wimmern des kleinen Stephan drang bis hierher.

Saulus — oder Paulus — hörte es wohl auch. Denn er trat jetzt aus der Kammer und fragte mich: „Ist hier ein Kind krank?"

Ich nickte stumm.

„Darf ich zu ihm? Ich fühle mich jetzt gestärkt. Die Kraft Jesu Christi hat durch mich viele Kranke gesunden lassen."

Wieder schien mein Herz auszusetzen.

Fragend sah mich Paulus an: „Bist du nicht ein Bruder in Christo?"

Ich senkte meinen Kopf, und eine heiße Welle durchflutete mich. Wie hatte Stephanus sterbend gerufen? ‚Herr, behalte ihnen diese Sünde nicht!' (Apg.

7,60) Stephanus hatte für seine Mörder gebetet, und ich wollte unversöhnlich sein?

‚Richtet nicht, auf dass ihr nicht gerichtet werdet!‘ (Mt. 7,1) ‚Vergebet, so wird euch vergeben werden.‘ (Lk. 6,37) Diese Worte hatte Jesus gesprochen. Ja, er hatte sogar gesagt: ‚Liebet eure Feinde! Tut wohl denen, die euch hassen!‘ (Mt. 5,44)

Paulus war ein Reumütiger und jetzt ein Verkünder des Evangeliums. Einmal hatte ich den Gedanken gehabt, er könnte das Werk unseres Stephanus fortsetzen. Vielleicht war es gerade er, der seinen ehemaligen Verfolger uns zur Versöhnung zuführte.

Dass ich einen inneren Kampf ausfocht, sah Paulus. Er legte mir die Hand auf die Schulter. Durch diese Hand soll in der letzten Zeit viel Segen geflossen sein. Und wahrlich, diese Berührung tat wohl. Ich reichte ihm die Hand.

„Du weißt, wer ich bin?" fragte er.

„Ja, Bruder Paulus", so leicht waren mir plötzlich diese Worte über die Lippen gekommen, und leicht wurde es mir auch ums Herz. „Aber bitte, nenne meinem jungen Weibe und den Schwiegereltern, die auch hier wohnen, vorerst nicht deinen Namen. Es sind die Eltern und die Schwester des Stephanus. Sie könnten zu sehr erschrecken."

Paulus taumelte und sank auf die Knie. Flüsternd und betend kamen diese Worte: „Ich elender Mensch! Wer wird mich erlösen von der Sünde? (Röm. 7,24) Es wird alles offenbar werden vor dem Richterstuhl Christi, auf das ein jeglicher empfange, nach dem er gehandelt hat auf Erden, es sei gut oder böse. (2. Kor. 5,10) Aber ist jemand in Christo, so ist er eine neue Kreatur. (2. Kor. 5,17) Ich lebe — doch nicht ich — sondern Christus lebt in mir. (Gal. 2,20) O Vater, ich bitte, dass du mir Kraft gibst nach dem Reichtum deiner Gnade und Herrlichkeit, stark zu werden durch deinen Geist im inwendigen Menschen! (Eph. 3,16) Denn dieser wirkt das Wollen und das Vollbringen!" (Philip. 2,13)

Darauf erhob sich Paulus, kam auf mich zu und sprach: „O Bruder, vergibst du mir, der einst euch fluchte und verfolgte? Ich bitte dich darum im Namen Jesu Christi!"

„Ich vergebe dir um Jesu willen", sagte ich.

Wieder klang das wimmernde Weinen zu uns herunter.

„Ist das euer Kind?"

Ich nickte. Jetzt fiel mir auf, dass der Sturm seit der Ankunft des Paulus nachgelassen hatte.

„Führe mich zu deinem Kind! Der Herr wird es wohl so haben wollen."

Wir gingen hinauf. Und ich sagte zu Euridike, dass Gott uns einen Arzt für den kleinen Stephan ins Haus gesandt habe. Er wird ihm gewiss helfen können.

Ganz sanft legte Paulus dem Kind die Hände auf das Köpfchen und die Brust. Ich fühlte, wie er geöffnet war für die Christuskraft, die in ihn einströmte, hinüberflutend zu dem Kleinen. Alle schwiegen und beteten im Herzen. Und ich sage euch, es wurde zusehends besser mit Stephan. Der Atem ging leichter, der Blick wurde klarer, und der kleine Körper fühlte sich nicht mehr so heiß an. Die Mutter holte ein kühles Zitronengetränk. Paulus bat um den Tonbecher, hielt, seine Hand eine Weile betend darüber und reichte ihn dann zurück: Nun möge sie dem Kleinen den Trank einflößen.

Danach lächelte das Kind uns an und hob seine Ärmchen, die so lange schlaff auf dem Linnen gelegen, zu uns empor. Ein paar frohe Laute kamen aus der kleinen Kehle.

Mit innerem Beben hatte ich dem allen zugesehen.

Die Eltern und Euridike waren freudig bewegt. „Wie

können wir dir danken? Du hast unser Kind errettet", sagte sie.

Paulus wandte sich ab und ging zur Seite. Er kniete nieder und betete mit erhobenen Armen. — Beschämt taten wir das gleiche am Bettchen des Kindes.

Wieder zu uns tretend sagte er: „Freuet euch im Herrn allezeit, und erweiset den Menschen Lindigkeit! (Phil. 4,4) Der Herr ist immer nahe, deshalb sorget nicht! Lasset euer Gebet im Flehen und Danken vor Gott kund werden (Phil. 4,6), wenn er auch dessen nicht bedarf und wohl weiß, was euch gut tut. Er wirkt auch durch schwache Menschen. (2. Kor. 12,9)

Vergesset, was dahinten ist, wie auch ich mich darum mühe. Schauet auf das, was vor euch liegt, wie auch ich es versuche. (Phil 3,13) Trachtet nach dem Kleinod, das uns durch Jesus Christus geschenkt ward und inwendig verwahrt ist und die himmlische Berufung enthält.

Und der Friede Gottes, welcher höher ist als alle Vernunft, bewahre eure Herzen und Sinne in Christo Jesu!" (Phil. 4,7) Segnend hatte Paulus die Hände erhoben.

Dann bat er mich, dass ich ihn zu Joseph führe. Unser Herr wurde von seinem Diener Joel betreut, der schon lange Jahre um ihn war und am besten wusste, wessen er bedurfte.

Lange blieb Paulus bei unserem Herrn. Auch ihm schien es bald besser zu gehen, denn ich hörte ihn lebhaft reden. Wahrscheinlich kannte er Paulus aus der Zeit, da dieser noch Schüler Gamaliels war.

Auch Joseph hatte von der Erleuchtung und Bekehrung dieses Mannes gehört, und er meinte, dass doch Gottes Wege wunderbar und unerforschlich wären.

Als ich den Gast und Helfer aus dem Gemach unseres Herrn kommen hörte, ging ich zu ihm und fragte, ob er nicht bei uns Herberge nehmen möchte.

Sanft ablehnend antwortete er: „Der Sturm hat sich gelegt. Alle Kreatur sehnt sich nach Erlösung. Heute zur Nacht, wird der erquickende Regen kommen. Dann möchte ich in Joppe sein und morgen mit dem Frühwind nach Cäsarea segeln. Ich danke dir, Bruder. Sage den Deinen erst morgen, wer den kleinen Stephan durch die Gnade Gottes hat heilen dürfen. Der Herr segne dich und die Deinen und bewahre euch in Christo Jesu!"

„Ich danke dir, Bruder", sagte ich, und wir umarmten uns.

Weite Ferne lag im Blick des Paulus, als er zum Abschied sprach: „Ich hoffe, noch lange Reisen machen und wirken zu können, um vielen Menschen das Evangelium zu bringen. Mich sündigen Menschen hat der Herr auserwählt als einen seiner Verkünder. Mir ist er erschienen im Glanz seiner Glorie, die alle Sphären erfüllte. Er hat mich bei meinem Namen gerufen. Noch immer ist es mir unfassbar, wie Gott sich des Wurmes im Staube erbarmt. Aber ich muss und will dieses Unfassbare verkünden in allen Landen.

Wohl werden wir Verfolgung leiden, aber im Innern werden wir nicht verlassen sein. Wir werden unterdrückt, jedoch unsere Seelen kommen nicht um. Trübsal ist nur zeitlich, schafft aber eine ewige, über alle Maßen große Herrlichkeit. Was sichtbar, das ist zeitlich. Was unsichtbar, das ist ewig. Gott, der das Licht in der Finsternis aufleuchten ließ, hat einen hellen Schein in unsere Herzen gegeben, der uns die Klarheit Gottes erkennen lässt. Und solchen Schatz tragen wir in irdenen Gefäßen. (2. Kor. 4,6-7) Dem Herrn sei Dank in Ewigkeit!"

Mit dem Friedensgruß ging Paulus von dannen.

Nachwort

Dieser „Roman" hat als Kernstück die geheimnisvollen Vorgänge zwischen Ostern und Pfingsten des Jahres 33 nach Christus.

Die Hauptfiguren sind die des Neuen Testamentes und der Apostelgeschichte. Die Reden Jesu zwischen seiner Auferstehung und Himmelfahrt, sind zum größten Teil — wenn auch nicht wörtlich — dem „Großen Evangelium Johannes" entnommen, dem Hauptwerk der Neuoffenbarung, gegeben durch Jakob Lorber, dem Gottesschreiber aus Graz (1800-1864). Diesem Werk entstammen auch viele Gestalten, die nicht durch die Bibel bekannt sind. Der Schreiber dieser Briefe und die Schwester des Stephanus sind von der Verfasserin frei erfunden.

Stellen aus Psalm- und Jesaja-Texten sind stilistisch leicht verändert und gerafft, ähnlich die Zitate aus dem Ägyptischen und Persischen. Paulus-Zitate sind zum Teil wörtlich übernommen, wenn auch — zeitlich gesehen — anders einzuordnen.

Zur Orientierung der kulturhistorischen Umwelt Jesu diente das Werk von Henri Daniel-Rops, Mitglied der Academie Francaise, „La vie quotidienne au temps de Jesus" (1961). Deutscher Titel: „Er kam in sein Eigentum".

Außerdem diente das Lorber-Werk als Anhaltspunkt in kulturhistorischer und besonders in geistiger Sicht.

Über das Weltbild der Neu-Offenbarung schrieb Dr. D. Kurt Hutten, Leiter der Zentralstelle für Weltanschauungsfragen, in seinem Buch: „Seher, Grübler, Enthusiasten" (Verlag der Ev. Buchgemeinde Stuttgart, 9. Auflage):

„In dem Werk Lorbers wurde in einer Zeit, in der das alte christliche Weltbild unter dem Ansturm der wissenschaftlichen Forschung und einer rationalistisch-materialistischen Philosophie zerbrochen war, der grandiose Versuch unternommen, ein neues Weltbild zu schaffen, das die Bedürfnisse des Glaubens, wie der Vernunft, gleichermaßen befriedigt und dem Gemüt einen Halt und eine Heimat gewährt. Dieses Weltbild hat Tiefe und Kraft, umgreift alle Ebenen des menschlichen Seins und der Geschichte, enthält großartige Vorstellungen wie die des Großen Schöpfungsmenschen, und hat in erstaunlicher Weise moderne Forschungsergebnisse vorweggenommen, so z.B. die in der Atomphysik erfolgte Auflösung der Materie in Energie und Bewegung. In einer Zeit, in der sich die Dimensionen des Universums durch die Astronomie ins Unermessliche geweitet haben, unsere Erdenwelt als ein winziges, belangloses Stäubchen erkannt worden ist, das im Reigen der Sonnen und Milchstraßen verloren umhertreibt, und darum der Mensch sich unbehaust in einer frierenden Einsamkeit und Verlorenheit vorfindet, kann das Weltbild Lorbers eine große Hilfe sein. Denn es bändigt und ordnet von Gott her die Ungeheuerlichkeiten des Universums und versieht sie mit einem Sinn und Ziel; es gibt der Erde samt ihrer Geschichte und Heilsgeschichte ihre Würde wieder, verleiht dem Glauben eine kosmische Weite, verwebt Diesseits und Jenseits, Mikrokosmos und Makrokosmos ineinander, preist die alle Schöpfung durchwaltende Liebe Gottes und weist mit alldem dem Menschen einen Weg zur Geborgenheit.“

Es wäre sehr zu wünschen, dass diese Anerkennung der Neu-Offenbarung auch andernorts Eingang finden würde.

Im Laufe dieses Romans wurde zum Ausdruck gebracht, dass Vorgänge, die damals und heute noch als Wunder bezeichnet werden, in diese Welt hineinreichenden transzendenten, gottgegebenen Gesetzen unterworfen sind.

Religion und Wissenschaft sollen in Zukunft nicht mehr durch eine unüberbrückbare Kluft getrennt sein, sondern sich einander nähern und zum segenbringenden Einklang kommen.

Das Neuoffenbarungswerk, von dem dieses Buch einen kleinen Abglanz vermitteln wollte, möge immer mehr dazu beitragen, dass Verstandes- und Gemütskräfte in den Dienst eines höheren Menschentums gelangen, in dem christliche Liebe, das Licht der Wahrheit und rechtes Leben leuchten mögen.

Die Menschwerdung Gottes in Jesus Christus, seine leibliche Auferstehung und Himmelfahrt, bleiben unantastbarer Bestandteil christlicher Glaubensgewissheit.

Quellen-Hinweise
aus den Werken Jakob Lorbers

1   Das große Evangelium Johannes .... Bd. 9 Kap. 147
2   Das große Evangelium Johannes .... Bd. 5 Kap. 220; 247
3   Bischof Martin.. Kap. 186
4   Die drei Tage im Tempel.. Kap. 28
5   Das große Evangelium Johannes ...... Bd. 1 Kap. 42; 49; 50
    .... Bd. 9 Kap. 19; 54
6   Das große Evangelium Johannes . Bd. 1 Kap. 157; 162; 202
7   Das große Evangelium Johannes .... Bd. 4 Kap. 213
8   Das große Evangelium Johannes .... Bd. 4 Kap. 193
9   Das große Evangelium Johannes .... Bd. 2 Kap. 8
    .... Bd. 6. Kap.33
10 Das große Evangelium Johannes .... Bd. 8 Kap. 106
11 Das große Evangelium Johannes .... Bd. 5 Kap. 259,
    .... Bd. 6 Kap. 226; 228
12 Das große Evangelium Johannes .... Bd. 7 Kap. 56
13 Das große Evangelium Johannes .... Bd. 7 Kap. 73
14 Das große Evangelium Johannes .... Bd. 5 Kap. 111; 112
15 Von der Hölle zum Himmel .... Bd. 1 Kap. 127
16 Das große Evangelium Johannes .... Bd. 4 Kap. 128; 129
17 Von der Hölle zum Himmel .... Bd. 2 Kap. 301
18 Das große Evangelium Johannes .... Bd. 7 Kap. 67
    .... Bd. 5 Kap. 112
19 Das große Evangelium Johannes .... Bd. 5 Kap. 46
20 Das große Evangelium Johannes .... Bd. 6 Kap. 207

Sämtliche hier angeführten Werke Jakob Lorbers
sind im Lorber-Verlag, Bietigheim/Württbg.
oder über den Buchhandel erhältlich.

Werke von Max Seltmann

ERLEBNISSE MIT JAKOBUS
auf der Reise nach Edessa

In Edessa im mesopotamischen Königreich Osrhoene, wird die Geschichte überliefert, dass König Abgarus V. von Edessa von dem berühmten Heiland Jesus und seinen Wundertaten Kunde erhielt. Da er selbst schwer erkrankt war, sandte er einen Boten an Jesus, um ihn nach Edessa einzuladen, damit dieser ihn von seiner schweren Krankheit heilen möge.

Jesus pries den König selig: „Selig bist du, der du an mich geglaubt hast, ohne mich gesehen zu haben." Da er aber nicht persönlich zu ihm kommen konnte, versprach er zu einem späteren Zeitpunkt, einen seiner Jünger zu senden.

Diese umfangreiche Erzählung handelt nun von den Erlebnissen des Jüngers Jakobus auf der Reise von Jerusalem nach Edessa zu König Abgarus.

Was der Jünger Jakobus auf dieser zweijährigen Reise durch die Heidenländer an Begegnungen, Wundern, Krankenheilungen und Zeugnissen erlebte, erfahren wir in dieser inspirierenden Erzählung, die weit mehr ist, als nur ein Roman.

580 Seiten, Paperback (21,5 x 13,5 x 4,0 cm)
Preis: 19,80 € oder als E-Book 9,99 €
ISBN 978-3-7528-7356-6

Naeme

Ein Lebensschicksal
und die Führungen Gottes zurzeit der ersten Christen

Diese Erzählung handelt von den Erlebnissen einer jungen Frau, der Tochter eines jüdischen Tempelpriesters, die sich zurzeit der ersten Christen in Jerusalem zum Christentum bekehrt.
Sie erlebt das Leid der Christenverfolgung am eigenen Leibe, aber auch die Führungen Gottes und den Segen eines im Glauben und Vertrauen gegründeten Lebens, welches sie durch die Wirren der damaligen Zeit hindurchträgt.

Paperback, 104 Seiten, Format 19 x 12 cm
Preis: 5,99 € oder als E-Book 2,99 €;
ISBN 978-3-7534-0674-9

Erlebnisse mit Jesus

Diese Erzählung beinhaltet Szenen aus dem Erdenleben des jungen Jesus vor dem Beginn seiner Lehrtätigkeit.
Von Jesu Kämpfen und Versuchungen und dem Unverständnis seiner Umwelt gegenüber seiner großen Mission wird in anregenden und bewegenden Episo-den berichtet.

Paperback, 94 Seiten, Format 19 x 12 cm
Preis: 5,99 € oder als E-Book 2,99 €;
ISBN 978-3-7534-0695-4

Bezug portofrei über Books on Demand Buchshop
oder im Buchhandel